dtv

Warum die Welt so merkwürdig ist und ohne Bücher kaum auszuhalten, erzählt Wilhelm Genazino in dieser Sammlung von Essays und Vorträgen aus den Jahren 1994 bis 2010, ergänzt um vier Poetikvorlesungen, die er im Sommersemester 2009 an der Universität Bamberg gehalten hat. In seinen unverwechselbar hintergründigen Prosastücken nähert sich Genazino Büchern und Bildern, vor allem aber Menschen, seien sie nun Schriftsteller, deren berühmte Figuren oder einfach Passanten. Doch auch sich selbst nimmt er nicht aus: Wie er zum Schreiben kam und auf welche Weise scheinbar nebensächliche Beobachtungen im Alltag den Weg in seine Romane finden, verrät Wilhelm Genazino detailreich und humorvoll.

Wilhelm Genazino, 1943 in Mannheim geboren, arbeitete zunächst als Journalist, später als Redakteur und Hörspielautor. Als Romanautor wurde er 1977 mit seiner ›Abschaffel‹-Trilogie bekannt und gehört seither zu den wichtigsten deutschen Gegenwartsautoren. Für sein umfangreiches Werk wurde er mit zahlreichen Preisen geehrt, unter anderem erhielt er 1998 den Großen Literaturpreis der Bayerischen Akademie der Schönen Künste, 2004 den Georg-Büchner-Preis sowie 2007 den Kleist-Preis. 2011 wurde Wilhelm Genazino in die Akademie der Künste gewählt. 2013 wurde er mit dem Kasseler Literaturpreis für grotesken Humor ausgezeichnet. Wilhelm Genazino lebt in Frankfurt am Main.

Wilhelm Genazino

Idyllen in der Halbnatur

Deutscher Taschenbuch Verlag

Von Wilhelm Genazino
sind im Deutschen Taschenbuch Verlag erschienen:
Abschaffel (13028)
Ein Regenschirm für diesen Tag (13072)
Eine Frau, eine Wohnung, ein Roman (13311)
Die Ausschweifung (13313)
Fremde Kämpfe (13314)
Die Obdachlosigkeit der Fische (13315)
Achtung Baustelle (13408)
Die Liebesblödigkeit (13540 und 25284)
Der gedehnte Blick (13608)
Mittelmäßiges Heimweh (13724)
Das Glück in glücksfernen Zeiten (13950)
Die Liebe zur Einfalt (14076)
Aus der Ferne/Auf der Kippe (14126)
Wenn wir Tiere wären (14242)
Leise singende Frauen (14292)

**Ausführliche Informationen über
unsere Autoren und Bücher
finden Sie auf unserer Website
www.dtv.de**

MIX
Papier aus verantwortungsvollen Quellen
FSC® C019821
FSC www.fsc.org

2014 Deutscher Taschenbuch Verlag GmbH & Co. KG,
München
Lizenzausgabe mit Genehmigung des Carl Hanser Verlag

Umschlagkonzept: Balk & Brumshagen
Umschlaggestaltung: Wildes Blut, Atelier für Gestaltung,
Stephanie Weischer unter Verwendung eines Fotos von
Keystone Pressedienst
Druck und Bindung: Druckerei C.H.Beck, Nördlingen
Gedruckt auf säurefreiem, chlorfrei gebleichtem Papier
Printed in Germany · ISBN 978-3-423-14328-8

I

Der verlorene Schuh

Ich habe noch nie mit eigenen Augen gesehen, wie ein Mann nachts oder tagsüber einen Schuh verliert, sich von diesem Missgeschick jedoch nicht beeindrucken lässt, sondern seinen Weg fortsetzt: einen Schuh in der Fremde zurücklassend. Ich habe auch noch nie eine Frau gesehen, die ihrer Stöckelschuhe von einer Minute zur nächsten überdrüssig geworden ist – und einen oder beide Schuhe ausgezogen und an irgendeiner windigen Ecke zurückgelassen hat.

Man muss solche Vorgänge für möglich und wirklich halten. Was man von ihnen immer wieder nur sieht, ist das letzte Glied der Handlungskette: ein einsamer Schuh, meist ziemlich mitgenommen, oft nass, weil schon seit Tagen herumliegend. Ebensolche Frauenschuhe, oft sogar paarweise und ordentlich nebeneinander stehend, auf Nimmerwiedersehen verlassen.

Oder verstoßen? Eine ernsthafte Dame, von Beruf Psychoanalytikerin, die ich mit dieser Frage konfrontierte, sagte: Es handle sich wahrscheinlich um *Aussetzungen.* Kleidungsstücke, so die Psychoanalytikerin, sind gefühlsmäßig hochbesetzte Objekte, die für bestimmte Körpererlebnisse oder Lebensabschnitte stehen, von denen sich die Betroffenen nur mit erheblichem inneren und/oder äußeren Aufwand lösen wollen oder müssen. Deswegen auch der Schau-Charakter der Trennung. Andere sollen sehen, wie schwer jemandem eine Ablösung gefallen ist. Das Objekt, der Schuh, ein symbolischer Darsteller, soll einen öffentlichen Niedergang erleben.

Das ist wahrscheinlich für den einen oder anderen Fall

zutreffend; gewiss aber nicht für die große Zahl herumliegender Schuhe. Ich habe diese Phantasie: Ein betrunkener Mann verliert beim Versuch, den Heimweg ohne fremde Hilfe zu schaffen, einen Schuh, ohne es zu bemerken. Für die Damenwelt fällt mir diese Variante ein: Irgendwo ist eine rasante Geburtstagsfeier im Gange; eine ebenfalls schon beschwipste Dame möchte ihre Freunde verblüffen, zieht einen oder beide Schuhe aus – und wirft sie in hohem Bogen aus dem Fenster. Ein Partygag. Die Gäste sind tatsächlich verblüfft, die Schuhe landen auf dem Bürgersteig, bleiben dort auch liegen und verwundern am nächsten Tag Leute wie mich, die wieder einmal nicht gesehen haben, wie so etwas geschehen konnte.

Rätselhaft ist der starke Eindruck, den herumliegende Schuhe auf die anderen Passanten machen, die niemals Schuhe verlieren. Im Gegenteil, die »anständigen«, skandalfreien Schuhträger erleben in solchen Augenblicken eine gewisse Stärkung ihres ordentlichen Lebensgefühls. Es ist, als wären herumliegende Schuhe kleine Denkmale, die uns daran erinnern, dass wir nicht einen halben Tag lang vom rechten Weg abkommen dürfen. Sonst droht uns ein Lebensgefühl, das Eugène Ionesco (in seinem Tagebuch) auf diesen Punkt gebracht hat: Wir alle fürchten uns vor der plötzlichen Entdekkung, dass unser Leben »verpfuscht« sein könnte.

Insofern sind herumliegende Schuhe, entgegen ihres harmlosen Aussehens, veritable Mini-Menetekel, schändlich, schmutzig, rätselhaft und sehr beeindruckend. Charlie Chaplin hatte von der Symbolkraft kaputter Schuhe ein tiefes Wissen. Der Held seiner frühen Stummfilme hatte stets äußerst erbarmungswürdige Treter an den Füßen. Sie waren (sind) so zerstört, dass sie jeden Augenblick auseinanderfallen können und deswegen mit Kordeln und Lumpen umwickelt sein mussten.

Einmal landen Charlies Schuhe sogar in seinem mit Spaghettis gefüllten Teller, und Charlie merkt es nicht, dass er die Schnürsenkel für Spaghetti hält und sie prompt mitverspeist. Diese berühmte Szene ist deswegen so unerhört, weil die Schuhe im Teller momentweise ihre symbolische Macht in die Wirklichkeit entlassen und die Zuschauer von der Angst befreien, die von herumliegenden Schuhen ausgeht – und ungehindert in den Geist ihrer Betrachter einwandert.

Der Schuhmacher, bei dem ich meine Schuhe neu sohlen lasse, verkauft einmal im Jahr von ihm reparierte, von ihren Besitzern aber nicht wieder abgeholte Schuhe für ein Taschengeld. Er selber hat keinen Verlust, weil er Schuhreparaturen nur noch gegen Vorauskasse annimmt. Er stellt die zwar gebrauchten, aber tadellos wieder hergerichteten Schuhe nebeneinander in sein Schaufenster. Aber kaum jemand schaut gebrauchte Schuhe an, niemand kauft gebrauchte Schuhe. Der Schuhmacher gibt trotzdem nicht auf. Er und ich schimpfen auf die Leute, die ihre Schuhe vergessen oder verschlampen oder gar – wer weiß – tatsächlich verstoßen.

Dabei fällt der Widerspruch auf, dass einige Menschen (nicht alle) gebrauchte Jacken oder Mäntel durchaus »ertragen« können, gebrauchte Schuhe jedoch nicht. Ich nehme an, dass der Mensch zu seinen Schuhen ein erzählerisches Verhältnis hat, in dem viele Widersprüche bis zur Selbstverstummung ausgetragen werden können. Zuweilen werden Schuhe geopfert, weil der Schuhträger das Gefühl hat, dass diese zuviel von ihm wissen. Immerhin kennen die Schuhe alle seine/ihre Wege innerhalb einer bestimmten Vergangenheit, für die ein Mensch nicht immer (eingebildete) Mitwisser haben möchte.

Ich erinnere mich gut, dass das Erzähl-Verhältnis zu meinen Schuhen einsetzte, als ich etwa zehn Jahre alt war.

Meine Mutter ging mit mir in die Stadt und kaufte mir meine ersten Sandalen. Sie gefielen mir so gut, dass ich mich in sie verliebte. Ich trug sie nicht, weil ich verhindern wollte, dass sie zu schnell unansehnlich würden. Lieber nahm ich die Schuhe in der Wohnung in die Hand und schaute sie an. Eine Weile nahm ich die Schuhe sogar mit ins Bett; wenn sie ruhig neben meinem Kissen lagen und ich sie betrachtete, ging eine Art von Glück von ihnen aus.

Gerade diese Sandalen wirkten wenig später an meiner Selbsterziehung mit. Als ich sie zum ersten Mal an den Füßen hatte, regnete es lang und heftig. Mit sanfter Unaufhörlichkeit tastete sich der Regen bis zu den Zehen vor. Immer neue Regenfälle brachten mich fast zur Verzweiflung. Ich wusste nicht, wie ich verhindern sollte, dass meine neuen Sandalen innerhalb kurzer Zeit miserabel ausschauten. Ich weinte auf der Straße und war fassungslos. Ich konnte niemandem sagen, was mit mir los war; ich wusste es ja selbst nicht. Es war (vermutlich) das erste Auftauchen des Fatums: das Überschwemmtwerden durch ein rätselhaftes Schicksal.

Heute ist das Eindringen des Regens in meine Schuhe das Wiedereindringen meiner Kindheit in mich. Es dauert dann nie lange, bis mir verloren geglaubte Bilder und Details wieder und wieder einfallen. Ich gehe im Regen umher und bin gleichzeitig erwachsen *und* Kind. In dieser libellenartig hochgetriebenen Überempfindlichkeit macht es mir plötzlich Vergnügen, widrigen Verhältnissen standzuhalten und mich durch sie hindurchzukämpfen. Und das nur wegen ein Paar neuer Sandalen!

Insofern kommt der Idee der anfangs zitierten Psychoanalytikerin erhebliche Wahrheit zu. Schuhe sind Darsteller der Kämpfe unserer verinnerlichten Lebensmaximen. Verlassene Schuhe anziehen würde bedeuten, in eine übriggebliebene Lebenserzählung eines anderen Menschen einzusteigen; instinktiv empfinden wir davor ein Befremden und lassen die verlorenen Schuhe lieber mit sich allein. Gleichzeitig ist diese Barriere (nicht in eine fremde Schuh-Körper-Erzählung eindringen wollen) auch der Grund, warum wir so oft einzelne Schuhe in den Straßen herumliegen sehen: ihre Besitzer haben die Erzählung ihrer Schuhe nicht länger ertragen.

Dann habe ich doch noch mit eigenen Augen gesehen, wie ein Schuh (fast) verlorenging. Es war auf einem großen Spielplatz. Viele Kinder sprangen schreiend und johlend umher. Die Mütter saßen ringsum auf den Bänken und schauten dem Treiben zu. Plötzlich verlor ein umherrennender, etwa zehnjähriger Junge seinen linken Schuh. Der Junge und einige andere Kinder bemerkten das Missgeschick, aber der Junge zeigte keine Lust, sich den Schuh wieder anzuziehen. Er war viel zu sehr in sein ununterbrochenes Spiel vertieft. Und, was wichtiger war, er hatte schon bemerkt, dass ihm der verlorene Schuh eine amüsante Nebenrolle zuschob. Andere Kinder lachten über ihn, weil er ungehemmt mit dem Zwischenfall umgehen konnte. Der Junge war plötzlich so etwas wie ein kleiner Spielplatz-Clown geworden. Er verstärkte seine Rolle mit selbst erfundenen Faxen beim Gehen und Rennen. Es gefiel ihm, dass er für die anderen einen solchen Unterhaltungswert hatte. Die Mutter forderte ihn vom Spielplatzrand auf, seinen Schuh wieder anzuziehen. Er überhörte die Mutter beziehungsweise weigerte sich, ihren Anordnungen zu folgen. Da nahm die erboste Mutter den verlorenen Schuh an sich, schimpfte ihren Sohn und verließ mit diesem den Spielplatz. Auch jetzt, beim Abgang, humpelte der Junge gekünstelt davon. Er bemerkte nicht einmal, dass die anderen Kinder nicht mehr so sehr über ihn lachten wie zu Beginn der Szene.

So schön kann es sein, einen Schuh zu verlieren.

Von der Bruchbudenhaftigkeit des Schönen

Es zeichnet sich ab, dass der Kommerz der finale Antrieb der westlichen Zivilisation bleiben wird. Die Spezialisten, die heute allgemeine, öffentliche Schönheit hervorbringen könnten (Ingenieure, Stadtplaner, Architekten etc.), sind so stark, das heißt ausschließlich vom Zwang zur Rentabilität beherrscht, dass sie ihre eigentliche Aufgabe, die Vermehrung des Wohlgefallens, haben vergessen müssen. Ich nenne ein Beispiel aus der jüngsten Gegenwart. Vor kurzem ist das »größte Schiff der Welt«, die »Queen Mary«, in Dienst genommen worden. Das Schiff ist ein gewaltiger Koloss, ein Monster. Es ist gebaut worden von Leuten, die vergessen haben, wie ein schönes Schiff aussieht. Wer die Queen Mary an sich vorüberziehen lässt, hat plötzlich das Gefühl, es handelt sich gar nicht um ein Schiff, sondern um eine schwimmende Mietskaserne, bis ins Detail den an Land herumstehenden Vorbildern nachgebaut: hier wie dort erkennen wir die trübsinnige Wohnblock-Bauweise, die absolut phantasielos angeordneten Fensterreihen, die im Schachbrett-Stil die Horizontalen und die Vertikalen miteinander verbindet. Im Architektenjargon nennt man eine solche Front eine »streng gerasterte Lochfassade«. Knapper und elender kann man den Mangel nicht beschreiben.

Eigenartig ist, dass niemand die Ähnlichkeit zwischen Luxusdampfer und Mietskaserne auffällt. Das Fernsehen, unser stumpfes Medium, ist wie überall zur Stelle und betet die Superlative nach, die die Reederei gerne zum Besten gibt. Das sogenannte Schiff hat 157 000 PS, es ist 345 Meter lang und 72 Meter hoch, es kann soundso viel tausend Passagiere aufnehmen – und so weiter. Niemand spricht aus, dass allein die Unmäßigkeit des Schiffes hässlich ist. Es kann niemand aussprechen, denn das Publikum ist genauso schönheitsvergessen wie die Erbauer des Schiffs. Es *erinnert* sich niemand mehr daran, dass ein schöner Ozeandampfer vor allem durch *niedrige* Deckaufbauten charakterisiert ist. Der Schiffsaufbau darf keinesfalls wuchtiger sein als der Schiffskörper. Die Mannschaftswohnräume und die Kabinen der Passagiere müssen in einer waagrechten Linie angelegt sein, ebenso die Offizierskammern, die Rettungsboote, die Speisesäle und die Vorratsräume. Die Schiffsaufbauten müssen eine sanft abgestufte Pyramide ergeben; einschließlich der Schornsteine, die sich in einem rhythmischen Abstand zueinander über die ganze Länge des Schiffs verteilen. Dieses Schönheitswissen ist zwar in jedem besseren Fachlexikon zu finden, aber man muss ein moderner, effizienter Schiffsplaner sein, um es komplett links liegenzulassen.

Fast noch schlimmer als die Schönheitsvergessenheit wirkt sich aus, dass die Leute, die heute Schönheit produzieren könnten, kein assoziatives Vermögen mehr haben. Sie fragen sich nicht mehr: *Wie* schaut das aus, was wir konstruieren? Ist es seinem eigenen Vorbild noch ähnlich – oder hat es die Verbindung zur schönheitsüberlieferten Form verloren? Der Grund der Hässlichkeit liegt darin, dass unsere Räume gezwungen werden, ihre Selbstähnlichkeit aufzugeben. Eine Wartehalle soll aussehen wie eine Bar, eine Bar soll aussehen wie eine Yacht, eine Yacht soll aussehen wie ein Salon, ein Salon soll aussehen wie ein Palast.

Schon oft ist mir aufgefallen, dass neue Architektur, wenn sie vorgestellt und eingeweiht wird, von Zeitgenossen durchweg bewundert und gerühmt wird. Man lobt die Kühnheit der Formen, die Modernität der Linienführungen, die Eigenart der Räume, die Intimität des Lichteinfalls (diese und viele andere Floskeln kann man dann hören und lesen), kurz: die Schönheit des ganzen Ensembles. Dann geschieht etwas Merkwürdiges. Kaum sind die so gepriesenen Neubauten ein paar Monate alt, wird Unmut laut. Die Leute, die noch vor kurzem ihre freudige Überraschung geäußert haben, sind jetzt anderer Meinung. Sie beklagen, dass das neue Rathaus (Kunsthaus, Wohnhaus, Schulhaus) an den Menschen vorbei geplant sei, dass es kalt und unsensibel ausschaut und dass der Neubau die Erfahrung der Fremdheit in der urbanen Welt nur verstärke.

Ich denke nicht, dass die Leute, die so widersprüchlich urteilen, Lügner sind. Sie fallen nur immer wieder darauf herein, dass das Neue, weil es sich formal von seinen Vorgängern abhebt, auch schon schön sei. Neue Architektur gehört zu den typischen Trugbildern jeder Saison. Ein oder zwei Jahre genügen, und der in den Himmel gehobene Theaterneubau in São Paulo oder Zürich ruft heimlich Mitleid hervor. Die Architekten haben wieder einmal so getan, als könne man neue Schönheit planen. Wirkliche Schönheit ist nichtintendierte Schönheit; sie verunglückt, wenn sie allzu sehr gewünscht wird. Um dieser Entdeckung innezuwerden, müssen wir von unserer hemmungslosen Subjektivität Gebrauch machen. Die moderne Subjektivität ist so frei wie nie zuvor. Sie verdankt ihre Freiheit ebenfalls einem ungeplanten Unglück, einem Unglück des Vorstellens und Wünschens.

Wir sind daran gewöhnt, dass in unseren Feuilletons wichtige Teile unserer Kultur immer neu verabschiedet werden. Immer wieder lesen und hören wir (zum Beispiel) vom Ende der Psychoanalyse, der Familie, der Lyrik, der Germanistik, des Romans, des Wohlfahrtsstaates, der Arbeitsgesellschaft – und beinahe endlos so weiter. Durch die dichte Abfolge der Abschiede bleibt undeutlich, ob die Totgesagten wirklich tot sind oder nur totgesagt werden sollen, ob sie in Wirklichkeit nie gestorben oder gar unsterblich sind, weil sie auf wundersam versteckte Weise weiterleben – und es nur dieses Kulturgerede ist, das nie wirklich gelebt hat.

Zu den Entschlafenen gehörten seit langer Zeit auch die Individualität, die Subjektivität und die Schönheit. Unsere Grabredner scheinen sich einig zu sein, jedenfalls nach dem herrschenden common sense der fortgeschrittenen Ästhetik, dass Subjektivität zur Konkursmasse untergegangenen Denkens gehört, dass es Individualität und mithin die private Empfindung von Schönheit nicht mehr geben kann. Gleichzeitig werden Schriftsteller, Komponisten, Maler (etwa bei Preisverleihungen) immer noch und immer wieder für ihre individuelle Handschrift gelobt, das heißt für ihre künstlerisch artikulierte Subjektivität, die doch nach allgemeiner Meinung mausetot ist.

Wie aber gehen verschwindende und gleichzeitig immer neu erscheinende Subjektivität zusammen? Wie sollen wir uns diese Aporie denken? Die Gleichzeitigkeit von Präsenz und Untergang von Subjektivität/Individualität/Schönheit bemerken wir auf zahllosen Gebieten. Ich greife willkürlich drei Beispiele heraus. 1. Viele Theologen glauben heute nicht mehr an das Überleben der Seele nach dem Tod, obgleich dieses Fortleben nach wie vor zum Kernbestand des christlichen Glaubens gehört. Aber es hat sich neben dem Fortlebensglauben die sogenannte »Ganztodlehre« ausgebreitet, die auch das Verlöschen der Seele nach dem Tod als gegeben hinnimmt. Was soll der Gottesmann jetzt glauben? Wenn die Theologen nicht ihre privat entscheidende Subjektivität hätten, könnten sie den Wissenszwiespalt auf diesem zentralen Gebiet nicht lange aushalten. Ähnlich verhält es sich in der Psychoanalyse mit dem von Freud auf die Welt gebrachten 2. Todestrieb. Ein solcher Trieb leuchtete vielen Analytikern auf Anhieb ein, jedenfalls zu Beginn der Psychoanalyse. Im Laufe der Entwicklung rückten viele Analytiker von der Idee eines solchen Triebs wieder ab. Heute verhält es sich mit dem Todestrieb ähnlich wie mit dem Fortleben der Seele: die einen glauben es, die anderen nicht – subjektiv. 3. In der heutigen Philosophie gilt, wie jeder weiß, die Metaphysik als obsolet. Wer auf sich hält, redet wie Jürgen Habermas vom ›nachmetaphysischen Denken‹. Gleichzeitig gibt es Philosophen (Dieter Henrich zum Beispiel), die an der Metaphysik nicht nur festhalten, sondern diese besonders stark machen. Es ist wieder nur die letzte Instanz der persönlich verantworteten Subjektivität, die angibt, was wahr sein könnte und was nicht.

Wer oder was hat recht, wer oder was hat unrecht? Das ungesicherte Wissen bringt durch sein permanentes Schwanken die Autonomie des Subjekts hervor. Und mehr als das: Die schiere Subjektivität, die uns nötigt, den Geltungsanspruch von etwas zu bejahen oder zu verneinen, ist selber ein Teil von Schönheit geworden. Es ist ein Moment von Wohlgefallen (Schönheit) darin, dass wir ein derart tonnenschweres Problem mit einer privaten Entscheidung überhaupt klären können. Der jahrhundertelange Diskurs, ob es Subjektivität/Individualität/Schönheit gibt oder nicht gibt, tritt mit einer solchen Entscheidung für immer in den Hintergrund. Er ist nicht mehr wichtig. In der Nachmoderne bin ich allein der Entscheider, ob es Schönheit für mich gibt oder nicht – und wenn ja: wo.

Meine Subjektivität ist, weil sie nicht mehr selbst beurteilt werden kann und muss, eine unangreifbare, weil immerzu flüchtige Instanz. Sie ist flüchtig, weil sie stets aufmerksam sein will, um Schönheit inmitten der unschönen Realität ausfindig zu machen. Auch ich verbringe wie wir alle erhebliche Lebenszeit im »Junk Space« (Rem Koolhaas), das heißt in den verworrenen Räumlichkeiten heutiger Großmärkte, Shopping-Malls, Fußgängerzonen, Flughäfen, Erlebnisparks und so weiter. Es ist eine Welt aus Zufällen und Zumutungen, zu denen mir jeder persönliche Text fehlt. Vermutlich ist die Textverlassenheit der Grund, warum ich diese Umgebungen sanft verhöhne oder höhnend beschreibe. Es ist schon eine Weile her, dass ich diese Sätze schrieb: »Was wir brauchen, ist eine Theorie der Verborgenheit. Der Grundgedanke könnte sein, dass das Subjekt die Gesellschaft beobachten darf, diese aber nicht das Subjekt.« Und ich habe diese kleine Erzählung hinzugefügt: »Danach bat ich Gesa, mir für eine Weile ihre Schuhe zu geben. Sie zog sie aus und gab sie mir. Ich zeichnete mit dem Kugelschreiber die Konturen der Abnutzung auf den Sohlen ihrer Schuhe nach. Der am meisten abgenutzte Fleck (ich habe ihn stark schraffiert) befand sich in der Mitte der Sohlen. Eines Tages werden die Strümpfe aus diesen Flecken herausschauen. Gesa sagt, sie will die Schuhe bis zu diesem Zeitpunkt tragen und dann zwei Objekte aus ihnen machen (...) Ich weiß nicht, wie man diese Kunst nennen kann. Am besten wird sein, sie trägt keinen Namen. Denn mit dem Namen ist auch gleich ein falsches Bild von ihr auf der Welt, mit dem falschen Bild kommt das falsche Staunen, und mit dem falschen Staunen ist auch das Publikum wieder da. Dabei geht es nur darum, sich ein paar Bereiche zu schaffen, die vor jedem Zugriff sicher sind. Es könnte die empfindlichste Kunst (Schönheit) werden, die es je gegeben hat. Es könnte dabei eine neue Verheimlichung des Menschen herauskommen; aber haben wir die nicht auch nötig?«

Das soll heißen: Im Zeichen der herrschenden Schönheitsvergessenheit muss jeder, der Schönheit immer noch will, seine eigenen Schönheitsobjekte auf die Welt bringen. Diese Schönheit ist überall zugänglich, sie kostet nichts, sie ist ungeeignet für Verwertung und Kommerz, sie kann nicht modern werden, sie ist durch Abwegigkeit vor allgemeinem Interesse geschützt, sie schließt niemanden aus, weil sie zu jedem spricht. Ich erzähle von einem Beispiel. Dieser Tage habe ich, inmitten von Junk Space, einen Geldbeutel gefunden. Er lag im Freien, halb zugedeckt von feuchten Blättern, Papierresten und Abfall. Wahrscheinlich hat ihn ein Dieb schnell geleert und dann weggeworfen. Schon der Fundort hat mich bewegt. Die Dinge überleben an ungenannten, unnennbaren, vielleicht unsagbaren, auf jeden Fall unsäglichen Orten. Sie werden (vielleicht) kurz vor ihrem endgültigen Verschwinden bemerkt und erhellen damit den Bruchbudencharakter des modernen Lebens. Ihre Schönheit ist weltabweisend und dadurch weltverstärkend. Ich hob den Geldbeutel auf und öffnete ihn. Plötzlich schaute mich hinter einer Klarsichtfolie das Foto einer Frau an. Ich hatte sofort das Gefühl: Sie ist tot und ich bin der letzte, der ihr Bild anschaut. Ich legte den Geldbeutel auf meine flache Hand und sah, dass er mir das Zittern kurz vor seiner Vernichtung zeigte. Moderne, privat entdeckte Schönheit hat viel mit modernem, privat erlittenem Tod zu tun. Wir Menschen (viele von uns) und die Dinge sterben nicht ordentlich, wir kommen um in den Umständen, wir werden (viele von uns) zermalmt, zerdrückt, zerquetscht, zerrieben. Schön an der Entdeckung der zerfetzten Dinge ist die Empfindung der Zerfetztheit des eigenen Denkens. Durch diese Parallelität gewinnen wir schöne Einblicke in die Behelfsmäßigkeit allen Lebens. Ich bezeugte das brüchige Ding (der Geldbeutel), das brüchige Ding bezeugte mich. Das Ding (der Geldbeutel) lag auf meiner Hand und gab den Raum frei für die Position der Schönheit. Aus Kants interesselosem Wohlgefallen ist in der Moderne eine interessierte Verbergung geworden.

Der Ungehorsam gegen die Tatsachen

An einem schönen Winterabend spazierte ich in Berlin rund um den Savigny-Platz. In etwa einer halben Stunde hatte ich in einer der wundervollen Buchhandlungen, die es dort gibt, eine Lesung. Ich schaute in die Auslagen der Geschäfte, traf zufällig einen befreundeten Schriftsteller, verspürte Hunger. Ein »richtiges« Abendessen wollte ich vor der Lesung nicht zu mir nehmen, aber eine kleine Beruhigung des Hungergefühls sollte schon sein. Also kaufte ich mir eine Bratwurst mit Brötchen und setzte meinen kleinen Spaziergang fort. Natürlich betrachtete ich vor allem die Schaufenster der Buchhandlungen, in denen oft Kostbarkeiten ausgestellt sind, die ich in den Schaufenstern der meisten anderen Buchhandlungen vermisse. Ich geriet vor die Schaufenster der wahrscheinlich schönsten Buchhandlung, die ich an diesem Abend habe entdecken können, der Romanischen Buchhandlung. Ich streckte den Kopf in die Höhe, um auch das makellose Parkett, die schönen Teppiche, das geschmackvolle Interieur zu bewundern.

Es dauerte eine Weile, bis ich den beunruhigten Blick des Besitzers bemerkte. Er schaute auf die Bratwurst in meiner Hand. Natürlich befürchtete er, ich würde möglicherweise *mit* dieser seinen kostbaren Laden betreten und, wer weiß, auch noch die Bücher anfassen. Um seine Befürchtungen zu zerstreuen, aß ich die Bratwurst gut sichtbar außerhalb des Ladens auf. Aber auch mit dieser Umsicht hatte ich seine Sorgen nicht aus der Welt geschafft. Er ängstigte sich, wie sich zeigte, mit Grund. Ich putzte mir (alles gut sichtbar für den Buchhändler im Laden) mit einem nach Zitrone duftenden Erfrischungstuch die Hände, trocknete sie sorgfältig mit einem frischen Taschentuch ab, und betrat das Geschäft des Buchhändlers. Ich wollte sagen: Darf ich hier ein bisschen rumschauen? Tatsächlich habe ich gesagt: Darf ich hier ein bisschen rumsauen? Die Beunruhigung des Buchhändlers wuchs unermesslich, meine Schamhaftigkeit ebenfalls. Ich verließ wortlos und schnell den Laden und ward dort seither nicht mehr gesehen.

Nach hundert Jahren Psychopathologie des Alltagslebens kennen wir uns im Herkunftsgebiet solcher Versprecher ziemlich gut aus. Wahrscheinlich hat das edle Interieur der Buchhandlung mein Unbewusstes angeregt, und es entstand für ein paar fatale Augenblicke der unwiderstehliche Impuls, die Norm der schönen Übereinkünfte ein wenig zu beschmutzen, damit wenigstens im Sprechakt die momentweise Inszenierung meiner infantilen Lust auf ihre Kosten kommen durfte. Das klingt plausibel, kommt mir aber dennoch unzureichend vor. Der Einbruch einer verinnerlichten Norm in die allgemeine Sprachverwendung ist erheblich komplexer, als dass man ihr allein mit einem schematischen Bezug aufs Unbewusste beikommen könnte. Aufzuckende Sprachverfehlung ist ja nicht nur ein momentweises In-der-ungenügenden-Sprache-Sein, sondern immer auch die Verlegenheit eines Subjekts, das von einer anderen inneren Sprache *weiß*, von dieser aber gerade mal wieder abgewiesen wird. Wir wissen nicht nur nicht, wer oder was in uns spricht; wir sind auch unzufrieden mit dem, was unser Sprachzentrum sagt. Wir können noch soviel und noch so eloquent reden, es verschwindet nicht das Gefühl eines Mangels, der gleichzeitig die einzige Gewissheit unseres Sprechens ist: Die längste Zeit unseres Lebens verbringen wir als nicht ausgedrückte Individuen. Der Sprachmangel ist ein

Ungenügen mit der konventionellen Subjekt-Prädikat-Objekt-Sprache.

Wer will, kann das menschliche Sprechen als einen fortlaufenden Akt der Selbstbehinderung beschreiben. Eingeschränkt sind die Sprecher von ihrer Natur, die ihnen nicht erlaubt, das Vorgestellte genau zu sagen. Fast immer bleiben die gesprochenen Worte hinter dem Auszusagenden zurück. Augustinus hat für dieses Problem die Formel vom Verbum interius, vom »inneren Wort« verwendet; sie verlegt die Quelle des Mangels in die Mitte unseres Sprachzentrums. Seither ist uns schwer erträglich, dass die Innerlichkeit der Sprache autonomer ist als unser Körper-Ich. Die Unabhängigkeit des Sprachzentrums ist damit praktisch unzugänglich und degradiert das Ich zu einem bloßen Worttransporteur, der genauso oft irrt wie er spricht.

Aber wir wären nicht die, die wir sind, wenn wir aus dem Mangel nicht den Anstoß zu einer Produktions-Stimulans machen würden. Von Kleist stammt der Satz: »Denn nicht wir wissen, es ist allererst ein gewisser Zustand unsrer, welcher weiß.« Der Satz weist voraus auf die Konstruktion des Unbewussten, das etwas von uns weiß, ohne dass wir es wissen. Ein vorhandenes Wissen, wie verborgen auch immer, muss ein ausgedrücktes und also auch ein versprachlichtes Wissen sein. So weit wird Freud später nicht gehen. Der Entwurf *seines* Unbewussten geht davon aus, dass eine konkrete inhaltliche Beschreibung des Unbewussten nicht zu haben sein wird. Er nannte es das Unbewusste, *weil* es sich nicht zeigt.

Wer kennt nicht dieses Gefühl, dass wir inmitten einer heftig sprudelnden Redseligkeit plötzlich übermannt werden von der inneren Gewissheit, dass wir die ganze Zeit eigentlich etwas anderes sagen wollen und dass sich dieses Andere sich uns entzieht und wir eigentlich nur ersatzweise sprechen.

Nur die Heftigkeit des ersatzweisen Sprechens verbirgt, dass es ein Ersatz ist, die zweit- oder drittbeste Lösung. Das heißt, wir erinnern uns *innerhalb* der fließenden Rede an eine andere Rede, die uns schon bei früheren Gelegenheiten versagt geblieben ist; sie hat uns lediglich den Eindruck ihrer Unterdrücktheit hinterlassen. Wir haben die Unterdrückung angenommen, weil wir sonst gar nicht reden könnten.

Von Ilse Aichinger gibt es eine schöne Erzählung mit dem Titel »Meine Sprache und ich«. Es liegt ihr die Idee zugrunde, ein Ich könne mit seiner eigenen inneren Sprache Kontakt aufnehmen. Die Erzählerin weiß von der Existenz dieser Sprache, obgleich die Meta-Sprache selbst nicht spricht. Die Erzählerin ist darüber nicht verstimmt, sie nimmt das Schweigen hin. Im Text heißt es lapidar: »Meine Sprache und ich, wir reden nicht miteinander, wir haben uns nichts zu sagen.« Und: »Sie dreht sich, sie antwortet nicht, sie lässt uns geschehen.« Eine Seite weiter lesen wir: »Wenn meine Sprache die Stimme verliert, hat sie einen Grund mehr, das Gespräch mit mir sein zu lassen. Während ich sie noch wispernd und hustend mit Fragen und Angeboten überhäufe.« Gegen Ende des Textes ist die Erzählerin argwöhnisch geworden: »Ich habe sie im Verdacht, dass ihr nur an sich selbst liegt. Oder nichts an sich selbst. Oder beides, das trifft sich.« Erst ganz am Schluss der Erzählung schiebt sich über den Argwohn eine gewisse Resignation. »Man wird mit der Zeit nichts mehr von ihr wollen«, heißt es. »Und ich werde das meinige dazutun. Ich werde hier und dort einen Satz einflechten, der sie unverdächtig macht (...)«

Vermutlich hätten wir nicht verstanden, was Ilse Aichingers innere Sprache gesagt hätte. Die Exklusivität des Verstehens zwischen einem Sprecher und seiner inneren Sprache hat Ludwig Wittgenstein eine »Privatsprache« genannt. Charakteristisch ist für sie nicht, dass sie nur von einem einzigen

Sprecher gesprochen wird, sondern dass jeder andere Sprachteilnehmer sie nicht verstehen kann; sie nimmt Bezug auf etwas, »wovon nur der Sprechende wissen kann«.

So friedlich, respektvoll, fast einvernehmlich wie Ilse Aichinger stellen sich andere Autoren die Koexistenz mit ihrer nicht veröffentlichten Sprache nicht vor. Wenn ich meinen Überblick nicht überschätze, sind vor allem drei Phantasien über den Zugang zu inneren Sprachen im Schwange: 1. Durch den Gebrauch von Drogen; von Hans Fallada bis Aldous Huxley liegen Berichte über die Bild- und Sprachräusche derjenigen vor, die sich mit Drogen in andere Ausdruckswelten versetzt haben. 2. Durch kalkulierte Sprachexperimente. In seinen Frankfurter Poetik-Vorlesungen aus dem Jahre 1963 formulierte Helmut Heißenbüttel hochgemut: »Die neuen Prinzipien der Literatur des 20. Jahrhunderts sind antigrammatischer Natur.« Die inzwischen eingetretene Zukunft sieht anders aus. Selbst durch erhebliche grammatische Verschiebungen schimmert das Muster der identifizierenden Sprache hindurch, das heißt die konventionelle Struktur von Subjekt, Prädikat, Objekt. 3. Am problematischsten ist der dritte Weg, die Spracherzeugung mit Hilfe von psychotischen Erregungen und anderen Wahnzuständen. Delikat ist dieser Weg deswegen, weil er nicht frei verfügbar ist und in seinen Folgen unübersichtlich und nicht ganz gefahrlos.

Zur Illustration lese ich Ihnen ein paar Zeilen aus einem Brief vor, den Virginia Woolf am 22. Juni 1930 an eine befreundete Autorin geschrieben hat: »Als Erfahrung ist Wahnsinn großartig, das kann ich dir versichern, und nichts, worüber man die Nase rümpfen sollte; und in seiner Lava finde ich noch immer die meisten der Dinge, über die ich schreibe. Er schleudert alles Geformte, Endgültige, mit Macht aus einem heraus, nicht nur in kleinen Rinnsalen, wie die Normalität es tut. Und die sechs Monate – nicht drei –, die ich im Bett lag, lehrten mich eine Menge über das, was man das eigene Ich nennt. Tatsächlich war ich fast verkrüppelt, als ich wieder in die Welt zurückkehrte, unfähig, vor lauter Horror auch nur einen Fuß zu bewegen, nach dieser Disziplin. Denk nur – nicht einen Augenblick Freiheit von der Disziplin der Ärzte – absolut seltsame – konventionelle Männer; ›Sie dürfen das nicht lesen‹ und ›Sie dürfen kein Wort schreiben‹ und ›Sie müssen still liegen und Milch trinken‹ – sechs Monate lang.«

Die paar Zeilen machen uns klar, wie hoch der Preis ist, der für eine literarische Nobilitierung des Wahns zu zahlen ist. Sie machen außerdem deutlich, wie heftig der innere Ungehorsam gegen die Normen des Sprechens eingestellt ist und wie sehr wir uns Aufschlüsse über diese Normalität aus der Nicht-Normalität versprechen. Die wahnhafte Normzertrümmerung ist ein authentischer Akt, authentischer noch als das »normale« Sprechen; die Normzertrümmerung tritt momentweise und mit großer Autorität an den Sprecher heran. Als größte Prämie erscheint die Verheißung, es gebe in uns selbst eine sonst verhüllte Wahrheit, an die der »Gesunde« nicht herankommt. Psychoanalytisch gesprochen (nach Lacan): Das Unbewusste ist die Rede des (fremden) Anderen und des (anderen) Fremden in uns, die wir mit konventionellen Mitteln nicht verstehen. Paradox ist, dass ausgerechnet das pathologische Schreiben ein Ausweg des Bewusstseins ist, das mit einem zu starken Andrang verinnerlichter Normen fertig werden will. Populärer ausgedrückt: Verrücktheit ist eine Reaktion auf eine Überdosis Normalität. Das Paradox zeigt die eigenartige Spaltung unserer Spätkultur, dass wir die Verletzung von Kunstnormen nur dann schätzen, wenn sie von unverletzten Individuen ausgeht; das heißt, wenn uns der Rückzug in die Norm jederzeit offensteht. Die Norm geht gestärkt aus ihrer Verletzung hervor. Auf die Diskriminierung der Norm folgt die wohlige Wiederaufnahme des Normenverletzers in der Normenwärme. Die Norm zeigt, indem sie verletzt wurde, gerade dadurch ihre normative Kraft.

In der Gegend, in der ich wohne, überquert am Frühabend zuweilen eine verwirrte Frau die um diese Zeit verlassenen Betonhöfe der Universität. Die Frau spricht laut mit sich und gleichzeitig mit stumm bleibenden Fremden, ohne je einen einzigen verständlichen Satz herauszubringen. Die Frau ist (so heißt es im Jargon der Sozialtechnologie) vom System »ausgesteuert«; das bedeutet, sie hat keine Einkünfte, keine Unterstützungen, keine Kontakte, keine Krankenversicherung und also auch kein Geld für Medikamente. Sie ist äußerlich sehr heruntergekommen, vermutlich ist sie obdachlos. Zuweilen trägt sie unversehrte Kleidung, so dass man denkt: Es gibt offenbar unbekannte Helfer, die sie mit Kleidung und Nahrungsmitteln dann und wann versorgen. Gelegentlich hebt sie den rechten Zeigefinger, bleibt irgendwo im Gelände stehen und sagt mit stark erregter Stimme:

Ksch ksch ksch ksch jajajajaja in die esse in die esse kiss kiss in die esse ksch ksch schl schl schl ö ö ö ö ö ö du Schwein o o o o o Pongst Ongst Ongst Brongst Ongst Ongst ö ö ö ö ö ö schl schl schl ean ean ö ö ean ö ksch ö ö ö …

Wenn man sehr viel Zeit hätte und der Frau lange zuhören könnte, würde man die sprachlichen Herkünfte einzelner Wortstummel in ihrer Rede vielleicht rekonstruieren können. Vermutlich ist von Angst die Rede, wenn sie Ongst sagt, und vermutlich meint sie Brust, wenn sie Brongst sagt. Das heißt, man könnte eine Ahnung davon bekommen, was die Frau sagen will, welche Erlebnisse und Erinnerungen ihrer Rede beigemischt sind. Die häufigen o o o o-Ausstoßungen sind (vermutlich) ein Reflex auf ein nicht verschwindendes Entsetzen. Wobei ich mein Unbehagen über diese Art der Rekonstruktion nicht verschweigen will, weil diese sich auf einen gemeinschaftlich geteilten Code des Empfindens bezieht, den ein Mensch mit zerstörter Rede vermutlich nicht (mehr) teilen kann. Ich bin überzeugt, dass die Frau Literatur von sich gibt, eine enthemmte Traumliteratur voller taumelnder und abstürzender Worte, erregt und von tödlicher Kälte, fern aller »ordentlichen« Literatur und gleichzeitig ganz nah bei ihr. Ich will sagen, dass wir die Norm der Syntax nur im Krankheitsfall verlassen – und dann nicht freiwillig. Die dauerhaft kranke Frau hat nicht (wie Virginia Woolf) das Privileg, *nach* einer Irritation wieder in die Normverfassung der Sprache zurückkehren zu dürfen; wer sie einmal hat sprechen hören, nimmt Abstand von der Idee, die Grammatik im Dienst der Literatur verändern zu wollen.

Aber selbst eine zerstörte, sich der bloßen Lautebene annähernde Sprache verweist auf einen Mangel (und damit auf einen Wunsch) der anderen, sich in Regeln bewegenden Sprecher. Wir müssen nicht gestört sein, um die Fremdheit gegenüber unserer eigenen Innenwelt (oder der Innenwelt uns nahestehender Personen) zu bemerken. Was wir brauchen könnten – das ist der Wunsch angesichts des Mangels –, ist die Kompetenz einer inneren Eigenfremdsprachigkeit. Wenn wir eine solche innere Eigenfremdsprachigkeit hätten, müssten wir nicht mehr nach Worten suchen für das, was aus unseren inneren Bezirken nach außen dringt und genau an dieser Weltentrennstelle – an der Grenze von innen nach außen – dann doch wieder nicht richtig ausgedrückt und ergo nicht richtig verstanden werden kann.

Hätten wir eine Eigeninnenfremdsprache, dann hätten wir für das gefrorene Meer in uns einen gemeinschaftlich geteilten Fremdinneneigenwortschatz. Um zu erläutern, was ich mir vorstelle, nehme ich kurz den »Fall« Adalbert Stifter zu Hilfe. Zu den Gestehenskosten seiner Literatur gehört eine lebenslange Selbstvergewaltigung, die Stifter momentweise selbst unheimlich war, gleichzeitig aber auch unvermeidlich, weil sich Stifter ohne sie vermutlich mit der Stummheit hätte arrangieren müssen. Am 20. August 1835 gesteht er seiner Herzensdame Franziska Greipl: »Du warst ja doch immer trotz meiner *vorsätzlichen Selbstverhärtung* die Braut meiner Seele – du warst doch immer die Heilige, zu der mein besseres Ich betete ...« Dreizehn Jahre später, in einem Brief vom 25. Mai 1848 an seinen Verleger Gustav Heckenast, erscheint das Maß der Gewalt deutlich verschärft – und gleichzeitig deren Umdeutung in eine Art Souveränität: »Selbstbeherrschung bis zur Opferung des Lebens«, schreibt Stifter, »Maß bis zur Verleugnung der heißesten Triebe ist nur in der Freiheit möglich; denn sonst kann es als Gebundenheit, nicht als Selbstbestimmung vorliegen.« Zwei Jahre darauf, am 6. Dezember 1850, hat Stifter in einem Brief an Heckenast bereits den Ton der absegnenden Verbrämung gefunden: »Das ist das unsäglich Wohltätige von der Natur, dass Seelenwunden wie körperliche heilen, nur mit dem Unterschiede, dass die geheilte Seelenwunde, wenn sie eine unverdiente war, statt Nachwehen, wie die körperliche, vielmehr eine gestählerte, gefestigtere und reinere Seelengesundheit zurück lässt. Sie werden es empfinden, durch Schmerz geht man zu einem größeren Karakter hervor.«

Weitere drei Jahre später, 1853, in einem Brief an den Gelegenheitsschriftsteller Gustav Pechwill, ist die Operation der Schmerzumwandlung abgeschlossen. Stifter hat die Transformation, wie er glaubt, überlebt und tönt entsprechend: »Der Schmerz ist ein heiliger Engel, und durch ihn sind Menschen größer geworden als durch alle Freuden der Welt.«

Man liest diese Sätze, versteht sie – und versteht sie

gleichzeitig nicht. Natürlich ist der Gehalt makellos ausgedrückt; gleichzeitig gibt es einen Ausdrucksmangel zwischen den Anlässen der Sätze und ihrer Ankunft in der sprachlichen Präsentation. Es gibt in den Briefen Stifters viele ähnlich klingende Sätze, die immer wieder dasselbe Thema haben: die Verwandlung des Untröstlichen ins Tröstliche und die anschließende Rückverwandlung des Tröstlichen ins (wieder) Untröstliche. Es ist diese Umzwingung des Zwangs, von der wir gerne mehr und Genaueres wüssten.

Ich stelle mir vor: Es gibt in uns eine Affinitätssprache, die den Transport des Empfundenen in das Denken und dann den Weitertransport des Gedachten in die Sprache abbildet. Es gibt kein Wort für diese Sprache, deswegen nenne ich sie (hilfsweise) die Eigeninnenfremdsprache. Ich gehe davon aus, dass das erstmals auftretende Fremde eine sprachliche Form hat. Bisher ist uns der Zugang zu dieser Sprachform versagt. Wenn uns diese Sprache bekannt wäre, hätte auch Adalbert Stifter den einzigen Kindersatz verstehen können, den er in seiner biografischen Skizze »Mein Leben« überliefert hat. Stifter war noch ein Kind, er saß auf dem Fensterbrett, sah hinaus und sagte dabei sehr oft: »Da geht ein Mann nach Schwarzbach, da fährt ein Mann nach Schwarzbach, da geht ein Weib nach Schwarzbach, da geht ein Hund nach Schwarzbach, da geht eine Gans nach Schwarzbach.« Und auch ich, verfügte ich über eine Eigeninnenfremdsprache, könnte erklären, warum ein Buchliebhaber von hohen Graden ausgerechnet in einer feinen Buchhandlung rumsauen will.

II

Melancholische Renitenz

Bamberger Vorlesungen I

Mitte der siebziger Jahre war ich knapp über dreißig Jahre alt und wollte Schriftsteller werden. Einen ersten Versuch, diesen Beruf zu ergreifen, hatte ich schon hinter mir. Der Versuch hatte rund zehn Jahre zuvor (1965) zur Veröffentlichung eines Romans geführt, der gewiss nicht ganz unzulänglich, aber auch nicht allzu vielversprechend war. Sagen wir: ein Jugendwerk. Der Roman hieß »Laslinstraße« und wurde kaum beachtet. Nach seiner Veröffentlichung machte ich eine erste starke Erfahrung, die mehr biografisch als schriftstellerisch grundiert war: Für ein zweites Buch fiel mir nichts mehr ein. Ich überlegte und wartete und experimentierte: ein neuer Roman kam dabei nicht zustande. Das eigentlich Beunruhigende an dieser Erfahrung war, dass ich nicht mit ihr gerechnet hatte. Ich hatte mir in einer Art schöpferischem Grundvertrauen, das mir heute nicht mehr nachvollziehbar ist, eingebildet oder eingeredet oder phantasiert, dass der magische Entschluss, Schriftsteller werden zu wollen, auch schon der Garant für dessen materielle Grundlage sei. Wer also schreiben will, weiß immer schon, wovon der Text denn erzählen oder »handeln« solle. Dem war nicht so, und zwar über viele Jahre hin, in denen ich in einer halb verdutzten Verwirrung oder verwirrten Verdutztheit im textverarbeitenden Gewerbe arbeitete; ich trat eine Ausbildung zum Redakteur an, arbeitete einige Jahre bei Zeitungen und Zeitschriften, wurde dann freier Journalist – und näherte mich danach wieder der Literatur. Diesmal wählte ich einen pragmatischeren Weg, ich buk kleinere Brötchen, das heißt: ich schrieb kürzere Texte, die insofern auch einen Gebrauchswert hatten, weil sie sich durch passende Länge, formale Gestaltung und den Primat der Allgemeinverständlichkeit auch dazu eigneten, in den Medien verarbeitet zu werden. Ich rede vom Rundfunk, insbesondere vom Hörspiel und vom Feature. Dort gelang mir der Wiedereinstieg in die Literatur erstaunlich problemlos, schnell und, was die Honorare betrifft, existenzsichernd. Die segensreiche Wirkung des deutschen Rundfunks ist schon von vielen Autoren beschrieben worden, ich kann mich ihnen nur anschließen – und kann es deswegen kurz machen. Die Arbeit für den Rundfunk hatte für mich eine wunderbare Nebenwirkung, deren Nachhaltigkeit ich damals nicht erkannte. Sie erlaubte mir, sozusagen ohne Rücksicht auf Erfolg und Anerkennung, eine ruhige Entwicklung, ein gelassenes Sich-Umschauen nach dem, was man als immer noch junger Autor eigentlich schreiben könne.

Die Lage der neuen Literatur zu Beginn der siebziger Jahre sah im damaligen Westdeutschland ungefähr so aus: Im Gefolge der Studenten-Unruhen erwarteten die schreibenden Intellektuellen eine früher oder später ausbrechende Revolution. Eine Revolution musste, so wollte es die marxistische Orthodoxie, vom arbeitenden Volk ausgehen, das heißt vom Proletariat. Also interessierten sich die schreibenden Intellektuellen für die Lage der arbeitenden Klasse. Ende der sechziger bis tief in die Mitte der siebziger Jahre erschienen immer neue Titel über das verlorene Klassenproblem als solches, das heißt über die erfolgreiche Eskamotierung des Klassenstandpunkts unter dem Einfluss des wachsenden Erfolgs der Konsumgesellschaft. Die Autoren waren der Meinung, dass den Arbeitern der Klassenstandpunkt im Austausch gegen die Segnungen der immer mächtiger werdenden Freizeitgesellschaft abhandengekommen war. *Eine* Gruppe der Arbeitswelt spielte in den Auseinandersetzungen der Gesellschaftsveränderer von Anfang an keine Rolle: die Großgruppe der Angestellten. Ich nenne sie eine Großgruppe, denn der Anteil der Angestellten an der Gesamtzahl der Arbeitenden war schon damals größer als der Anteil der Arbeiter. Das soll – unter anderem – auch heißen: die Gesamtgesellschaft wurde weit weniger, als damals noch angenommen, vom vorhandenen oder verlorenen Klassenproblem der Arbeiter beherrscht als von den schwerer wahrnehmbaren Seinslagen der Angestellten. Die Ausblendung der Angestellten war für mich als Autor ein stimulierender thematischer Faktor. Und weil ich mich damals als gesellschaftlich agierender Autor verstand, entschloss ich mich, nicht wie die vielen anderen Schriftsteller über das Leben der Arbeiter zu schreiben, sondern über die viel verhülltere Figur des Angestellten. Auf diese Weise entstand der Plan der Abschaffel-Romane. Er entstand freilich nicht nur aus gesellschaftlich relevanten Gründen, sondern auch aus autobiografischen. Ich erlitt als junger Mann – aus vielerlei Gründen, die auszuführen hier nicht der Platz ist – das Schicksal eines Schulversagers. Das heißt, ich musste als Siebzehnjähriger das Gymnasium verlassen – und landete ungeplant und vorzeitig im Berufsleben. Das heißt, ich begann unfreiwillig eine sogenannte kaufmännische Lehre, die sich über drei Jahre erstreckte. An diesem Punkt kommt eine bedeutsame gesellschaftliche Schaltstelle in den Blick, die bis heute auf die gleiche Weise funktioniert: Der Nachwuchs für die meisten Angestellten-Berufe fällt insofern vom Himmel, als sich die Kandidaten für diese Berufe aus den hohen Durchfall-Quoten des gymnasialen Bildungsganges rekrutieren. Ich habe diesen Zusammenhang aus Schulunglück, Berufswahl und Bürokratie im mittleren der drei »Abschaffel«-Romane, in »Die Vernichtung der Sorgen«, zur Sprache gebracht; ich lese Ihnen die Passage vor:

»Es gab genug Angestellte aus (...) niedrig bewerteten Abteilungen, die den Drang hatten, in die Export- oder Importabteilungen zu gelangen. (...) Wer im Export oder Import war, musste die Mittlere Reife haben oder doch mindestens ein abgebrochener Gymnasiast sein, damit er ein einigermaßen sicheres Englisch vorweisen konnte (...) Abschaffel war zwar ein abgebrochener Gymnasiast und hatte ansehnliche Englisch-Kenntnisse, aber dennoch arbeitete er nicht in den favorisierten Abteilungen. Er wusste selbst nicht warum, und er überlegte auch nicht. Über Schulbildung (...) wurde unter den Angestellten nicht gesprochen. Zu viele verdankten ihr Leben als Angestellte einem Unglück in der Schule. Sie waren von ihren Eltern mit überschwenglichen Hoffnungen auf das Gymnasium geschickt worden, und irgendwann zwischen Obertertia und Obersekunda versagten ihre Leistungen; einige hatten eine Klasse wiederholt, andere wurden von ihren beleidigten Eltern gleich von der Schule genommen und, wie zur Strafe, zu den anderen in eine Lehre gesteckt wie in einen muffigen Sack, aus dem es kein Entkommen mehr gab. Es gab bei Ajax nur zwei Angestellte mit Abitur und Studium, das waren seine beiden Referenten; sie gehörten zu den wenigen, die in ihrer Jugend zum richtigen Zeitpunkt Angst gehabt hatten und deswegen zum richtigen Zeitpunkt ihre Lektionen büffelten. Die vielen anderen, Abschaffel eingeschlossen, waren vorher von ihrer Angst verlassen worden, sie verhedderten sich in Phantasien über ihr Leben, die sich immer weiter von der Schule entfernten, bis sie eines Tages von der Schule, die doch eine ganz eng abgesteckte Leistung von ihnen verlangt hatte, ganz abgestoßen wurden. Tausende und Abertausende von Bürokräften hinter Schreibtischen, Schaltern und Theken lebten an ihrem eigenen, langsam verwesenden Schulunglück entlang, von dem sie einst heimgesucht wurden. Ohne die ewig nachrückenden Schulversager ließe sich nirgendwo eine Bürokratie errichten. Sie waren demütig, weil sie die bizarre Tragweite ihres Unglücks noch immer fürchteten, und sie waren schweigsam, weil sie wussten, eine wirkliche Verbesserung ihres Lebens hätte eine Austilgung ihres frühen Schulversagens zur Voraussetzung, und eben diese Austilgung war für immer unmöglich.«

Jeder der drei »Abschaffel«-Romane hat ein Motto. Jedes Motto verweist auf einen literarischen Hintergrund, vor dem ich damals arbeitete. Das erste Motto ist ein Zitat aus einem Brief von Franz Kafka an seine Verlobte Felice Bauer; es lautet: »Die Stunden außerhalb des Bureaus fresse ich wie ein wildes Tier.« Das Motto des zweiten Bandes »Die Vernichtung der Sorgen« ist ein Satz von Robert Walser, den ich in seiner Erzählung »Helbings Geschichte« aus dem Jahre 1913 fand; der Satz lautet: »Ich bin einer der Vielen, und das gerade finde ich so seltsam.« Das Motto des dritten Bandes »Falsche Jahre« ist dem Essay »Langeweile« von Siegfried Kracauer entnommen: »Doch die Menschen bleiben ferne Bilder und am Horizont verzischt die große Passion.« Die Horizonte der drei Motti ergeben zusammen eine Art innere Topografie des Lebens des Angestellten Abschaffel. Alle drei Motti spiegeln beziehungsweise verarbeiten Illusionen, die ihre drei Autoren entweder selbst hatten oder die sie als Material an ihre Protagonisten weitergegeben haben. Die Autoren der drei Motti waren damals – und sie sind es heute noch – sozusagen literarische Statthalter des Angestellten-Themas, in deren Umkreis ich mich aufgenommen fühlen wollte. Siegfried Kracauer ist dabei besonders exponiert, weil er der Verfasser der ersten und lange Zeit einzigen soziologischen Studie über »Die Angestellten« ist, die 1930 erstmals erschien und damals erhebliches Aufsehen erregte. Gleich zu Beginn der Studie lesen wir die Sätze: »Hunderttausende von

Angestellten bevölkern täglich die Straßen Berlins, und doch ist ihr Leben unbekannter als das der primitiven Völkerstämme, deren Sitten die Angestellten in den Filmen bewundern (…) Hinter die Exotik des Alltags kommen auch die radikalen Intellektuellen nicht leicht. Und die Angestellten selber? Sie am allerwenigsten haben das Bewusstsein ihrer Situation.« Einflussreich wurde eine Rezension der Kracauer-Studie durch Walter Benjamin; darin stellte Benjamin fest: »Es gibt heute keine Klasse, deren Denken und Fühlen der konkreten Wirklichkeit ihres Alltags entfremdeter wäre als die Angestellten. Mit anderen Worten aber will das heißen: Die Anpassung an die menschenunwürdige Seite der heutigen Ordnung ist beim Angestellten weiter gediehen als beim Lohnarbeiter.« Beide Befunde – sowohl der von Kracauer als auch der von Benjamin – haben ihre Gültigkeit bis heute nicht verloren.

Die Motti der »Abschaffel«-Romane sind aber auch ein ängstlicher Verweis auf die literarischen Bürgen, derer ich mich damals meinte versichern zu müssen. Ich glaubte seinerzeit, ohne Bezug auf die gültigen Vorbilder keinen Boden unter den Füßen zu haben. Auch in einer anderen, etwas versteckteren Hinsicht war ich diesen (und anderen) Gewährsleuten der literarischen Tradition verpflichtet. Ich meine die Legende vom ersten Satz. Nach allgemeiner, in den siebziger Jahren kaum bezweifelter Ansicht wurde ein literarischer Roman von einem starken ersten Satz eingeleitet. Der erste Satz ist (war, damals) eine Art Stoß, der den Raum öffnet für den nachfolgenden Roman. Ich nenne ein Beispiel aus der Zeit, als ich an den »Abschaffel«-Romanen arbeitete und den Roman »Der Fremde« von Albert Camus las. Dieser Roman beginnt mit dem Satz »Heute ist Mama gestorben«. Das ist (in seiner lapidaren Einfalt) gewiss eine heftige Roman-Eröffnung. Und doch ist der erste Satz in diesem Fall nur eine

Vorlage für den zweiten. Dieser lautet so: »Vielleicht auch gestern, ich weiß es nicht.« Erst der Zusammenklang des ersten und zweiten Satzes bringt den starken ersten Auftritt des Romans zustande: »Heute ist Mama gestorben. Vielleicht auch gestern, ich weiß es nicht.« Das Beispiel von Camus war damals eine Art Parameter für die Wirksamkeit des ersten (und, in diesem Fall) des zweiten Satzes. Es herrschte damals die Meinung vor, dass im ersten Satz der ganze Roman wie (die Metapher, die jetzt folgt, war seinerzeit so gebräuchlich wie die Ideologie vom ersten Satz selbst) in einer »Nussschale« aufleuchtet. Die Ideologie von der Überwältigung durch den ersten Satz war über Jahrzehnte hin wirksam, obwohl es zu gleicher Zeit schon Gegenbeispiele gab. Von den Gegenbeispielen nenne ich nur den ersten Satz von Kafkas Roman »Das Schloss«. Er lautet: »Es war spät abends, als K. ankam.« Das ist unspektakulär, ohne jede Verheißung. Man kann nicht behaupten, dass man nach *diesem* ersten Satz mit dem ungeheuerlichen Roman rechnen könnte, der danach beginnt. Genau darauf lief die Effizienz-Ideologie des ersten Satzes hinaus: Schon hinter der schieren Nichtigkeit des ersten Satzes sollte die Ungeheuerlichkeit eines unfassbaren Geschehens aufleuchten.

Ähnlich unscheinbar wie Kafka ist der erste Satz, mit dem Robert Walser seinen Roman »Geschwister Tanner« beginnen lässt: »Eines Morgens trat ein junger, knabenhafter Mann bei einem Buchhändler ein und bat, dass man ihn dem Prinzipal vorstellen möge.« Auch dieser erste Satz verrät nichts außer dem Zufall eines Anfangs, den man sich austauschbarer kaum denken kann. Ich nenne noch ein drittes Beispiel aus jüngerer Zeit. Imre Kertész' »Roman eines Schicksallosen« fängt mit diesem Satz an: »Heute war ich nicht in der Schule.« Man fragt sich nicht ohne Bangigkeit, ob man sich nach diesem ersten Satz ernsthaft für das interessieren soll, was danach kommt. Alle drei Beispiele sind willkürlich aus einer riesigen Auswahl herausgegriffen. Alle laufen auf etwas hinaus, was man vielleicht den Beiläufigkeitston nennen kann. Es handelt sich um fast unliterarische Sätze, für deren Zustandekommen der literarische Kosmos eines Schriftstellerkopfes nicht nötig scheint. Der Beiläufigkeitston hätte (so könnte man annehmen) eigentlich ausreichen müssen, die Ideologie vom wirkungsvollen ersten Satz endgültig vom Thron zu stürzen. Daraus ist jedoch nichts geworden. Trotz und neben dem Beiläufigkeitston hat sich der alte Typus des wirkungsmächtigen Nussschalen-Satzes erhalten. Ich nenne dafür nur ein neueres Beispiel, den ersten Satz von Wolfgang Koeppens Kurzroman »Jugend«. Er geht so: »Meine Mutter fürchtete die Schlangen.« Wir erkennen sofort, was den Satz attraktiv macht: Er ist kurz und eng formuliert, er ist suggestiv, weil er den Sog einer Geschichte eröffnet. Und er dringt mit einem prägnanten Detail in die Psyche eines Menschen ein. Dennoch ist der Koeppen-Satz konventionell. Es ist seine Stärke, die ihn konventionell macht. Der Satz hat die Wirkung eines Theatervorhangs, der sich plötzlich hebt und den Blick freigibt auf eine komplizierte Konfliktdramaturgie. Der Satz stößt uns in eine sich durch ihn öffnende Szene. Prompt sind wir gespannt, wie der folgende Text den Konflikt darstellt – und, eventuell, löst. Genau diese Vorhersehbarkeit ist sein Klischee. Ich erzähle Ihnen von diesen Romananfängen, damit ich besser von den Eröffnungen der drei »Abschaffel«-Romane sprechen kann. Der erste Romananfang ist (im Sinne der Koeppen'schen Eröffnung) der am wenigsten überraschende. Er lautet: »Weil seine Lage unabänderlich war, musste Abschaffel arbeiten.« Wir stoßen hier – als hätte der Autor in einer professionellen Schreibwerkstatt »erste Sätze« schreiben gelernt – auf die Kompression eines Konflikts. Abschaffel, der Protagonist, ist ein Mitglied der Massengesellschaft; das heißt, er ist unvermögend, vermutlich chancenlos und vermutlich ungebildet. Es bleibt ihm nichts anderes, als durch millimetergenaue Anpassung zu überleben, und nun wollen wir sehen, ob und wie er diese Anpassung schafft. Der Eröffnungssatz des zweiten Bandes ist zurückhaltender. Er lautet: »Der Sommer kam, kein Zweifel, und Abschaffel bemerkte die Wärme.« Ich nähere mich damit dem Ideal des unaufgeregten ersten Satzes. Was uns erregt, erregt uns als etwas, das seine Erregtheit nicht schon durch sich selber vorwegnimmt. Anders gesagt: Das Unheimliche beginnt heimlich, das heißt: nicht gekennzeichnet, anonym, verwechselbar. Der erste Satz des dritten Bandes erreicht dieses Ziel, wie mir scheint, am sichersten. Er lautet: »Eine halbe Stunde vor Abfahrt seines Zuges war Abschaffel schon am Bahnhof.« Das ist ein erster Satz, der zahllose Wirklichkeiten gleichzeitig möglich macht. Wir können von ihm nicht mehr auf einen vorhersehbaren Romanverlauf oder gar auf dessen Ende spekulieren. Er ähnelt dem ersten Satz von Kertész' »Roman eines Schicksallosen«: »Heute war ich nicht in der Schule.« Das kann der erste Satz eines Familienausflugs, einer Geburtstagsfeier, einer Beerdigung – oder (wie bei Kertész) eines beinahe tödlich endenden Anschlags werden.

Besonders die Kracauersche Beobachtung der »Exotik des Alltags« ist das bis heute durchschlagendste Kennzeichen des Angestellten; die Exotik ist inzwischen signifikanter als zu Kracauers Zeiten. Gemeint ist damit – unter anderem –, dass dem Angestellten im Vergleich zu den dreißiger Jahren ein ungleich ausgefaltetes Freizeit-Angebot zur Verfügung steht, das der Angestellte zur Selbstverdunkelung seiner gesellschaftlichen Lage gern nutzt. Denn der Angestellte ist – im Gegensatz zum konventionellen Lohnarbeiter – eine vielfach gebrochene und daher komplexe Erscheinung. Der

Proletarier ist aufgrund seiner mangelnden Ausstattung und seiner unterkomplexen Ansprüche leichter zu fassen und mit seiner gesellschaftlichen Rolle deswegen problemloser zu versöhnen. In den Biografien von Angestellten überwintern dagegen meist mehrere nur angefangene und später verstümmelte Biografieversuche, die durch unfreiwillige Abbrüche erst in die Existenz des Angestellten geführt haben. Mit anderen Worten: Der Proletarier hat in der Regel keine Chance, der proletarischen Laufbahn zu entkommen. Das macht ihn zwar insgesamt melancholischer, aber auch lebenslaufsicherer. Der Angestellte dagegen wollte keineswegs von Anfang an Angestellter werden, im Gegenteil. Er ist erst durch das Scheitern anderer, hochfliegender Pläne unfreiwillig ein Angestellter geworden. Durch diese Unfreiwilligkeit ist in seiner Psyche so etwas wie eine melancholische Renitenz entstanden. Renitenz heißt Vorbehalt beziehungsweise Reserve beziehungsweise Zurückhaltung beziehungsweise Verharrung. Melancholische Renitenz geht über das dauerhafte Beschweigen der Selbstbeschwichtigung zwar hinaus, erreicht aber keineswegs Formen des Protests und der Verweigerung. Insofern ist Abschaffel erheblich versteckter und äußerlich unscheinbarer als sein amerikanischer Kollege Bartleby von Herman Melville. Außer ihm selbst erfährt praktisch niemand, dass er quersteht zu seinem Berufsalltag und zur Melancholie von dessen Ausweglosigkeit. Als Beispiel für die Auswirkungen der melancholischen Renitenz nenne ich Abschaffels Weigerung, an den Feierabend-Aktivitäten seiner Kollegen teilzunehmen. Er macht keine Kegelabende mit und mokiert sich über gemeinsame Geburtstagsfeiern von Kollegen. Als zweites Beispiel nenne ich seinen Verzicht auf Urlaub. »Er fühlte sich zu stolz dazu«, heißt es zu dieser Frage im zweiten Band, »mit irgendwelchen Personen an irgendwelchen Stränden zu liegen, aber er wurde seiner Distanz nicht froh.« Diese fast unfreiwillige Distanz ist ein interessanter, gewiss auch dunkler Punkt in seiner Psyche. Zur Erläuterung heißt es im Roman: »Die anderen machten einfach alles, was ein Mensch machen konnte; sie heirateten, machten Kinder, fuhren in Urlaub, feierten Weihnachten (...) Und wie schäbig, künstlich und erbarmungswürdig auch alles sein mochte, es gefiel ihnen. Es gefiel ihnen sogar so sehr, dass es zum Programm ihres Lebens wurde.« Abschaffel hat keine besseren Ideen oder Angebote als die von ihm kritisierten Kollegen. Er verharrt in seinen Vorbehalten, er verharrt im Verzicht, beinahe hätte ich gesagt: er verharrt im Verharren. Diese Haltung macht ihn komplex, schwer durchschaubar, auch schwer deutbar, natürlich auch einsam, weil kaum vergleichbar. Ich will an dieser Stelle einräumen, dass ich damals, Mitte der siebziger Jahre, als ich die »Abschaffel«-Romane schrieb, stark beeinflusst war von den Denkweisen der Autoren der Frankfurter Schule, insbesondere von Theodor W. Adorno und Max Horkheimer. Ich las deren Bücher nicht als Student, sondern als junger Autor und Zeitungsredakteur, der für seine gesellschaftlichen Erfahrungen eine Art theoretisches Feedback suchte. Kaum ein Denker war dafür mehr geeignet als Adorno. Natürlich stellte Abschaffels Geschick auch die Frage nach seiner gesellschaftlichen Positionierung. Mir fällt kein Theoretiker ein, der das Individuum heftiger in Frage stellte als Adorno. Das Zeitalter des Individuums war für ihn deswegen zu Ende, weil es sich – schuldbeladen, wie es war – aus seinen politischen Verstrickungen der Vergangenheit nicht mehr zu lösen vermochte – und weil es, erst recht in den westlichen Nachkriegsgesellschaften, in Zukunft nur noch als konsumistische Verfügungsmasse starker wirtschaftlicher Interessen gelten konnte. Für Adorno war ausgemacht, dass das Individuum »nur deshalb zugrunde geht, weil seine Freiheit die ganze Geschichte hindurch misslang«; mehr noch – so lesen wir in der »Minima Moralia«: »Dass das Individuum mit Haut und Haaren liquidiert werde, ist noch zu optimistisch gedacht«. In späteren Jahren konnte ich diesen Urteilen nicht mehr zustimmen, aber in den siebziger und achtziger Jahren spiegelten sie mein eigenes Denken und auch meine eigene gesellschaftliche Erfahrung. Mit Abschaffel teilte ich die autobiografische Kränkung, dass mich nichts anderes als mein schulisches Scheitern zu hundert Prozent dafür geeignet machte, in den Massenbetrieb des tertiären Bereichs eingegliedert zu werden. Die Infamie des gesellschaftlichen Schicksals bestand gerade darin, dass das Schulversagen der Menschen als kalkuliert und gesellschaftlich gewollt erschien, weil sie nur als Versager in die mittleren bis unteren Systemschichten eingegliedert werden konnten. Das Verhältnis zwischen schulischem Versagen und späterer gesellschaftlicher Positionierung habe ich in einem späteren Roman noch einmal aufgegriffen. Das Buch heißt »Eine Frau, eine Wohnung, ein Roman« und erschien zuerst 2003. Der Roman ist meiner eigenen biografischen Vorgabe deshalb erheblich näher als die »Abschaffel«-Trilogie, weil der Protagonist genau das tut, was ich selbst in den sechziger Jahren des vorigen Jahrhunderts auch getan habe: Er ist kaufmännischer Lehrling, empfindet sich in dieser Rolle jedoch stark unterfordert – und erfindet für sich eine Art Kompensation, die ihm erlaubt, sich trotz und neben seiner Lehrlingstätigkeit in verheißungsvolleren gesellschaftlichen Zusammenhängen zu erleben. Er wird Berichterstatter für mehrere Lokalzeitungen. Praktisch sieht diese Nebenbeschäftigung so aus, dass er für die Zeitungen Abendtermine wahrnimmt und die Berichte über die von ihm besuchten Veranstaltungen am nächsten Tag frühmorgens, noch vor dem Frühstück, oder in seiner Mittagspause schreibt und sie anschließend in den Redaktionen der von ihm belieferten Zeitungen abliefert. Der Lokaljournalismus ist für ihn die erste Annäherung an seinen Traum, eines Tages als Schriftsteller und – noch dazu – als freier Schriftsteller leben zu können. Obwohl er erst siebzehn Jahre alt ist, ist er schon ein eifriger Leser und weiß deshalb auch, dass die von ihm besonders geschätzten Autoren (genannt werden Thomas Woolfe und andere) in ihrer Jugend ebenfalls als Zeitungsjournalisten gearbeitet haben. Eine der Zeitungen bietet ihm eine dreiwöchige Urlaubsvertretung eines Redakteurs an. Er nimmt das Angebot an und lernt auf diese Weise auch die Welt des Zeitungsgestalters, das heißt des Redakteurs kennen, der die Berichte seiner Mitarbeiter tagsüber sammelt, redigiert, mit Überschriften versieht und ins Blatt stellt. Obgleich er Freude an dieser Arbeit empfindet, wähnt er sich doch auf der falschen Lebensspur. Er erkennt gewisse Analogien zwischen seinem Dasein als Lehrling und seinen Aufgaben als Redakteur. Als Lehrling musste er Kisten und Säcke umhertransportieren, als Redakteur hebt er die Eitelkeiten von Kleinbürgern ins Blatt. Zwischen beiden Tätigkeiten gibt es seiner Meinung nach gewisse Ähnlichkeiten; auch der Redakteur ist, obgleich privilegiert, ein subalterner Zulieferer, der über seine funktionale Rolle als Rädchen in der Maschine nicht hinauskommt.

Und doch gibt es einen wichtigen Unterschied zwischen den »Abschaffel«-Romanen und dem viel später hinzugekommenen Roman »Eine Frau, eine Wohnung, ein Roman«. Es ist der Humor (oder, ersatzweise: die Ironie, die Komik). Abschaffel ist (war) ein vollkommen humorloser Mensch. Die einzige Möglichkeit, die ihm ein Lachen ermöglichte, war (zuweilen) die Schadenfreude, der Zynismus, das kaum versteckte Vergnügen an den Fehlschlägen des Lebens: weil sich in der Beobachtung der Fehlschläge die eigene pessimistische Konstitution wiedererkennen lässt. Eine Möglichkeit, die Gleichschaltung zwischen Ich und Wirklichkeit aufzuheben, ist der Humor. Der Humor deswegen, weil im Humor ein Abstand zwischen Ich und Welt aufscheint. Man kann die Gleichung aufstellen: Ohne Abstand kein Humor, ohne Humor kein Abstand. Über diese erstaunliche Gabe verfügt der Lehrling in »Eine Frau, eine Wohnung, ein Roman«. Erstaunlich ist diese Gabe in diesem Fall deswegen, weil der Humor nicht vom Himmel fällt, sondern von einem Ich, von einem Subjekt in die Welt gebracht werden muss. Das Komische ist eine Zugabe des Menschen. Man kann sagen: Das Lachen ist die Erfindung einer Trennungszone zwischen einer zu aufdringlichen Realität und dem Subjekt, das diese Zudringlichkeit nicht ertragen mag. Wobei die Ergebnisse der Zurückweisung der Zudringlichkeit oft nicht pointiert sind. Sie haben nicht die Form von Witzen oder lustigen Geschichten. Das Komische ist eine Atmosphäre, in der es sich leichter leben lässt. Man kann auch sagen: Komik ist leidfreie Zwiespältigkeit. Der Komik empfindende Mensch setzt die ihm ordinär erscheinende Eindeutigkeit herab, damit diese ihre komische Zweideutigkeit zeigt.

Beiseite stehen und Luft holen

Bamberger Vorlesungen 2

Nach Abschluss der »Abschaffel«-Trilogie (1979) habe ich noch zwei weitere Romane geschrieben, die dem Themenumkreis des Angestelltenlebens verpflichtet waren, obgleich auch neue Aspekte darin eine Rolle spielten, die (das habe ich damals aber nicht gewusst) auf eine allmähliche Auflösung des Angestellten-Blocks hindeuteten. Das erste der beiden Bücher trägt den Titel »Die Ausschweifung« und erschien zuerst 1981; das zweite Buch erschien drei Jahre später, 1984, unter dem Titel »Fremde Kämpfe«. In der »Ausschweifung« spielt noch einmal ein Büromensch die Hauptrolle, allerdings steht das Arbeitsleben nicht mehr im Zentrum des Geschehens; denn diesmal ist der Protagonist verheiratet und Vater einer kleinen Tochter. In dem Roman »Fremde Kämpfe« ist die Hauptfigur ein freelancer, das heißt ein freischaffender Werbegrafiker, der die Angestellten-Welt (sozusagen) nur noch von außen erlebt. Denn er arbeitet hauptsächlich für Werbeagenturen, das heißt, er ist auf den mehr oder weniger regelmäßigen Besuch von Werbeagenturen fixiert, die ihm den Lebensunterhalt sichern – oder auch nicht; das heißt, er ist durch seine Position als freier Mitarbeiter immer auch auf die Interpretation der »Stimmung« in der Agentur angewiesen, das heißt, er macht genau das, was auch jeder festangestellte Mitarbeiter machen muss – nur in verschärfter Weise: weil er sich die Beobachterposition stets von außen erkämpfen muss. Beide Bücher erreichen nicht mehr die Materialdichte, die sprachliche Präzision und die Wahrnehmungsraffinesse der »Abschaffel«-

Romane. In beiden Romanen zeigt sich ein quasi ausgepumpter, fast schon ermatteter Realismus; man kann auch sagen: es zeigt sich die schwächelnde Innovationskraft des Verfassers. Tatsächlich machte sich die nachlassende realistische Darstellungspotenz in den folgenden Jahren mehr und mehr bemerkbar. Ungefähr in der Mitte der achtziger Jahre war ich bereit, in den sich mehrenden Hinweisen auf eine bis dahin unbekannte Schreibunsicherheit die Zeichen einer Krise zu sehen. Darum handelte es sich tatsächlich; die Krise traf mich unvorbereitet und überraschend, wenn auch nicht völlig ahnungslos. Aus der Literatur wusste ich, dass es in jedem Schriftstellerleben Krisen gibt, vorübergehende und endgültige, das heißt solche, nach denen es keinen Neubeginn des Schreibens mehr gab. Auch ich rechnete nicht mit einer – wie auch immer gearteten – Fortsetzbarkeit des Schreibens. Die Krise, das heißt: das Nichtschreiben, dauerte in meinem Fall rund fünf Jahre. Das bedeutete: fünf Jahre ohne Buch. Gemäß der normativen Kraft des Faktischen hielt ich die Krise für das Ende meines Schreibens. Ich bereitete mich darauf vor, zum Journalismus zurückzukehren – und das literarische Schreiben für eine schöne, jetzt aber untergegangene Begleitung meiner Jugend zu halten. Ich fing an – gleichsam zur Instrumentalisierung des Abschieds –, kleine Texte von höchstens einer halben Seite Umfang zu schreiben, die nicht projektgebunden waren, das heißt, von denen ich nicht wusste, warum ich sie schrieb und ob ich sie jemals würde brauchen können. Es handelte sich um knappe, oft lakonisch gehaltene Notate zu den Themen Kunst, Liebe, Alltag, Reisen; unter den Texten gab es keine inhaltlichen oder sonstigen Korrespondenzen; oder sagen wir vorsichtiger: ich erkannte die Korrespondenzen erst später. Tatsächlich entwickelte sich aus dem anwachsenden Konvolut kurzer Texte allmählich mein neues Buch, das erste Buch nach der Krise des Realismus. Es erschien erstmals 1989 und trägt den Titel: »Der Fleck, die Jacke, die Zimmer, der Schmerz«. Noch in dieser Aufzählung von vier Substantiven steckt ein Verweis auf Form und Anordnung der Texte, das heißt auf eine lockere Abfolge bloß assoziativ miteinander verknüpfter Teile, die ich nicht nachträglich (und künstlich) zu einem konventionell geschlossenen Ganzen habe umformen wollen. Das heißt, das Buch hat die Form eines Albums, einer lockeren Ansammlung von kurzen Texten. In der Germanistik nennt man die Fragmentarisierung der Texte die Auflösung des Erzählkontinuums. Die praktische Folge ist: Der Roman beginnt (sozusagen) auf jeder Seite neu. Warum der Gesamttext trotz der Auflösung des Erzählkontinuums immer noch ein Roman genannt werden kann, liegt in der Einheit stiftenden Erzählerperspektive. Oder, genauer: es ist der Ich-Erzähler, der alle Notate durch seine Wahrnehmungspraxis miteinander verknüpft und dadurch die Dennoch-Romanhaftigkeit der Form hervorbringt. Ich verfolgte eine Art Doppelstrategie. Einerseits strebte ich nach wie vor (wie im realistischen Roman) eine Sozialbindung des Textes an. Das heißt, ich wollte, dass der »Held« aus einer ihm vertrauten sozialen Welt herausfällt. Gleichzeitig wollte ich die Autonomie eines Kunsttextes erreichen, das heißt: die Erzählung sollte durch ihren artifiziellen Charakter die Pflicht zur Abbildung von Welt hinter sich lassen. Der Text musste durch seine Gestalt eine Eigenwertigkeit beanspruchen, das heißt: er sollte durch sich selbst den Kunststatus einfordern. Diese Zweiteilung – also: einerseits Sozialverknüpfung und andererseits Souveränität durch Formanstrengung – ist zu Beginn der Moderne begründet worden. Damit wir alle wissen, wovon die Rede ist, nenne ich kurz zwei Beispiele von Kafka und Beckett. Ich lese Ihnen den ersten Abschnitt des Romans »Das Schloss« von Kafka vor: »Es war spätabends, als K. ankam. Das Dorf lag in tiefem Schnee. Vom Schlossberg war nichts zu sehen, Nebel und Finsternis umgaben ihn, auch nicht der schwächste Lichtschein deutete das große Schloss an. Lange stand K. auf der Holzbrücke, die von der Landstraße zum Dorf führte, und blickte in die scheinbare Leere empor.« Ich füge diesem Text von Kafka ein paar Zeilen von Beckett hinzu; sie sind seiner späten Erzählung »Schlecht gesehen schlecht gesagt« entnommen: »Es genügt, das Gras anzustarren. Wie es regungslos hängt. Bis zu dem Moment, da unterm unerbittlichen Blick es zu zittern beginnt. Ein kaum sichtbares Zittern aus seinem tiefsten Innern. Desgleichen das Haar. Regungslos gesträubt, erzittert es schließlich unter dem beinahe aufgebenden Auge.« Im Text von Kafka will ein Mann namens K. offenbar in ein Schloss eindringen, im Text von Beckett blickt eine ältere Frau auf zitterndes Gras. Die beiden Handlungen stehen für das, was ich Sozialbindung des Textes genannt habe; anders gesagt: sie lösen – durch Wiedererkennbarkeit der Details – den Kontakt zur real vorfindlichen Welt ein. Gleichzeitig merken wir, dass es beiden Texten nicht in erster Linie auf diese Sozialbindung ankommt. Durch ihre Kunstgestalt überheben sie sich über die sozialen Tatsachen, die sie gleichwohl benennen, und konstituieren eine Kunstwelt für sich.

Die beiden Personen in meinem Roman »Der Fleck, die Jacke, die Zimmer, der Schmerz« sind ein Liebespaar. Sie sind beide Künstler, und sie sind als Künstler beide unbekannt. Zu Beginn des Buches treten sie von Frankfurt aus (per Bahn) eine längere Reise an, die sie in drei europäische Kunstmetropolen führen wird, nach Wien, Paris und Amsterdam. Der Roman wird aus der Ich-Perspektive des männlichen Künstlers erzählt. In allen drei Städten verfolgen die beiden Reisenden explizit Kunstabsichten. In Wien besuchen die beiden das einzige von Ludwig Wittgenstein und seinem

Freund Paul Engelmann erbaute Wohnhaus, in Paris stellen sie in ihrem Hotelzimmer ein bekanntes Gemälde von Edgar Degas nach, in Amsterdam besichtigen sie die Wohnung, die Max Beckmann während seines holländischen Exils bewohnt hat.

Aber auch dann, wenn die beiden nicht in Museen sind und keine Kunst anschauen, haben sie Kunsterlebnisse. Das hängt mit ihrem besonderen Explorationsverhältnis zur gegenständlichen Welt zusammen. Anders gesagt: Sie betrachten die Welt, als sei auch diese Kunst. Auffällig ist in allen Textteilen die Vorherrschaft des Wahrnehmens, Beobachtens, Reflektierens, Spazierengehens. Diese Dominanz ist ein Reflex auf die Grundbefindlichkeit, trotz der versuchten Auflösung des Subjekts nach wie vor ein Subjekt zu bleiben. Eingelöst wird dieser Anspruch durch eine Selbsteinordnung in eine Dreierkonstellation aus Gesellschaft, Individualisierung und Ästhetik. Wobei das Individuum der Gesellschaft dadurch entkommt, indem es sich mit von ihm selbst erfundenen ästhetischen Prozessen eine Distanz von der Gesellschaft erarbeitet. Diese Distanzierung findet in meinen Büchern über das Umhergehen, über das Spazierengehen statt. Die Individuen verschaffen sich sozusagen andere innere Entwürfe als die, die die Gesellschaft zur Unterhaltung und zur Ablenkung bereitstellt. Die einzelnen, sowohl der Erzähler aus »Leise singende Frauen« als auch der Protagonist aus »Der Fleck, die Jacke, die Zimmer, der Schmerz«, sind unterwegs, um für sich persönlich (zum Beispiel) eigene Seh-Programme zu suchen. Diese Vorgänge sind nur vereinzelt als ästhetische erkennbar; meistens aber sind es naturwüchsige Fluchtbewegungen, die stets dazu dienen, der als Einkesselung empfundenen Welt der fertigen Botschaften zu entkommen. Diese Anfütterungen des Ichs gehen nicht immer plus/minus Null auf, aber auch im Scheitern ist ihr Sinn noch erfahrbar. Der Sinn muss nicht vollständig bei sich selbst ankommen, um noch als tauglicher Sinn verwendbar zu sein. Während des Spazierengehens wird sowohl die Dissoziierung des Ichs erlebt als auch der Appell, sich vor dieser Dissoziierung zu retten – durch den Eskapismus der Wege und des Denkens während des Gehens. Zuweilen treffen meine Protagonisten auf Freunde oder frühere Arbeitskollegen und werden sich dabei inne, in welch starkem Maße diese Menschen in verordneten Lebenswelten und verordneten Biografien existieren. Das sind Kippstellen, in denen den Erzählern plötzlich die Notwendigkeit des Erarbeitens von Subjektivität aufgeht. Subjektivität in den Strömen des konsumistischen Arbeitslebens ist dann nichts anderes als eine überraschende, befreiende Intimität mit sich selbst, die nur dem aufgeht, der sie als Zustand schätzt und außerdem weiß, dass sie in unseren Instantwelten nicht vorkommt. Persönliche Subjektivität wird dort mehr und mehr ausgeschlossen, weil man nicht mehr bei sich selbst sein soll oder darf, sondern bei dem, wo und womit man sein Geld verdient, oder bei dem, woran man sich sonst orientiert. Diese verwendungsfreie Intimität mit sich selbst ist das Resultat des Abstands, den sich die Erzähler durch Spazierengehen erarbeiten.

In ihrer selbst konstruierten Beobachterposition machen die beiden Reisenden nicht nur den Gewinn der Distinktion; genauso wichtig ist dem Paar, dass in *neuen* Kunsterlebnissen die Erfahrung der Individuation *wiederholt* werden kann. Die Wiederholung wird nicht als Doublette, sondern als Festigung des Erfahrenen erlebt.

Das ist der entscheidende Vorgang: eigentlich das innere Thema des Romans. Die beiden Reisenden sind immer wieder Objekt eines erstaunlichen Vorgangs: Indem ihnen die von ihnen betrachtete Kunst antwortet, spricht die Kunst ihr eigenes Ich an – und in diesem Angesprochensein gewinnt ihr Ich Konturen, von denen sie zuvor nichts gewusst haben. Man muss das Thema der (sozusagen) Ich-Werdung durch Kunst vor dem Hintergrund einer Debatte sehen, die in den sechziger und siebziger Jahren des vorigen Jahrhunderts einen Höhepunkt und wohl auch ihr Finale erlebt hatte. Ich meine die sich über viele Jahre hinziehende Auseinandersetzung darüber, ob der Mensch heute noch ein Individuum sein kann, ob er ein unverwechselbares, personales Ich hat, das ihn gegen andere Iche autonomisiert, weil es ihm eine eigene Kontur als Person gibt. Ich referiere diese Positionen mit Absicht in Frageform, denn in den siebziger und achtziger Jahren galt es als ausgemacht, dass diese ehemals unerschütterlichen Kernbestände des Menschen eigentlich unhaltbar geworden waren.

Der in den siebziger und achtziger Jahren tonangebende Michel Foucault hielt den Menschen für eine »Erfindung«, die er durch eine Rekonstruktion der »Archäologie unseres Denkens« aus dem Sattel heben wollte. Der schon mehrfach erwähnte Theodor W. Adorno hatte für seine These vom Ende des Subjekts eher gesellschaftlich-politische Gründe. Der Emigrant und Rückkehrer Adorno war geprägt vom Faschismus, in dem er primär die Auslöschung des Individuums erkannte und erkennen musste. An der These von der Nullifizierung des Ichs hielt er auch in der Nachkriegszeit in Frankfurt fest; nach seiner Einschätzung war der einzelne nun ein Opfer von ökonomischen und ideologischen Strategien, die ihn zwar nicht (wie im Faschismus) politisch gleichschalteten, aber doch entschieden daran hinderten, ein autonomes Ich zu werden. Das heißt, bei Adorno gehen die faschistische und die konsumistische Vernichtung des Subjekts Hand in Hand, was schon in den sechziger und siebziger Jahren nicht alle hinnehmen wollten. Jürgen Habermas, der Nachfolger auf Adornos Lehrstuhl, sprach diskreter von einer »Kolonialisierung unserer Lebenswelten«. Gemeint war damit sowohl eine Kritik des Subjekts als auch eine Kritik der Kräfte, die das Subjekt verhüllt erobern, das heißt »kolonialisierten« und für fremde Zwecke missbrauchen.

Das Paar in meinem Roman hat nie etwas erfahren von der Negation seiner gesellschaftlichen Lage. Als Künstler gehen sie von ihrem Ich aus wie von einer Setzung; die beiden halten sich an die Praxis ihrer Existenz, die sich von fremden Einsprüchen unabhängig weiß. Man kann auch sagen: Ein Mensch ist dann ein Individuum, wenn er sich praktisch dabei zusehen kann, *wie* er durch persönliche, individuelle Akte sein In-der-Welt-Sein beglaubigt. Es ist gesagt worden, dass es vor allem die Kunst ist, die Hebammendienste bei der Ich-Werdung leistet.

Ich will ein charakteristisches Beispiel dafür nennen. Von Wien aus schreibt der Erzähler an seinen zu Hause gebliebenen Freund Paul einen Brief. Er hat folgenden Wortlaut:

»Lieber Paul,

es muss Folgen haben, dass es gleichgültig geworden ist, was in der Kunst geschieht. Was nach der Indifferenz übrigbleibt, kann nur eine Kunst sein, die sich an einzelne wendet, für die sie dann ein persönliches Zeichen werden kann. Gestern hat Gesa ein Foto von mir gemacht, das wir erst in frühestens zehn Jahren anschauen wollen. Es war ein bestimmter Augenblick in einem Café. Am Nebentisch sagte jemand den Satz: Deutschland hängt mir zum Hals heraus. Wir beneideten den Mann um seinen Satz; ein ganzes Land hing ihm zum Hals heraus! Es schien uns in diesem Augenblick möglich und glaubhaft. Man kann nicht sagen: Die ganze Welt hängt mir zum Hals heraus. Das wäre zuviel. Es muss etwas Bestimmtes sein, ein Mensch oder ein Land zum Beispiel. Wir mussten lachen, weil wir verblüfft waren. In diesem Augenblick hat Gesa fotografiert; wenn wir in zehn Jahren das Foto anschauen, wollen wir uns fragen, was aus unserer Wiener Verblüffung geworden ist. Danach bat ich Gesa, mir für eine Weile ihre Schuhe zu geben. Sie zog sie aus und gab sie mir. Ich zeichnete mit dem Kugelschreiber die Konturen der Abnutzung auf den Sohlen ihrer Schuhe nach. Der am meisten abgenutzte Fleck (ich habe ihn stark schraffiert) befand sich in der Mitte der Sohlen. Eines Tages werden die Strümpfe aus diesen Flecken herausschauen. Gesa sagt, sie will die Schuhe bis zu diesem Zeitpunkt tragen und dann zwei Objekte aus ihnen machen. Ziemlich beglückt haben wir das Café verlassen. Ich weiß nicht, wie man diese Kunst nennen kann. Am besten wird sein, sie trägt keinen Namen. Denn mit dem Namen ist auch gleich ein falsches Bild von ihr auf der Welt, mit dem falschen Bild kommt das falsche Staunen, und mit dem falschen Staunen ist auch das Publikum wieder da. Dabei geht es nur darum, sich ein paar Bereiche zu schaffen, die vor jedem Zugriff sicher sind. Es könnte die empfindlichste Kunst werden, die es je gegeben hat. Es könnte dabei eine neue Verheimlichung des Menschen herauskommen; aber haben wir die nicht auch nötig? Es geht uns gut; im Augenblick wissen wir nicht, wie lange wir hierbleiben werden und wo wir hinfahren, wenn wir hier genug haben. Ich werde dir noch einmal schreiben. Aber sorg dich nicht, wenn es nicht geschieht; das kann nur heißen, dass wir beschäftigt sind. Grüße von Gesa. Dein W.«

Ich habe diese Stelle ausgesucht, weil ich Ihnen zeigen will, wie die privaten Kunstakte in der Praxis aussehen. Es geht immer darum, das Verschwinden bedrohter Ich-Anteile zu verhindern und das Entstehen neuer Ich-Anteile zu begünstigen. Wichtig sind vor allem die Sätze: »Dabei geht es nur darum, sich ein paar Bereiche zu schaffen, die vor jedem Zugriff sicher sind (...) Es könnte dabei eine neue Verheimlichung des Menschen herauskommen; aber haben wir die nicht auch nötig?« Durch Alltagskunst dieser Art entsteht also nicht nur ein dialogisches Verhältnis zur Welt der Erscheinungen, sondern auch ein innerer Bezirk, der vor unerwünschten Einsprüchen dieser Außenwelt sicher ist. Der Kunstakt gewährt Abstand, den das »Leben« nicht ohne weiteres einräumt. Der Augenblick der Besonderung des Ichs muss in jedem Fall frei wählbar sein; nur so entsteht das Ineinanderfließen von Alltag *und* Distanzierung von Alltag, eine persönliche Annäherung an die »alte« Identität von Kunst und Leben. Dieses Ineinanderfließen ist nur möglich, weil die Kunst jederzeit in die Privatheit der beiden Reisenden eingebunden ist. Die Materialien ihrer Kunstakte sind ihrem Leben selbst entnommen. Es ist kein Zufall, dass diese Art von Kunst keinen Namen hat. Und es ist auch kein Zufall, dass die beiden Künstler sich nicht theoretisch über ihre Kunst äußern. Niemals würden sie sich so verhalten, wie ich mich in dieser Vorlesung verhalte, sie würden keine erklärenden und/oder erschließenden Erläuterungen abgeben. Denn sie wollen gerade die konventionelle Dichotomie zwischen der Kunst einerseits und dem Betrachter von Kunst andererseits, die wir aus dem Museum kennen, vermeiden; sie wollen, dass die Kunst in die Unmittelbarkeit ihres Alltags eingreift. Nichts anderes will auch der Erzähler aus dem Roman »Leise singende Frauen«, erschienen 1992, drei Jahre nach »Der Fleck, die Jacke, die Zimmer, der Schmerz«. Der Roman »Leise singende Frauen« wird angetrieben durch ein Minimum an Handlung. Der Erzähler hat einen kleinen, privaten, von ihm geschätzten Gegenstand (eine Art Talisman) in der Stadt verloren. Nun macht er sich auf den Weg, den Gegenstand – es ist ein Spielzeug: ein Kreisel – wieder aufzufinden. Er hat kein Glück, er findet den Kreisel nicht mehr. Stattdessen stößt er auf andere Glücke. Denn während der

Suche trifft er auf eine Vielzahl von Gegenständen und Objekten, zu denen er rasch (sozusagen) Liebhaber-Verhältnisse eröffnet: einen Hut, ein langes Frauenhaar, eine Vogelfeder. Die gefundenen Gegenstände erfüllen dieselbe Aufgabe wie die Kunst in dem Roman »Der Fleck, die Jacke, die Zimmer, der Schmerz«. Der Erzähler stellt sich, indem er nach privaten Fetischen sucht, den Zumutungen der Zeit und der Stadt – und entkommt ihnen zugleich, weil er sich inmitten der Schroffheiten der Gegenwart von einem privaten Anliegen geleitet und dadurch auch geschützt weiß. Während der diversen Exkursionen in die Stadt wird immer mehr klar, dass das Umhergehen eine Art Entgegenkommen für die überall verborgenen Ereignisse der Poesie ist, die der Erzähler sucht und für die er sich, indem er sie sucht, öffnet, und die er, indem er sich für sie öffnet, zugleich ermöglicht. So enthüllt sich im scheinbar planlosen Umhergehen eine immer konkreter werdende Absicht: Das Umhergehen soll Raum schaffen für den poetischen Zufall und die dichterische Konstellation, für das »ernste Spiel«, das dem Erzähler – inmitten der Zerstreuung in der Stadt – »für Augenblicke seine innere Unangefochtenheit zurückbringt«.

Ich lese Ihnen eine Passage aus der Feder-Episode vor:

»Eine halbe Stunde nach Ladenschluss leert sich die Innenstadt. Übrig bleiben Jugendliche (...), ein paar Spaziergänger und Betrunkene (...) In den breiten Eingangsbuchten der Kaufhäuser richten Obdachlose ihre Nachtlager. Hunde streichen umher und suchen in den Abfällen nach Nahrung. Da und dort übt ein Amateurmusiker. Vor mir auf dem Boden liegt eine Vogelfeder. Von einem Singvogel kann sie nicht sein, dafür ist sie zu groß. Wahrscheinlich hat eine Taube sie verloren. Dafür spricht auch die Farbe, ein durchgehendes Hellgrau (...) Der Kiel besteht aus einer sanft gebogenen weißen Linie, die offenbar noch kein einziges Mal beschmutzt war (...) Am schönsten ist die weich ausgefranste Spule am unteren Ende des Schafts, die aussieht wie der winzig verkleinerte Haarschopf eines Säuglings. Da kommt ein Windstoß und treibt die Feder (...) vor sich her. Ich bleibe stehen und verfolge ihre flache Flugbahn (...) Ich nehme die Feder am unteren Ende des Kiels und trage sie nach links in die kaum belebte Liebfrauenstraße (...) Ich werde die Feder auf dem Liebfrauenberg in der Nähe des Brunnens ablegen. Das Licht der Schaufenster fällt auf die Fahnen und wird matt gespiegelt. Ich bemerke eine junge Frau, die mich zurückhaltend beobachtet. Ich weiß nicht, was sie will, vermutlich nur die Feder. Sie achtet darauf, dass die Entfernung zwischen uns auf keinen Fall kleiner wird. Im Augenblick, als ich die Feder am Fuß eines Baumstamms niederlege, entdecke ich ein winziges Totenköpfchen, vielleicht der Schädel einer Maus, eines Igels oder eines Vogels. Im Nu wird aus der Feder, dem Blütenblatt und dem Grasstück der Schmuck einer offenen Grabstätte. Aus dem Totenköpfchen schauen mir kaum wahrnehmbare Augenhöhlen entgegen. Ich entferne mich rasch in Richtung Konstabler Wache. Durch eine spiegelnde Schaufensterscheibe kann ich sehen, wie sich die Frau der Feder nähert. Eine halbe Minute später kniet sie vor dem Baum. Hell leuchtet ihr Kleid.«

Das Buch »Leise singende Frauen« habe ich noch forsch einen »Roman« genannt, für »Das Licht brennt ein Loch in den Tag« habe ich mich das nicht mehr getraut. Denn in beiden Büchern hatte sich (strenggenommen) die Roman-Form aufgelöst, obwohl beide Bücher gleichwohl ein wichtiges Charakteristikum des Romans nach wie vor teilen, nämlich einen den Text zusammenhaltenden Erzähler und eine fortlaufende, romanähnliche Mitteilung. Beide Bücher sind auch thematisch miteinander verklammert. Noch immer ging es mir – wie schon im »Fleck«-Buch – um die Behauptung über as nicht mehr mögliche Individuum. In beiden Büchern konzedieren die Erzähler die Bedrohungen, die das moderne Subjekt einschüchtern, nicht mehr ein solches sein zu dürfen oder zu können. Aber durch die Wege, die sie gehen, und die Erlebnisse, die sie haben, werden sie dann doch ein Ich, wenn auch ein verstecktes, nicht triumphales, nicht kampfbereites, sondern eher flüchtiges und nicht sehr verteidigungsbereites Ich. Ich lese Ihnen aus »Leise singende Frauen« einen knappen Abschnitt vor, in dem die einschüchternde Stimmung thematisiert wird:

»Es liegen heute in den Straßen so viele Abfälle, alte Zeitungen, umgekippte und halb ausgeleerte Müllsäcke, Bierdosen, Plastikflaschen, Möbelteile und Lumpen herum, dass der Eindruck entsteht, die Welt hat sich über Nacht in einen riesigen Käfig verwandelt, der nicht mehr gereinigt wird (...) Ich (...) sehe an den trotzigen Zügen der Frauen und Männer, wie sehr sie ihr Käfigleben bedauern und wie sie alle auf ein großes Schiff warten, das sie weit weg tragen soll, ein Schiff, das nie kommen wird und das sie immer versäumen werden, ich sehe sie an und ich erkenne ihr freundliches Elend, das nie ganz und gar elend ist, sondern immer nur beinahe elend, manchmal fast schön elend, so dass es immer lohnend und hoffnungsvoll ist, noch eine Weile im Käfig auszuhalten und auf das Schiff zu warten (...)«

Der Erzähler in dem Band »Das Licht brennt ein Loch in den Tag« (1996 erschienen) nimmt zur Rekonstruktion seiner Ich-Werdung ein wichtiges, vielleicht das wichtigste Mittel zu Hilfe: seine Erinnerungen. Aber gerade von seinen Erinnerungen muss er feststellen, dass sie ihn zunehmend verlassen oder, was vielleicht noch ein wenig alarmierender ist, dass sie von Mal zu Mal unzuverlässiger werden. Betroffen nimmt er zur Kenntnis, dass die Erinnerungen selbst ihre Gestalt verändern und damit ihre Zuverlässigkeit einbüßen.

Oft erinnert er sich an Ereignisse, die *so* nicht stattgefunden haben, oder er macht die Entdeckung, dass das, wovon er meint, es immer schon gekannt zu haben, in Wahrheit doch ganz anders war. Um einem weiteren Erinnerungsverlust vorzubeugen, schreibt er an Freunde und Freundinnen kurze und lange Briefe und macht sie mit einem neuartigen Projekt vertraut; an seinen Freund Christoph schreibt er:

»Du hast selbst schon oft darüber geklagt, wie sehr wir von Vergesslichkeit bedroht sind. Auch ich halte es für möglich, dass wir eines Tages ohne Erinnerung sein und vielleicht auch noch behaupten werden, wir hätten nichts erlebt und etwas Schönes schon gar nicht. Diese mögliche Leere ängstigt mich, und ich möchte mich vor ihr schützen. Ich habe mir deswegen folgendes ausgedacht: Ich verteile meine Erinnerungen, jedenfalls die mir unverzichtbar scheinenden, auf meine Freunde (...) Und eines Tages, wenn der Notfall da ist, das heißt, wenn ich mich selbst nicht mehr erinnere, solltest du mir alles, was du von mir gehört oder gelesen hast, zurückerzählen (...) Ich möchte auf die dann gut vorbereiteten Gedächtnisse meiner Freunde zurückgreifen können (...)«

Bald stellt sich heraus, dass der Erzähler nicht einfach Erinnerungen aufbewahrt wissen möchte, sondern irritierende, rätselhafte Ereignisse, die er selber fortlaufend umbaut und umformt, um hinter ihre verborgene Bedeutsamkeit zu kommen. Für ihn sind umgebaute Erinnerungen eine Art Versteck, dessen Ort sich unauffindbar »im Bewusstsein verbirgt«. Sein Konzept wird nicht von allen seinen Freunden gebilligt. Einer von ihnen hält Erinnerungen für unverrückbar, weil sie andernfalls ihre Authentizität (und damit ihre Wahrheit) verlieren; an ihn schreibt der Erzähler:

»Deine Vorstellung vom korrekten Erinnern ist mir zu streng (...) Im Grunde habe ich mich von der Idee getrennt, dass eine (...) wahrheitsgetreue Erinnerung ethischer und nützlicher ist als eine umgebaute (...) Dabei muss sich niemand anstrengen, Erinnerungen umzuordnen (...) Es genügt, das innere Fortsprechen der Ereignisse ernst zu nehmen und ihm zu folgen. Dieses nicht zu beschwichtigende innere Weiterreden bringt den Umbau der Erinnerungen von selber hervor (...) Erinnerungen sind Spielzeuge, die wir uns selber bauen (...)«

Ironie als Notausgang

Bamberger Vorlesungen 3

Bei Lesungen aus dem Roman »Ein Regenschirm für diesen Tag« erlebe ich immer wieder, dass das Publikum den Beruf des Romanhelden – er ist Schuhtester – für eine Fiktion hält. Der Mann arbeitet für eine Schuhfabrik, und seine Tätigkeit besteht darin, neu entwickelte Schuhe, die für die Serienproduktion vorgesehen sind, auf ihre Laufqualitäten und Trageeigenschaften hin zu prüfen. Über jedes geprüfte Paar Schuhe muss er einen genauen Bericht schreiben, der der Fabrikleitung helfen soll, sich für oder gegen eine Massenproduktion neuer Schuhe zu entscheiden. Das mag märchenhaft oder nach einer literarischen Sonderwelt klingen, ist aber ganz und gar realistisch. Ich selbst habe vor vielen Jahren in der FAZ das Stellenangebot »Schuhtester gesucht« entdeckt und habe mir den Zeitungsausschnitt aufbewahrt. Nicht weil ich damals einen Roman über einen Schuhtester schreiben wollte; auf diesen Gedanken bin ich erst sehr viel später gekommen. Sondern weil ich mich tatsächlich selber um einen Job als Schuhtester bewerben wollte, weil meine Einnahmen als Schriftsteller die Lebenskosten keineswegs deckten. Leider – ich weiß nicht warum – war meine Bewerbung nicht erfolgreich. Die Schuhfabrik äußerte sich nicht über die Gründe ihrer Ablehnung meiner Person als Schuhtester; sie schickte mir lediglich (kommentarlos) meine Bewerbungsunterlagen zurück. Ich weiß nicht, warum ich das Stellenangebot aus der FAZ daraufhin nicht wegwarf. Ich legte es in eine meiner zahlreichen Mappen, und dort überwinterte es etwa fünfundzwanzig Jahre lang. Eines Tages

Ende der neunziger Jahre schlug ich die Mappe wieder auf, entdeckte das Stellenangebot wieder und hatte, wenn ich mich recht erinnere, eine (sagen wir) komische Epiphanie. Der Beruf des Schuhtesters hatte für mich plötzlich etwas, was er fünfundzwanzig Jahre davor nicht hatte, nämlich einen komödiantischen Beigeschmack. Wahrscheinlich war die heitere Nebenwirkung nur eine Hinzufügung meines Bewusstseins. Denn der Beruf des Schuhtesters ist gewiss eine ernsthafte Tätigkeit mit festen Regeln und einem verlässlichen Wissenshintergrund. Ich kann darüber nur Vermutungen anstellen; denn tatsächlich habe ich bis heute keinen leibhaftigen Schuhtester kennengelernt oder Berichte eines solchen in der Zeitung oder sonst wo gelesen. Jedenfalls berührte es meinen komischen Sinn, dass es einen Beruf gab, bei dessen Ausübung der Mensch (sozusagen) beim Spazierengehen sein Geld verdienen kann. In der Märchenliteratur gibt es viele Protagonisten, die ihr Dasein als Umhergeher verbringen; allerdings verdienen sie dabei kein Geld. Auch in der Romantik gibt es den einen oder anderen Helden, der sich als Fußgänger durchs Leben schlägt – und dieses dabei recht angenehm findet. Gibt es nicht ein Volkslied, dessen Anfang wir alle kennen und das als Manifest der Wanderer gelten kann? Ich meine: Wem Gott will rechte Gunst erweisen, den schickt er in die weite Welt. Sie ahnen, worauf ich hinauswill: Mit diesen Andeutungen war das Thema meines Romans »Ein Regenschirm für diesen Tag« plötzlich »da«. Mein Ich-Erzähler ist nur durch Zufall Schuhtester geworden. Er trifft einen ehemaligen Bekannten, der eigentlich Regisseur werden wollte, sich in diesem Beruf aber nicht halten konnte – und schließlich Vertreter einer Schuhfabrik wurde. Der Ex-Regisseur macht ihn auf den Beruf des Schuhtesters aufmerksam. Im Roman erfahren wir nicht, welchen Beruf der Schuhtester vorher hatte oder über welche besonderen Qualifikationen er verfügt. Das heißt: Der Schuhtester bewegt sich in einem Umfeld, für das später das Wort Prekariat geprägt wurde. Die Zeiten sind ungewiss, Geldverdienen ist schwierig geworden, und Berufe, die man einmal gelernt hat und die man dann ein Leben lang ausüben kann, gibt es immer weniger. Das heißt: der konventionelle Lebenslauf ist zu einer ironischen Erinnerung seiner selbst geworden. Die Suche nach der früheren, jetzt verschwundenen Geschlossenheit des berufsfixierten Lebens schiebt sich an die Stelle einer untergegangenen Existenzsicherheit, und das Gefühl, das für die Suchenden dabei entsteht, ist das Gefühl der Irritation, der Merkwürdigkeit. Eben deswegen sucht der Protagonist ein Wort für die »Gesamtmerkwürdigkeit des Lebens«, das heißt nach einem Ausdruck für den merkwürdig gewordenen Alltag, der ihn zwingt, einer vielleicht halbseidenen Beschäftigung nachzugehen, obwohl ihn diese Beschäftigung weder zufriedenstellt noch hinreichend ernährt. Dabei geschieht eine eigenartige Verschiebung: Das Leben hat zwar seinen konventionellen Zusammenhang verloren, aber durch die Schilderung dieses täglich empfundenen Verlusts entsteht – ex negativo – ein neuer Zusammenhang, der genauso stark an den Lebensvollzug fixiert ist wie der frühere Konventionsalltag. Der Erzähler findet zahlreiche Wörter für die Gesamtmerkwürdigkeit, aber keines gefällt ihm so richtig. Ich will an einem Beispiel zeigen, wie Sie sich diese Vergeblichkeit vorstellen können. Einmal geht der Protagonist über eine Brücke, und dabei empfindet er die Gesamtmerkwürdigkeit so stark, dass er überlegt, ob er nicht seine Jacke ins Wasser hinabwerfen sollte. Die Jacke würde im Wasser treiben, um sie herum würde die Strömung herumschluppen und herumschlappen – und genau in diesen Naturbewegungen findet er die neuesten Wörter für die Merkwürdigkeiten des Lebens: das Geschluppe, das Geschlappe.

Der Erzähler wirft seine Jacke nicht in das Wasser hinunter, und er weiß auch warum: Würde er es tun, wäre dieser Akt das Zeichen einer soeben eingetretenen Verrücktheit, und vor diesem Akt weiß er sich zu schützen. Im Roman steht an dieser Stelle der Satz: »Die Angst vor der Verrücktheit war immer nur die Angst vor der Kapitulation.« Es ergibt sich eine sich selbst fortzeugende Motivkette. Am Beginn des Romans – das heißt: seinen Anfang auslösend – steht der Verlust des Sinns durch das Verschwinden gesellschaftlich gegebener Arbeit. Dem Verlust folgt ein Sturz in eine als solche nicht gewollte Selbständigkeit. Eher durch Zufall wird der Mann Schuhtester. Das unabsichtliche Moment an dieser Selbständigkeit setzt Angst frei – und damit die Nähe zu (gelegentlich) pathologischen Selbstvergewisserungen. Um den Eindruck der Pathologisierung zu vertreiben, flieht der Protagonist in humoristische Verzerrungen seines Blicks und in parodistische Verfälschungen der gesellschaftlichen Tatsachen. Während eines geselligen Abends bei seiner Freundin Susanne rutscht der Erzähler so sehr in den Furor seiner Redelaune hinein, dass er plötzlich dafür plädiert, es müsse an den Universitäten endlich »Vergleichende Schuldwissenschaften« gelehrt werden. Natürlich stößt dieser absurd humoristisch-abwegige Vorschlag auf das Unverständnis der anderen Gäste, was den Erzähler nur antreibt, seine Vorstellungen ins Verstiegene zu erhöhen. Seine Not, die niemand erkennt, macht ihn unterhaltsam. »Verstehen Sie die Vergleichenden Schuldwissenschaften als historische Wissenschaft?«, fragt ein Herr Auheimer. Und der Erzähler antwortet: »Unter anderem, sage ich; wir alle leben in Ordnungen, die wir nicht erfunden haben, wir können nichts für diese Ordnungen, sie befremden uns. Sie befremden uns deswegen, weil wir merken, dass wir mit der Zeit die Schuld dieser Ordnungen übernehmen. Die faschistische Ordnung bringt faschistische Schuld hervor, die kommunistische Ordnung bringt kommunistische Schuld hervor, die kapitalistische Ordnung bringt kapitalistische Schuld hervor (...)« Es gelingt dem Erzähler, sich mit Hilfe seines rhetorischen Talents aus seiner Verwicklung wieder herauszureden – aber nur, um sich kurz darauf noch viel tiefer zu verstricken. Jetzt behauptet er (schon »ein wenig betrunken«), er sei der Leiter eines »Instituts für Gedächtnis- und Erlebniskunst«, und auch diese Erfindung sichert ihm sogleich das Interesse der anderen Gäste.

Frau Balkhausen, eine Tischnachbarin, findet das Institut für Erlebniskunst gleich »interessant«. Der Protagonist bedauert im Stillen seinen Scherz, aber Frau Balkhausen fragt schon nach, mit welchen Menschen er es im Institut zu tun habe. »Zu uns kommen Menschen, antworte ich unsicher und gleichzeitig routiniert, die das Gefühl haben, dass aus ihrem Leben nichts als ein langgezogener Regentag geworden ist und aus ihrem Körper nichts als der Regenschirm für diesen Tag.« Frau Balkhausen ist noch nicht zufrieden; »Sie helfen diesen Personen, ja?«, fragt sie. Und der Erzähler erklärt: »Wir versuchen, sage ich, diesen Leuten zu Erlebnissen zu verhelfen, die wieder etwas mit ihnen selber zu tun haben, jenseits von Fernsehen, Urlaub, Autobahn und Supermarkt (...)«

Auf diese stets ein wenig über die Ufer tretende Weise unterhält der Protagonist die Tischrunde. Er ist ein flatterig-fluktuierender Mensch, von dem nicht klar wird, was ihn umtreibt, was er eigentlich möchte und, vor allem, was er verbirgt. Zugegeben: Es ist schwer, ihm auf die Schliche zu kommen, weil er fast immer in Metaphern spricht, die eine erfundene Ersatzwelt illuminieren, damit seine reale Innenwelt verborgen bleibe: und seine Not mit ihr. Noch undurchsichtiger wird die Lage dadurch, dass der Erzähler (sozusagen) aus einem geheimnisvollen Hinterhalt zu sprechen scheint; nicht alles, was er sagt, ist unsinnig, und vieles von dem, was er sagt, ist von komischen Untertönen begleitet, die es unterhaltsam machen, ihm zuzuhören. Man kann auch sagen: Er hat das Talent, seine Melancholie durch Komik zu tarnen. Es ist nicht einfach, die Melancholie explizit dingfest zu machen; es ist nicht einmal ausgemacht, dass wir es stets mit Melancholie zu tun haben. Zuweilen handelt es sich (zum Beispiel) um Besinnung oder Selbstversunkenheit, die entsteht, wenn der Mensch über die Zeit hinaus Vorgänge in seiner Umgebung betrachtet – und dabei selbst ein wenig sonderlich wird. Die Melange zwischen Melancholie und Komik ist eine vom Erzähler selbst erfundene Überlebenstechnik. Komik ist leidfreie Zwiespältigkeit. Oder: Lachen ist die Erfindung einer Trennungszone zwischen einer zu aufdringlichen Realität und dem schutzbedürftigen Subjekt. Der Leser erkennt, dass die Paarung Melancholie versus Komik eine kompensierende Wirkung hat; das heißt, man sieht, dass die komische Wahrnehmung den Auftrag hat, die melancholischen Tendenzen nicht gar zu tief in die seelischen Bezirke des »Helden« vordringen zu lassen. Es liegt auf der Hand, dass die Protagonisten meiner Bücher Opfer von Kränkungen sind. Ich selbst, als Autor, durchschaue nicht völlig, wodurch sie oder durch welche biografischen Konstrukte sie eigentlich gekränkt sind – ob sie durch sich selbst gekränkt sind oder durch die Nötigungen des modernen Lebens oder durch ihre Biografie. Ich halte es für ein Kennzeichen der Moderne, dass die Menschen die Herkunft ihrer inneren Leiden nicht mehr feststellen können. Es ist durchaus keine Koketterie, wenn ich hier eingestehe, dass ich selbst nicht angeben kann, wovon der »Regenschirm«-Roman »eigentlich« handelt. Möglicherweise ist diese Unklarheit das Moderne an dem Buch. Der Anpassungsdruck zwingt uns dazu, mit den krankmachenden Zuständen auf eine Weise zu verwachsen, dass eine Anamnese unserer Beschwerden zunehmend unmöglich wird.

Man kann vielleicht formulieren: Der Protagonist des »Regenschirm«-Romans lebt in einem Dauer-Tagtraum. Die Details, die er beobachtet, sind nicht bloß äußerliche Daten. Der Erzähler setzt das Beobachtete häufig in eine persönliche Beziehung zu seiner Biografie. Außen- und Innenperspektive gehen fast immer nahtlos ineinander über. Man kann auch sagen: Die im Inneren der Figuren eingelagerte Biografie wird durch Zufuhr von Außenreizen lebendig und operationalisierbar. Auf diese Weise wird der Tagtraum zu einer Überlebens- und Alltagstechnik, die ich selbst mit meinen Protagonisten teile. Der Tagtraum ist eine Möglichkeit, vergleichsweise unbehelligt (und das heißt: souverän) durch widrige Zeitstrecken hindurchzufinden. Tagtraum bedeutet immer: eine Person ist ihren inneren Texten immer näher als den äußeren Realitäten, die gerade auf diese Person einwirken. Tagtraum heißt, jemand gibt sich seinen inneren Verfälschungen, Verzerrungen und Idiosynkrasien hin. Der Erzähltext, der dabei entsteht, ist der Text, den ein einzelner Erzähler einem einzelnen Zuhörer mitteilt, ohne jegliche spätere Korrektur, ohne jegliche Zensur, häufig auch ohne Dramaturgie, ohne Stil, ohne Pointe, ohne Effekte. Dafür ist der innere Tagtraumtext in der Regel aufregender als das meiste, was es in der sichtbaren Welt zu rezipieren gibt. Wenn ein Mensch den inneren Redestrom, den er frühmorgens beginnt und beim Schlafengehen häufig nicht beendet, weil der Tagtraum im Schlaf als Realtraum seine eigene Fortsetzung hervorbringt, wenn ein Mensch diesen Rede- und Traumstrom mit gewissen inneren Techniken versieht, ergibt sich daraus der Anflug einer Alltagsautonomie. Was ist gemeint mit: »gewisse Techniken«? Gemeint sind damit persönliche Zutaten, die dem Tagträumer aus seiner Innenwelt geläufig sind, vertraute Eigenschaften, die zu seinem Naturell gehören oder aus diesem hervorgehen. Zum Beispiel, in meinem Fall, eine Neigung zur ironischen Phantasterei, zur Komik, zum Humor. Ich nenne ein Konstruktionsbeispiel aus dem Roman »Ein Regenschirm für diesen Tag«. Der Erzähler leidet gerade an gewissen Verstimmungen, er schaut sich um und sucht nach Abhilfe. Dann lesen wir:

»Da kommt mir der Anblick eines etwa zehnjährigen Jungen zu Hilfe. Er betritt den Balkon eines Hauses in einer Seitenstraße und lässt eine an einer langen Schnur befestigte Kleiderbürste die Balkonbrüstung hinunterhängen. Eine Weile schwingt er die Bürste hin und her, dann hält er die Schnur an und wartet, bis die Bürste reglos hängt. Ich setze mich auf den Sockel einer Schaufensteranlage und betrachte die Bürste, die sich jetzt ganz langsam um sich selbst dreht. Der Junge tritt zurück in die Wohnung und schließt die Balkontür. Kurz darauf erscheint im Gardinenschlitz eines seitlich gelegenen Fensters das Gesicht des Jungen. Von dort betrachtet er die still hängende Kleiderbürste. Ich möchte so gleichmütig und ausgeglichen sein wie die Bürste und dann wohlwollend von mir selbst betrachtet werden. Ein paar Sekunden später muss ich über den vorigen Satz lachen. In Wahrheit bin ich dem Satz gleichzeitig dankbar. Er ist nur das Zeichen, dass ich mich habe beruhigen können. Ich glaube jetzt sogar, dass Teile der Ausgeglichenheit der Bürste auf mich selber übergehen. Ich rege mich im Augenblick nicht mehr darüber auf, dass ich nicht alles verstehe. Der orangefarbene Himmel wechselt erneut die Farbe. Über die Dachfirste schiebt sich ein Altrosa, das in der Höhe malvenfarbig wird. Ein leichter, kaum merklicher Wind schaukelt die Bürste hin und her. Auch dieses zu nichts führende Schaukeln würde ich gerne in mich aufnehmen. Ich halte es jetzt für meine Würde, dass ich nicht alles verstehe. Nach einer Dreiviertelstunde habe ich das Gefühl, dass die Kleiderbürste in meinem Körperinneren hin und her schaukelt (...)«

Sie erkennen an diesem Tagtraum einen gewissen operativen Charakter. Operativ heißt: Ein äußerliches Detail – eine von einem Balkon herunterhängende Bürste – greift mit seiner Bildlichkeit in das Innenleben des Erzählers ein. Die Metaphorisierung des Details – das Hinundherschaukeln der Bürste wird zu einem Bild der Sehnsucht nach innerer Ausgeglichenheit – ist so abwegig beziehungsweise grotesk, dass wir das Innenleben des Protagonisten nicht ohne ein gewisses Kopfschütteln nachvollziehen können.

Dieses Kopfschütteln – als Reaktion – stellt sich noch stärker ein bei der Rezeption des Romans »Die Liebesblödigkeit«, über den ich ein paar Bemerkungen machen will. Wieder stoßen wir auf einen schräg zur Welt stehenden Protagonisten, einen Typus, den wir aus dem »Regenschirm«-Roman schon kennen. Diesmal lebt der Mann in einer Art Liebesprekariat. Das heißt, der Mann liebt zwei Frauen gleichzeitig, ohne diese Überforderung richtig zu wollen. Er ist allerdings auch nicht entschlussfreudig genug, um seine Situation zu ändern. Er glaubt, sich von einer der beiden Frauen trennen zu müssen; aber welche der beiden Frauen es sein soll, ist das für ihn unlösbare Problem. »Blödigkeit« ist ein historisches Wort, das heute nicht mehr gebraucht wird. Ich kenne das Wort nur, weil es ein Gedicht von Hölderlin mit dem Titel »Blödigkeit« gibt. In den Erläuterungen zu den Gedichten kann man nachlesen, dass Blödigkeit im 18. Jahrhundert ein Wort für »ängstliche Zurückhaltung« war – oder auch, frei übersetzt, für »nervöse Ratlosigkeit« oder »reizbare Überforderung«. Alle drei Formulierungen kennzeichnen den Protagonisten. Wenn man zu dem Begriff »Blödigkeit« sich das Wort Liebe hinzudenkt, so dass das Wort »Liebesblödigkeit« entsteht, befinden wir uns im Zentrum des Romans: Ein Mann versinkt gegenüber der Liebe in eine »ängstliche Zurückhaltung« oder in eine »nervöse Ratlosigkeit«, weil er keine Ahnung hat, wie er auf moralisch halbwegs vertretbare Weise aus seiner Situation wieder herausfinden kann. Auf der Ebene der praktischen Lebenswelt haben wir es mit einer Komödie zu tun. Das Komödiantische ist das Unentscheidbare, und das Unentscheidbare wird ins Zentrum des Subjekts verlegt. Und dort, in der Innenwelt, verwandelt sich das Komödiantische (das Unentscheidbare) in das Lächerliche. Unter allen gefühlsmäßigen Regungen ist die Lächerlichkeit die unzulänglichste, weil sie sich argumentativ nicht klären und nicht beseitigen lässt. Wer sich als lächerliche Person empfindet, weiß nicht, an welchem Moment seiner Erscheinung er korrigierend eingreifen soll, damit die Empfindung der Lächerlichkeit wieder verschwindet. Der Erzähler ist sich keiner schuldhaften Absicht bewusst. Die Lebensumstände, die dazu geführt haben, dass er zwei Frauen gleichzeitig liebt und keine von ihnen opfern will, sind intentionslos zufällig in seine Biografie eingetreten. Der Mann ist weder ein planmäßig operierender Bigamist noch ein routinierter Frauenverführer, noch ein besonders attraktives Exemplar der Gattung Mann. Tatsächlich habe ich auch keinen Roman schreiben wollen, in dem das Problem der Bigamie diskursiv erschöpfend erörtert wird, kein Buch also, in dem die Frage einer Verletzung einer ethischen Norm nach ihren Voraussetzungen und Folgen »untersucht« wird. Der Erzähler ist (und das ist in meinen Augen das Komödiantische daran) in Form einer nicht intendierten Lebenswiderfahrnis auf dieses Problem gestoßen – und muss nun sehen, wie er damit fertig wird. Dass er in hohem Maß ein Amateurproblematiker ist, der seinen Konflikt mit unangemessenen Mitteln angeht, erkennen wir schon an seiner inadäquaten Herangehensweise. Zu Beginn des Romans heißt es dazu:

»Die Liebe zu zwei Frauen ist weder obszön noch gemein, noch besonders triebhaft oder lüstern. Sie ist im Gegenteil völlig normal (und normalisierend), sie ist eine bedeutsame Vertiefung aller Lebensbelange. Ich vergleiche sie oft mit der Elternliebe. Niemand hat je gefordert, dass wir nur die Mutter oder nur den Vater lieben dürfen. Im Gegenteil, alle Welt verlangt von uns, dass wir Mutter *und* Vater lieben, und zwar gleichzeitig und stets heftig und ein Leben lang oder sogar länger. Wehe, wenn wir in der Liebe zum einen oder anderen nachlassen! Immer wieder frage ich mich, warum uns in dem einen Fall eine Doppelliebe möglich sein soll, während sie im anderen Fall untersagt ist. Mir jedenfalls ist das Bewusstsein dafür, dass mein Sexualleben polygam genannt wird und nach den herrschenden Auffassungen niederträchtig ist, im Laufe der Jahre abhandengekommen. Wenn ich längere Zeit mit nur *einer* Frau Umgang habe (weil Sandra verreist ist oder weil Judith alleine sein möchte), erleide ich prompt die Zustände der Verlassenheit und des Ausgeliefertseins, das heißt, es ergreift mich das Dauerleiden aller Monogamen (...)«

Die Stelle, die ich Ihnen soeben vorgelesen habe, ist auch noch aus einem anderen Grund wichtig. Ich habe gesagt: »Das Komödiantische ist das Unentscheidbare, und das Unentscheidbare wird ins Zentrum des Subjekts verlegt.« Eine solche Verlegung des Komödiantischen ins Subjekt haben wir hier vor uns. Der Erzähler vergleicht das Problem, dass er zwei Frauen gleichzeitig liebt und mit dieser Lage moralisch nicht fertig wird, mit einer anderen Doppelliebe, nämlich mit der Liebe zu den Eltern. Das heißt, er vergleicht eine anthropologisch unproblematische Voraussetzung – nämlich die Elternliebe, die es uns ohne Schwierigkeiten erlaubt, *zwei*

Menschen gleichzeitig zu lieben – mit der aus freien Stücken gewählten und deswegen problematischen Doppelliebe zu zwei Frauen. Und er bemerkt nicht, dass er, indem er das Unvergleichbare dennoch miteinander vergleicht, das Komödiantische hervorbringt. Er glaubt, einen kühnen und vielleicht deswegen besonders schlagenden und einleuchtenden Denkschritt vollzogen zu haben – und hat doch nur seine Denkschwäche vorgeführt, die ihm nicht bewusst ist und nicht bewusst werden kann, weil eben diese surreal-komische Eigentümlichkeit ein Teil seines Subjekts ist, von der eine Trennung nicht möglich ist. In dieser Weise kann das Komödiantische in meinen Büchern verstanden werden: das Missverständnis ist ein Teil seines Bewusstseins, möglicherweise auch ein Teil seiner Gene; jedenfalls handelt es sich um Bauteile eines Bewusstseins, das ohne seine Fehler nicht arbeiten kann. Insofern gilt der Satz: Das Komödiantische ist das immer schon Unentschiedene und Unentscheidbare, man kann auch sagen: das Nichtwählbare. In gewisser Weise ähnelt das komische Sprechen meiner Romanfiguren dem komischen Sprechen mancher Kinder. Kinder wollen ja auch nicht absichtlich komisch sprechen. Das Komische unterläuft ihnen, weil sie die Regeln des richtigen Sprechens und des richtigen Wortgebrauchs noch nicht hinreichend kennen. Kinder merken auch nicht, dass sie soeben gerade wieder etwas Komisches gesagt haben. Man kann auch nicht sagen, dass sie »unfreiwillig komisch« sprechen; man müsste eigentlich sagen: sie sprechen zwangskomödiantisch. Das heißt: das Komische geht, wie bei manchen Erwachsenen, aus einem übertriebenen Ernst hervor – und wirkt gerade deswegen authentisch, eigentlich fast schon wieder unkomisch, im Kern tragisch. Weil wir merken, dass im Komischen etwas anderes verfehlt wird, etwas sehr Ernstes, nämlich das richtige Sprechen. Wir befinden uns jetzt in den

Tiefenschichten des Komischen, das heißt in den Bereichen, in denen es schwerfällt zu entscheiden, ob das Komische nicht eher etwas Tragisches oder Trauriges ist. Erschwert wird die Frage nach dem Komischen dadurch, weil die komischen Quellen in unserem Bewusstsein unanschaulich sind. Es gibt keine Introspektion, die uns erlauben würde, Klarheit über die Auftrittsmomente unserer inneren komischen Regungen zu erlangen. Es kann niemand sagen, ob eine komische Empfindung – als Ursprungsmoment – eher heiter oder doch eher melancholisch angelegt ist. Diese Undeutlichkeit ist der Grund, warum es schwer ist, seriös über das Komische zu sprechen. Schon eher kann man etwas über die Wachstumsbedingungen des Komischen im Subjekt sagen. Fast immer ist es ein idiosynkratisches Ich, welches das Komische als Fluchtweg vor sich selbst irgendwann entdeckt und dann immer mehr schätzt. Das idiosynkratische Ich braucht keine Erlebnisse, um sich selbst als problematisch zu empfinden. Es spürt in zahlreichen Details den Riss zwischen Ich und Welt, dem es (in der Regel) ohne Gegenwehr ausgesetzt ist. Es gilt, diesen Riss zwischen Ich und Welt zu schließen, was meinen Romanhelden fast immer schwerfällt, weil ihnen die Kräfte für solche übergreifenden Vermittlungsakte fehlen. Um über ein solches Leben schreiben zu können, muss sich ein Autor die Form einer passenden Romanhaftigkeit erfinden. Romanhaftigkeit ist eine Ähnlichkeitsform; in sie ordnet der Autor diejenigen Anteile des zu beschreibenden Lebens ein, die (ohne Schaden zu nehmen) eine besondere Akzentuierung vertragen, konventionell gesagt: die der Autor in der Darstellung übertreiben kann. Die Ähnlichkeitsform für die »Liebesblödigkeit« war (ist) die komödiantische Erzählung. Sie war nötig, weil durch sie einsichtig wird, dass die Lebensnot des Protagonisten von ihm selber nicht »behandelt« werden kann.

Der Erzähler ist ein Situationist; er ist nur mangelhaft vernunftgeleitet, dafür mehr lustgesteuert, ohne sich dieser Verteilung der Innenkräfte hinreichend bewusst zu sein. Genau so – das heißt ohne Vorsatz: durch Zufall – ist er Liebhaber zweier Frauen geworden, und muss nun mit seinen mangelhaften, auch mangelhaften intellektuellen Möglichkeiten sehen, zu einer lebbaren Form zurückzukehren. Man kann sagen: Durch die Beigabe des komischen Erzählens verliert sich endlich die Original-Schüchternheit des Erzählers. Durch die komischen Aspekte des Erzählens entsteht zuweilen die Illusion, er sei schon immer komisch gewesen. Als hätte er von Anfang an gewusst, dass er die Handlungen seines Lebens erst nach deren komischem Finale würde verstehen können. Mir fällt ein Satz von Kierkegaard ein: Das Leben wird nach vorne gelebt und nach hinten verstanden. Wobei wir hinzufügen müssen, dass auch das Nach-hinten-Verstehen keineswegs gesichert ist. Wir haben die Psychoanalyse erfunden, damit wenigstens das Nach-hinten-Verstehen einigermaßen garantiert ist. Wer je mit einem Psychoanalytiker gesprochen hat, wird wissen, dass das Nach-hinten-Verstehen der Lebensgeschichte nur bei Patienten mit günstigen Voraussetzungen funktioniert. Die drei wichtigsten Voraussetzungen dieses Verstehens sind: Analytische Kompetenz, Sprachfähigkeit, Deutungskompetenz, das heißt umfassende Bildung nach allen Seiten hin. Genau diese Fähigkeiten brauchen wir allerdings auch dann, wenn wir ohne die Mithilfe eines Analytikers, das heißt als nackte Verstehensamateure, den Zusammenhang unseres Lebens begreifen wollen.

Der Roman als Delirium

Bamberger Vorlesungen 4

In meinem bisher letzten Roman »Das Glück in glücksfernen Zeiten« verstrickt sich der Erzähler in ein Erlebnis, das für ihn typisch ist. Seine alte Mütze, die seiner Lebensgefährtin Traudel schon seit längerer Zeit nicht mehr gefällt, tauscht er in der Mützen-Abteilung eines Kaufhauses gegen eine neue ein. Das heißt, er schleicht in der Mützen-Abteilung umher, wartet eine günstige Situation ab, nimmt die von ihm am meisten begehrte Mütze an sich und legt dafür seine eigene, alte Mütze an deren Stelle. Er entkommt unbehelligt, wird der neuen Mütze aber dann doch nicht froh. Kaum hat er das Kaufhaus verlassen, wird er Opfer seiner Phantasien; er glaubt plötzlich, ein sogenannter Sicherheitsdienst des Kaufhauses habe ihn heimlich beobachtet und seine Verfolgung aufgenommen. Tatsächlich betritt er nach einiger Zeit das Kaufhaus erneut, legt (wieder unbeobachtet) die von ihm gestohlene neue Mütze zurück in das Mützenregal, nimmt seine eigene alte Mütze wieder an sich und verlässt das Kaufhaus. Was ihn zu diesem Rücktausch veranlasst, war weder Angst noch ein Schuldgefühl, auch nicht das Bedürfnis nach einer neuen Mütze, sondern ein – Überfall seines unverhältnismäßig starken Schamgefühls. Im Roman lesen wir dazu diese Sätze:

»In einem Meer ichfremder Augenblicke drohe ich unterzugehen. Ich schäme mich und warte darauf, dass ich sofort sterbe. Im Kern meiner Scham haust die spürbare Verkleinerung meines Lebens. Ich schrumpfe innerlich auf die Kindergröße einer verkohlten Leiche. Ich kenne meine Scham und weiß seit langer Zeit, dass sie immer eine Anspielung auf meinen Tod ist. Wenn ich mich genug geschämt habe, werde ich befreit sterben dürfen. Dieser Augenblick scheint mir jetzt gekommen. Obwohl ich gehe, zerfalle ich. Körperteile fallen von mir ab, ich sehe sie zurückbleiben, während ich gehe. Ich bin gespannt, wie lange ich mich auf den Beinen halten kann.«

Ich mache Sie besonders aufmerksam auf die beiden Sätze: »Obwohl ich gehe, zerfalle ich. Körperteile fallen von mir ab, ich sehe sie zurückbleiben, während ich gehe.« Genau dieser unwahrscheinliche Fall: dass ein lebender Mensch Körperteile verliert und dennoch unbehelligt weiterlebt, ist das Thema des zuvor geschriebenen Romans »Mittelmäßiges Heimweh«, der 2007 erstmals erschien. Zu Beginn des Romans sehen wir die Hauptfigur, einen offenkundig in Frankfurt arbeitenden Controller, wie er ein wenig unschlüssig seinen Feierabend verbringt und schließlich eine Kneipe betritt, in der ein Fernsehapparat eingeschaltet ist. Zur Zeit finden die Fußball-Europameisterschaften statt, auf dem Bildschirm läuft das Spiel Deutschland-Tschechien. Und dann passiert es: Der Controller verliert im Lärm und Getümmel der Fußball-Kneipe ein Ohr. Er sieht das abgefallene Körperteil auf dem Boden liegen. Die fiebernden Fußball-Zuschauer sehen es nicht. Den Controller erfasst Panik, er verlässt das Lokal und geht nach Hause – beziehungsweise in sein Apartment, das er – ein wenig notgedrungen – als sein Zuhause empfindet. Denn »eigentlich« lebt er mit seiner Frau und seiner kleinen Tochter im Schwarzwald, wo es für ihn aber kein hinreichend finanzielles Auskommen gibt; nur deswegen arbeitet er die Woche über in Frankfurt. Das tut er auch weiterhin; er geht, mehr aus Scham, in die Apotheke und kauft eine Ohrklappe. Über den Grund des Verlusts des Ohrs werden im Roman keine Angaben gemacht. Es handelt sich um ein phantastisches Geschehen, das mit realistischen Erklärungen nicht aufgehellt werden kann. Der Roman bietet keine Deutung des Körperteilverlusts an. Auch dieser Verzicht hängt mit dem Genre des phantastischen Romans zusammen. Es gibt auf diesem Gebiet kaum Texte, die zum Vergleich tauglich wären. Ich kenne nur eine einzige Erzählung, die sich mit meinem Entwurf berührt: »Die Nase« von Gogol. Auch in diesem Text verliert ein Mann – ohne Vorwarnung und ohne Begründung – einen Körperteil, in diesem Fall seine Nase. Bei Gogol trägt der Verlust eher komödiantische Züge. Nur auf der Ebene einer Komödie ist es möglich, dass der Held nach einiger Zeit seine Nase wiederfindet und sie sich kurzerhand ins Gesicht zurücksteckt, wo sie verblüffenderweise auch haftenbleibt. Im Fall meines Romans ist der Verlust des Ohrs endgültig. Der Erzähler beginnt sich mit dem Verlust dauerhaft zu arrangieren. Was ihn viel mehr beschäftigt als der Verlust ist der Lebensschreck, der mit dem Verlust einhergeht. Es gibt im Verlauf des Textes keine Erklärung des Vorgangs, jedenfalls nicht explizit und nicht naturalistisch. Am Ende des Buches entdeckt der Erzähler zufällig, wie ein Kind, das im Sandkasten eines Spielplatzes spielt, seinen Daumen verliert. Die Mutter des Kindes reagiert mit entsetzten Schreien, das Kind wird von Sanitätern ins Krankenhaus transportiert, der Daumen bleibt im Sandkasten zurück. Am folgenden Tag erscheint in der Tageszeitung eine kleine Meldung mit der Überschrift: Kind verliert Daumen. Das heißt: In dieser Meldung ist der Schrekken des Ereignisses bereits integriert und neutralisiert. Ebendieser Vorgang – die Neutralisierung der Schrecken – hat mich damals interessiert. Ich fand (und finde) es beeindrukkend, dass unsere Gesellschaft über neu eintretendes Entsetzen nur relativ kurze Zeit erschrickt, und dann dazu übergeht, das neu eingetretene Entsetzen als Teil des empirischen

Bestands des »Lebens« aufzunehmen und nicht weiter bemerkenswert zu finden. Vorbild dieser Beobachtung war (und ist) der Umgang mit AIDS. Über Jahre hin habe ich (wie viele von uns) die Ausbreitung dieser Krankheit beobachtet und war beunruhigt über die Hilflosigkeit der Abwehr. Inzwischen ist AIDS sozusagen »akzeptiert« und ins allgemeine Krankheitsgeschehen eingebaut. Man kann auch sagen: der Umgang mit der Krankheit wird privatisiert. Genau das macht auch mein Protagonist im Roman. An einer Stelle heißt es: »Einmal schaue ich aus Zufall in einen Spiegel. Dass mir ein Ohr fehlt, erfreut mich plötzlich, weil ich mit einem fehlenden Ohr und einer Ohrklappe meinem Vater nicht mehr so stark ähnele wie früher.« Der Erzähler scheut sich nicht, seine aktuelle Beschädigung mit einem privaten, individualpsychologischen Affekt in Beziehung zu setzen: Der Verlust des Ohrs taugt immerhin dazu, sein altes inneres Leiden (die Ähnlichkeit mit seinem Vater) zu mindern. Das heißt, das Leiden wird mit einer privaten Befindlichkeit verrechnet und damit banalisiert, und das wiederum heißt: ein allgemeines, öffentliches Desaster wird endgültig auf ein individuelles Abenteuer reduziert und damit aus der allgemeinen Aufmerksamkeit herausgenommen. Dieses Szenario ähnelt der Entschärfung von AIDS; man kann sagen: der allgemeine Schrecken wird auf Kosten des einzelnen vergleichgültigt.

Dem Roman »Mittelmäßiges Heimweh« fehlt alles Komödiantische. Er ist eine Recherche über das öffentliche Bewusstsein im Augenblick seiner Herausforderung. Der Binnenwitz, der da und dort aufscheint, nimmt deswegen – allenfalls – zynische Formen an. Der Erzähler ist der erste und letzte Adressat seines Leidens. Er stellt verblüfft fest, dass sich niemand für seine Erkrankung interessiert. Er ist jetzt ein Mann, der dauerhaft eine Ohrklappe trägt – mehr ist über ihn, jedenfalls von außen, nicht zu sagen. Nicht einmal seine Frau zeigt ein weitergehendes Bedürfnis, sich über seine Lage kundig zu machen. Seine Frau wohnt (zusammen mit dem Kind) einige hundert Kilometer von ihm entfernt im Schwarzwald. Sie ist hauptsächlich damit beschäftigt, ihre Enttäuschung über den Verlauf ihrer Ehe zu verarbeiten. Diese Desillusionierung ist für sie so dominant, dass sie für eine Einfühlung in die Lage ihres Mannes keinen Spielraum übrighat. Die Entfremdung zwischen den beiden Eheleuten läuft (sozusagen naturwüchsig) auf eine baldige Scheidung hinaus. Die Faktografie des Romans erweist diesen als ein sozialkritisches Buch. Nicht wenige Leser (und Kritiker) waren über »Mittelmäßiges Heimweh« überrascht. Viele verstanden nicht, wie ein derart irritierender Roman direkt auf die »Liebesblödigkeit« folgen konnte, die zwei Jahre zuvor, 2005, erschienen war. Viele Beobachter waren der Meinung, dass ich mit der »Liebesblödigkeit« sozusagen meinen endgültigen Durchbruch zum komödiantischen Roman gefunden hätte. Ich selbst hatte diese Erwartung nicht. Ich wusste schon aus der früheren Beobachtung meines Werks, dass ich keine Teleologie eines logisch fortschreitenden Werks verfolgte, sondern – wenn man das so sagen kann – eher den zufälligen Impulsen meines inneren Bewusstseins gehorchte. Man kann, mein Werk betrachtend, allenfalls zu der Beobachtung gelangen, dass es eine Art Pendelbewegung einerseits zwischen sogenannten »ernsten«, sozialkritischen Büchern und, andererseits, zu leichteren, nicht engagierten, ironischen, individualistischen Werken gibt. Wobei ich sogleich hinzufügen muss, dass man sich diese Pendelbewegung nicht als eine sich selbst treu bleibende Struktur vorstellen sollte, sondern dass es innerhalb des Rhythmus der Pendelbewegung auch viele Brüche und Zäsuren gibt, die von der stets schwer abschätzbaren Dynamik des Schriftstellerberufs selbst herrühren. Der Beruf des Schriftstellers ist eine kryptische Bewegung voller Anfänge, Wiederholungen, Versagungen – und den rätselhaften Pausen dazwischen, vor denen sich der Autor am meisten fürchtet, weil stets unbekannt bleibt, zu welchem Ergebnis eine Pause führt, wenn es ein Ergebnis überhaupt gibt. Aufgrund der Ziel-Unsicherheit des Schreibens können Schriftsteller keine Produktionspläne machen. Sie hangeln sich von Buch zu Buch, manchmal auch nur von Absicht zu Absicht, von Projekt zu Projekt. Ich nehme an, dass diese Ungewissheit auf die Schreibprodukte selber abfärbt.

Insofern ähnelt jeder moderne Roman, der durch seine Gestalt Kunstanspruch erhebt, einem sanften Delirium, dessen Baugesetze niemand vollständig kennt, auch der Autor nicht. Der Eindruck des Deliriums entsteht, weil die Autoren in ihrem Erzähltext mindestens zwei Satztypen untereinander mischen, die – »eigentlich« – nichts miteinander zu tun haben. Der erste Satztyp bringt den Erzähltext selber hervor, der mit kognitiven Mitteln eine Ereignisfolge darstellt, die sich mit kognitiven Mitteln auch verstehen lässt. In diesen realistischen Fließtext streut der Erzähler einzelne Ausnahmesätze ein, deren Verständnis unser realistisches Vermögen übersteigt. Wir wissen oft nicht, was wir mit diesen Fremdlingen im Text machen sollen. Wir verstehen die vor uns ausgebreitete Geschichte, aber wir sperren uns vor einzelnen exotischen Sentenzen, die nicht wirklich erzählen, sondern – auf metaphysische Weise – das Erzählte reflektieren.

Ich nenne ein Beispiel. In dem Roman »Die Wellen« von Virginia Woolf treffen sechs Personen zusammen, die an markanten Punkten ihrer Biografien angelangt sind und von diesen berichten. Ihre Lebensdarstellungen sind konventionell, aber zwischendurch mutet uns die Erzählerin Einzelsätze zu, die wir in den Romantext nicht problemlos einordnen können. Einer von ihnen lautet: »Der Schmerz ist in der Schwebe, wenn eine Verkäuferin lautlos eine Schublade herauszieht.« Wenn wir in einem erzählenden Text auf einen einzelnen dichterischen Satz stoßen, merken wir deutlich, dass in diesem Augenblick ein Tempowechsel von uns verlangt wird. Die Qualität eines dichterischen Satzes macht aus einem Romanleser plötzlich einen Gedichtleser. Denn wir können über einen dichterischen Satz nicht so einfach hinweglesen wie über einen »nur« erzählenden Satz. Einen einzelnen dichterischen Satz müssen wir auch einzeln verstehen.

»Der Schmerz ist in der Schwebe, wenn eine Verkäuferin lautlos eine Schublade herauszieht.« Wir erkennen rasch: die Hauptfrechheit des Satzes ist die Behauptung, dass eine Schublade mit einem Schmerz etwas zu schaffen haben soll. Und zwar in den Augenblicken, wenn eine Verkäuferin eine Schublade lautlos herauszieht. Ich versuche mich an einer (vorläufigen) Auslegung. Wir nähern uns dem Satz vom Aspekt der Lautlosigkeit her. Auch der Schmerz in uns ist lautlos. Wir stellen uns (vorübergehend) den menschlichen Körper als ein Schmerzdepot vor. Dann und wann kommt ein Schmerz aus seinem Körperversteck hervor, schmerzt seinen Träger und verschwindet wieder im Depot der Körperorgane. Von hier aus können wir leicht auf die Idee kommen, unser Körper habe Schubladen, die herausgezogen werden können, damit die darin aufbewahrten Schmerzen dann und wann besichtigt werden können, zum Beispiel von einem Arzt. Schubladen gehören (zusammen mit Koffern, Etuis, Taschen) zum Grundrepertoire poetischer Imagination. Durch den Umgang mit (realen) Schubladen nehmen wir teil an den poetischen Verfahren der Aufspeicherung der Dinge mit Poesie. In jeder Schublade sammeln sich Überbleibsel, die oft über Jahre hin an der Grenze ihrer Vernichtung entlangexistieren, die dann aber, durch einen plötzlichen Gedächtnisumschwung ihrer Benutzer, augenblicksweise wertvoll erscheinen. Genau diese Wertkippe, auf deren Scheitel die Dinge überleben, macht sie poetisch. Insofern sind Schubladen immer auch kleine unerkannte Museen der eigentlich schon verschwundenen, dann aber doch nicht verschwindenden Dinge. An die Drohung des finalen Verschwindens erinnert unmerklich die Gestalt der Schublade selber. Denn eine Schublade hat die Form eines immerzu offenen Kleingrabs, das stets benutzbar ist: Man kann Dinge darin begraben, und man kann die schon begrabenen Dinge wieder herausnehmen und wie etwas Lebendiges wieder anschauen. Es entsteht dabei die Praxis einer sich selbst endlos transformierenden Poesie: Etwas Totes aus seinem Zeitgrab herausnehmen und genau in diesen Augenblicken den Schauer der Zeit spüren, in der Wertloses neue Wertschichten angelegt hat, die zu entdecken das menschliche Auge viel Zeit braucht. Jeder, der Schubladen immer wieder herauszieht und eigentlich ziellos in sie hineinschaut, ist eine Art Totengräber, der entdeckt hat, dass die Trennungen von den Dingen dann doch nicht endgültig sind. Denn die in den Schubladen sanft verwahrlosenden Dinge speichern die Zeit, sie halten Zeit fest, sie geben Zeit preis und streuen, durch ihr Betrachtet-Werden, neue Zeit aus. Insofern befinden sich die Schmerzen in der Schublade tatsächlich in einer fortlaufenden Schwebe; sie schwirren und gespenstern umher, erschrecken uns und geben uns im Schreck die Gewissheit, dass sie unsere Unruhe nicht besänftigen werden.

Von Virginia Woolfs Satz geht eine starke Suggestion aus. Nur durch eine sprachliche Fügung – das Zusammenfließen von Schmerz und Schublade – sind wir plötzlich überzeugt, dass die beiden schon immer zusammengehört haben. Leider haben wir bis heute keine Bedeutungstheorie der Wörter und Begriffe. Insofern können wir nicht begründen, ob die beiden Wörter Schmerz und Schublade ontisch oder sprachlogisch tatsächlich eine Beziehung untereinander haben. Vermutlich ist eine Bedeutungstheorie der Wörter und Begriffe überhaupt unmöglich, weil Wörtern nur instabile Bedeutungen zugeschrieben werden können – wenn man einmal von gewissen Elementarwörtern (wie Tisch, Stuhl, Haus, Bett und so weiter) absieht. Deswegen wird es wahrscheinlich so bleiben, wie es in diesem Fall wieder einmal ist: Einerseits erkennen wir in Virginia Woolfs Satz die wundersame Bezeichnungskraft der Wörter, andererseits erkennen wir gleichzeitig die tiefere und absolute Sprachlosigkeit aller Literatur.

Was ich hier, am Beispiel eines einzelnen Satzes von Virginia Woolf, erzählerisch auseinandergenommen habe, kann in diesem aufgelösten, didaktischen Zustand natürlich nicht im Fließtext eines Romans auftauchen. Ein moderner Autor muss das, was er/sie poetisch ausdrücken möchte, in einen kühnen Satz verpacken und dabei sowohl die »normale« Aussagenlogik der Sprache als auch das Regelwerk von Subjekt, Prädikat, Objekt momentweise vergessen. Der Autor nimmt dabei das Risiko auf sich, dass der von ihm konstruierte Satz aufgrund seiner Eigenlogik zu abstrakt ausfällt und sich dem schnellen Verstehen entzieht. Der besondere, poetische Satz tritt als Überrumpelungsversuch des Lesers auf und möchte auch mit besonderem Aufwand rezipiert werden. Ich lese Ihnen einen Abschnitt aus dem Roman »Mittelmäßiges Heimweh« vor, in dem wir ein anderes, wenn auch ähnliches poetisches Prinzip beobachten:

»Im Bad erleide ich einen Einsamkeitsanfall. Ein Seifenrest löst ihn aus. Das Seifenstückchen liegt klein und hellgrün auf dem Rand der Badewanne und stört mein Empfinden. Aus dem Schrank hole ich ein neues Stück Seife. Weiß, oval und frisch liegt die neue Seife auf dem Badewannenrand und strahlt Zuversicht aus. Wie so oft erschrecke ich mit Verspätung. Das Wort Scheidung, von mir selbst ausgesprochen, schiebt mich in diesen Augenblicken in einen selbsterschaffenen Raum des Grauens. Noch während ich mir die Zähne putze, fällt mir ein, dass es vielleicht nicht der Seifenrest war, der mein Einsamkeitsgefühl hervorrief. Das kleine Stück Seife hatte nur die Erinnerung an das etwa gleich große Stück Butter ausgelöst, das bei uns zu Hause stets im Kühlschrank lag. Vater und meine schon erwachsene Schwester kamen damals von der Arbeit zurück nach Hause und fanden die Schränke leer. Mutter lag unansprechbar und schluchzend im Bett und hatte (wie so oft) nichts eingekauft, obwohl sie dazu den ganzen Tag Zeit gehabt hatte. Der müde Vater und die Schwester mussten noch einmal losgehen und das Allernötigste für ein Abendbrot einkaufen. Allerdings waren um diese Zeit die Geschäfte geschlossen. Vater übernahm den Gang zum Lebensmittelhändler, die Schwester machte sich auf den Weg zum Bäcker. Sie stöhnte und schimpfte laut darüber, dass sie jetzt an der Tür der Privatwohnung des Bäckers klingeln musste, um noch ein Brot zu bekommen. Es dauerte fast eine Stunde, bis Vater und die Schwester zurückkehrten und endlich ein improvisiertes Abendbrot auf dem Tisch stand. Das dann niemand recht schmeckte, weil wir uns immerzu stumm fragten, warum denn die Mutter so gelähmt war (...)«

Wieder bildet sich – ähnlich wie bei Virginia Woolf zwischen der Verkäuferin, einer Schublade, einem Schmerz und der Schwebe, die sich zwischen allem zeigt – eine Art Stafette zwischen den Dingen mit einem Schmerz an deren Ende. In »Mittelmäßiges Heimweh« ist es ein Seifenrest auf dem Badewannenrand, der den Erzähler an einen Butterrest erinnert, der Butterrest leitet die Spur zurück in die Kindheit, die insofern schwierig war, weil der Erzähler in deren Kern eine Mutter erinnert, die (jedenfalls nach Meinung des Erzählers) ihre Rolle nicht hat finden oder nicht hat ausfüllen können. In beiden Erzählzusammenhängen gibt es offenbar eine lose Verknüpfung zwischen den Dingen, die durch die Arbeit des Bewusstseins hergestellt wird. Man kann auch sagen: Die Einzelobjekte sind Substitute, die ihren Wahrheitsanteil untereinander so lange weiterreichen, bis sie beim Erzähler zu einer inneren Epiphanie über seinen Lebenszusammenhang werden. Es gehört zur Methode meiner Bücher, dass der Erzähler durch seine Phantasiearbeit die Einzelheiten seiner Wahrnehmung miteinander verknüpft und dadurch eine Art Tiefendimension frei wird. Es entsteht dabei ein subjektiver Kosmos, der sich als ein vom Subjekt hergestellter über die Dinge legt und diese dadurch nicht nur erträglich werden, sondern auch noch einen Reflexionszusammenhang stiften. »Eigentlich« unpoetische Objekte und Personen – eine Schublade, eine Verkäuferin, ein Badewannenrand, ein Seifenrest – nehmen gegen die allgemeine menschliche Erwartung poetische Qualitäten an. Die Poetisierung geht nicht vom Gegenstand aus, sondern vom Blick dessen, der die Gegenstände anschaut. Unser Auge ist ein Transformator; es verwandelt, was es sieht, es beleiht die Gegenstände mit den poetischen Gemütswerten dessen, der schaut. Dieser Wandel – das heißt die Verlagerung des poetischen Erregungsmoments vom Objekt ins betrachtende Subjekt – ist vermutlich die bedeutendste Verschiebung in der Moderne. Im Kulturbetrieb gibt es ja immer noch zahlreiche Menschen, die, wenn sie das Wort Poesie hören, entweder an Eichendorffs »Mondnacht«, an die »Mutter Erde« von Hölderlin oder wenigstens an die goldenen Kelche von Trakl denken. Die Modernitätsverweigerer wollen nicht hinnehmen, dass das Poetische sein Subjekt gewechselt hat, das heißt praktisch, dass es die Provinzen des Alltags erobert hat und weiter erobert. Oder, anders gesagt, es gibt keine Sonderwelten mehr, für die eine besondere poetische Prädestination beansprucht werden kann. Oder, positiv ausgedrückt: Es gibt keine Poesie-Reservate mehr; in der Moderne ist jeder Gegenstand poetisierbar.

Wenn ich mich nicht irre, befinde ich mich derzeit erneut in einem Zyklus-Wechsel, der aufregender und dramatischer ist als jeder Zyklus-Wechsel davor, weil er sich rasanter und unmittelbarer vollzieht und, wegen seines hohen Tempos, sich nicht hinreichend genug betrachten und reflektieren lässt. Ich habe mich gewundert, dass ich mit meinen beiden letzten Büchern, ich meine: »Mittelmäßiges Heimweh« (2007) und der in diesem Jahr erschienene Roman »Das Glück in glücksfernen Zeiten«, noch einmal zurückgekehrt bin zum realistischen Roman, wobei »Mittelmäßiges Heimweh« gewiss nicht nur realistisch ist, sondern auch einen gewissen surrealistischen Anteil hat. Dafür steht »Das Glück in glücksfernen Zeiten« sozusagen zu hundert Prozent in der Ahnenreihe des deutschen kritischen Zeitromans. Mit kritischem Zeitroman meine ich die Herkunftslinie: Heinrich Mann – Hans Fallada – Lion Feuchtwanger – Alfred Döblin – Erich Kästner. Natürlich ist »Das Glück in glücksfernen Zeiten« nicht nur eine Fortschreibung mit den traditionell *gegebenen* Mitteln. Der Glücks-Roman ist ein Versuch, die Außen- *und* die Innenperspektive eines Protagonisten so miteinander und ineinander zu verschmelzen, dass wir nicht nur die äußerlich sichtbaren Umrisse der Handlungen einer Figur sehen können, sondern ebenso die inneren Zwänge, die im Bewusstsein der Figur die Handlungen ausgelöst haben.

Das heißt, der Glücks-Roman ist ein neuer Anlauf, im Roman den gläsernen Menschen zu erschaffen, eine Konstruktion dessen, was uns nicht einsichtig ist: erstens eine

Nachbildung der Kräfte, die einen Menschen in psychischer Hinsicht steuern, und zweitens eine Nachbildung der äußerlichen, sozialen Zwänge, die auf die psychischen Gegebenheiten eines Menschen antworten – und ihn damit auch gefährden. Gerhard Warlich, der »Held«, hat, wie er anfangs glaubt, beste soziale Voraussetzungen, um in unserer komplexen Wirklichkeit eine gute Figur zu machen. Er ist akademisch gebildeter Philosoph (mit einer Promotion über Heidegger) und insofern hervorragend geeignet, unserer Gesellschaft das zu vermitteln, woran es dieser am meisten mangelt, nämlich Selbsttransparenz, kritische Distanz, philosophische Erleuchtung. Um sein Studium zu finanzieren, hat sich Warlich von Anfang an als Ausfahrer einer Großwäscherei betätigt. Im Verlauf von Warlichs Jugend verschiebt sich das Parallelogramm der Kräfte immer mehr. Seine Vorstellung, als Philosoph an einer Universität Karriere zu machen, verflüchtigt sich zunehmend und löst sich bald ganz auf. Auch ein anderes Arbeitsfeld, auf dem ein Philosoph gebraucht werden könnte, lässt sich nicht finden. Es stellt sich heraus, dass ein Philosophiestudium in unserer Gesellschaft genau das ist, was Warlichs Doktorvater prophezeit hatte: »Bildungslametta« – ein Glitzerzeug, das niemand wirklich braucht. Im Gegenzug zeigt sich, dass Warlich immer tiefer in das unternehmerische Profil eines Wäscherei-Managers einsteigt. In dem Betrieb, in dem er als Student als Ausfahrer angefangen hatte, wird er schließlich Geschäftsführer beziehungsweise Organisationsleiter. Noch immer, auch im 21. Jahrhundert, zeigt das bürgerliche oder das kleinbürgerliche Leben seine Krallen: es versagt sich den Wünschen seiner Liebhaber. Oder, weniger dramatisch ausgedrückt, nämlich mit einem Lieblingszitat aus Italo Svevos Roman »Zeno Cosini«: »Das Leben ist weder hässlich noch schön, es ist originell.«

Die bloße Originalität der Versagung kann Warlich nicht wirklich trösten. Er kann nicht ablassen von seinem Wunsch, als Philosoph durchs Leben zu gehen und als Philosoph sein Geld zu verdienen. Immer mal wieder schleicht er sich aus seinem Berufsleben heraus und sucht das alte Philosophische Seminar der Universität auf, wo er sich vor vielen Jahren einmal wohl gefühlt hatte. Von seiner Lebensgefährtin Traudel wird er deswegen gerügt. Sie hält ihm vor, dass ein »so gebildeter« und realitätstüchtiger Mensch wie er die Welten besser trennen können müsste. Was Traudel hervorbringt, sind Erwartungsprofile des »vernünftigen« Menschen, der Warlichs Scheitern an der Wirklichkeit nicht versteht und deswegen auch nicht hinnehmen kann. De facto gibt es Zeichen genug, die darauf hindeuten, dass Warlich mit zunehmendem Realitätsverlust fertig werden muss – und eben nicht fertig wird. Der Realitätsverlust bildet sich in phantastischen Projekten ab, die den Wirklichkeitsverlust schon vollzogen haben. So besucht Warlich eines schönen Nachmittags das Büro des Kulturamtsleiters der Stadt und unterbreitet ihm sein Projekt einer »Schule der Besänftigung«. Hauptsächlich gelehrt werden soll in dieser neuartigen Schule Warlichs besondere Sehnsucht nach einem »Halbtagsleben«. Seiner Meinung nach ist es ausreichend, wenn die Menschen nur morgens leben und arbeiten müssen und sich nachmittags von den morgendlichen Verausgabungen ausruhen. Es kommt im Kulturamt zu keiner besonders präzisen Vorstellung seines Projekts. Der Chef des Kulturamts missversteht Warlichs Projekt vollständig. Er macht ihn darauf aufmerksam, dass »Schule der Besänftigung« eine altmodische, wenn nicht vorgestrige Bezeichnung sei, und schlägt vor, Warlichs Projekt doch lieber gleich eine Pop-Akademie zu nennen. Größer könnte das Missverständnis kaum sein. Aber die Stadt ist immerhin bereit, günstige Räume für Warlichs Schule zur Verfügung zu stellen, was Warlich trotz des Missverständnisses für kooperativ hält. Auch Traudel hat keine Antenne für Warlichs um sich greifende Bodenlosigkeit. Sie kann ihm nicht nur nicht helfen, sondern erkennt nicht einmal die auch für ihn neue, die psychische Ebene seines Leidens. Es kommt zu einer schmerzlichen Abspaltung Warlichs von der Wirklichkeit. Traudel selbst ist es, die ihn in der ihnen gemeinsamen Ratlosigkeit in eine psychiatrische Klinik fährt.

Das Bild des Autors ist der Roman des Lesers

Lange bevor ich einen Text von Walter Benjamin las, kannte ich Fotos von ihm. Immer wieder war dieser schwarzgelockte Kopf mit dem melancholisch verhangenen Gesicht in Prospekten und Literaturblättern abgebildet gewesen; und obgleich es sich um Porträts verschiedener Fotografen handelte, blieb Benjamin bei der gleichen Gesichts- und Kopfhaltung. Der Körper erscheint leicht vornübergebeugt, der Kopf ein wenig nach vorne versetzt. Der Blick ist meist nach unten gerichtet. Der Mund ist geschlossen und ernst. Und (das wichtigste Detail): Benjamins Kopf sehen wir als abgestützten Kopf. Mal ist es die linke Hand, mal die rechte, in der das Kinn ruht. Auf einigen Fotos fasst sich Benjamin sogar an den Hinterkopf, dorthin also, wo das Gehirn sitzt, als wollte er den Eindruck noch verstärken, der sich ohnehin schon eingestellt hat. Auch wenn wir nicht wissen, worüber dieser Autor nachgedacht hat, so sind wir aufgrund seiner Abbildungen doch schon sicher, dass es sich um schwierige, sich nicht rasch erschließende Texte handeln muss. Es scheint sich um einen labyrinthischen Autor zu handeln, der vielleicht deswegen so selten aufblickt, weil er seinen Lesern auf keinen Fall die Täuschung vermitteln wollte, er wenigstens wisse, wo sich der Ausgang des Denk-Labyrinths befindet, in dem er lebt. Wir können fragen: Geht von Benjamins verschlossenen Porträts nicht (bis heute) eine Leser-Abwehr aus? Ich nehme an, dass viele Betrachter über das Unlustgefühl einer befürchteten Lese-Anstrengung angesichts dieser Fotos nicht hinauskommen – und dass Benjamins Fotos insofern die Schwierigkeiten des Werks objektiv ausdrücken: Seine Mühe ist quasi ins Gesicht vorverlegt.

So ähnlich, wie wir Kindern sagen, wenn sie etwas gestehen sollen: Ich seh's dir an der Nasenspitze an – so meinen wir, schon in den Gesichtern vieler Autoren lesen zu können, was sie geschrieben haben. Bei einigen von ihnen (etwa bei Fallada, auch bei Kafka) kündigen sogar schon die Gesichter der Eltern an, mit welchen Stoffen sich die Söhne später schreibend auseinandersetzen werden. Schauen wir uns nur diesen überaus robusten Hermann Kafka an, dann ahnen wir doch schon, womit der schmächtige Franz später zu kämpfen haben könnte. Und ein Blick auf den strammen Wilhelm Ditzen genügt, dann können wir uns ausrechnen, warum sein Sohn, der sich später Hans Fallada nannte, solche Probleme mit sich, dem Vater und dem Leben hatte.

Wir dürfen annehmen, dass der eher scheue und spröde Walter Benjamin seine Porträts nicht inszenieren ließ; dazu sind sie zuwenig theatralisch und zuwenig stilisiert. Ein anderer Autor, Zeitgenosse Benjamins und mit diesem bekannt, dem die publikumschaffende Wirkung von Fotos zu Lebzeiten bestens vertraut war, ist Bertolt Brecht. Er wusste, dass es zwar echte, aber dennoch »falsche« Fotos gibt, das heißt solche, die zweifelsfrei den Autor abbilden, die dem Werk aber dennoch nicht nutzen, weil sie die Leser entweder ganz vom Werk abhalten oder in die Irre führen. Es müssen bestimmte Fotos sein, die eine Stilisierung des abgebildeten Autors einzuleiten in der Lage sind. Die Zutaten zu seiner Stilisierung hat Brecht bühnenmäßig arrangiert. Brecht-Porträts sind voll von wiederkehrenden Zeichen, die leisten, was sie leisten sollen: die Täuschung der Vertrautheit. Wir alle kennen Brechts grobe Leinenhemden, seine Arbeitskittel, die Zigarre, den kurzen, sachlichen Haarschnitt, die Schiebermütze. Die Fotografin Gerda Goedhart, die ihn über Jahre hin porträtierte, hat mitgeteilt, dass Brecht nur wenige Fotografen an sich heranließ. Tatsächlich gibt es Privatfotos von Brecht, das heißt Bilder ohne Stilisierung, die genau das abbilden, was Brecht nicht abgebildet haben wollte: seine Verwechselbarkeit.

Wir alle, die wir Romane, Erzählungen und Gedichte lesen und einige von diesen Texten mehr oder weniger lieben, wir alle wissen, dass der biografische Zugang zu Werken der Literatur unter Kennern als banausisch, ja unfein gilt. Jeder, der einen Roman »verstehen« oder gar »erklären« will, indem er Bezüge zwischen dem Textgeschehen und der Biografie des Verfassers entdeckt oder gar herstellt, hat sich in Kreisen der Zunft als Amateur ausgewiesen. Dabei kennt jeder Leser das Verlangen, sich in der Biografie eines bewunderten Autors auszukennen. Es handelt sich dabei einerseits um ein ästhetisch bearbeitetes Verlangen nach Nähe, andererseits um eine Anerkennung der Paradoxie, dass auch die gescheitertste Dichter-Existenz richtig und notwendig war, weil sie das von uns geliebte Werk hervorgebracht hat. Wer sich als Leser für die Biografie eines Autors zu interessieren beginnt, drückt nur seine Vermutung aus, dass die Existenzweisen der Schreibenden oft noch viel sonderbarer und aufregender sind als die von ihnen hervorgebrachte Literatur. Aber weil die meisten Leser auch als Fachleute gelten wollen, halten sie sich denn auch brav an das Biografie-Tabu. Dabei entspringt jedem Text nicht nur die Frage, was er bedeuten mag, sondern fast noch deutlicher die andere, die biografische Frage: Wer hat ihn geschrieben und warum? Die Unabweisbarkeit dieser Frage ist ein unmittelbares Ergebnis *unserer* Leseerfahrung. Denn es sind Texte, die uns auf unerklärliche Weise oft näher sind als selbst vertraute Personen. Es sind Texte, nicht Menschen, die so tief in uns eindringen, dass sie unser eigenes Geheimnis anzurühren vermögen. Und zwar folgenlos; wir werden für diese Nähe nicht belangt. Das ist eine merkwürdige, geheimnisvolle und beunruhigende Tatsache, die wir nicht recht einordnen können. Dabei können wir nicht behaupten, dass sich uns der Text auf ungehörige Weise aufdrängt. Wir, die Leser, sind es, die einem Text, indem wir ihn lesen, eine solche Intimität erlauben. Wer einen Text zu lieben beginnt, liebt immer auch etwas von sich selbst, das nur durch diesen Text Repräsentanz und Kommunikation erlangt.

Freilich ist der Hinweis auf den narzisstischen Transfer noch keine Erklärung dafür, *wie* der Text die Abspiegelung leistet. Der Text selber verrät erst recht nichts von der Technik seines Eindringens. Die Auskünfte der Literaturwissenschaft können uns auch nicht zufriedenstellen, im Gegenteil. Germanisten beargwöhnen uns gern wegen unseres biografischen Interesses, das ihnen trivial erscheint; sie können aber selbst kaum aufklären, warum das offiziell Geächtete so oft das heimlich Geliebte ist. Dies ist der Augenblick, in dem sich das Interesse des Lesers vom Text auf seinen Verfasser verschiebt. Die Verfasser selber, so müssen wir annehmen, verwahren die Schlüssel zu den Geheimnissen, die uns bewegen und beunruhigen. Aber wie können wir über Autoren etwas herausfinden?

Schriftsteller sind abwesend. Was Klappentexte, Nachworte oder Rezensionen über sie mitteilen, bleibt hinter unserem Verlangen nach Aufklärung weit zurück. Erst nach dem Tod des Autors kann mit weiteren Aufschlüssen gerechnet werden. Aber auch dann dauert es oft noch Jahrzehnte, bis endlich Tagebücher, Briefbände oder Erinnerungen von dritten erscheinen. So lange kann ein von fremder Anrührung bewegter Leser nicht warten. Was bleibt ihm, was tut er oder sie bis dahin? Er *verschiebt* sein Interesse (die erste Verschiebung bewegte sich vom Text auf den Autor) ein weiteres Mal, diesmal vom Autor auf das Bild des Autors.

Denn Autorenfotos können, so spekuliert der Leser, der Aufhellung der Beziehungen zwischen dem Leben des Textes und dem Leben des Lesers dienen. Ein verständiger Leser ahnt ohnehin, dass Schriftsteller immer auch etwas zurückbehalten, Details der eigenen Lebenswelt und Erfahrung, oft winzige, aber wichtige Zwischenstücke, die durch ihre eigene Unscheinbarkeit vor Entdeckung geschützt sind. Aber vielleicht stellen sich diese verborgenen Hinweise sozusagen selber aus, womöglich gegen den Willen der Autoren: nämlich auf deren Abbildern, die wir nur genau genug zu lesen haben. Was der Text verbirgt, enthüllt ohne Absicht – vielleicht – das Foto.

Ihren unvergleichlichen Rang gewinnen Fotos aus ihrem zweifachen Status, der sie in gewisser Weise anderen Kunstwerken überlegen macht: Sie sind sowohl Artefakte als auch Dokumente. Artefakte sind sie, weil es eines ästhetisch agierenden Fotografen bedarf, der ein Bild, ehe er es »macht«, vorher als Kunstbild »sehen« muss. Und sie sind zugleich Dokumente, weil jedes Foto, trotz seiner ästhetischen Zurichtung, einen hohen dokumentarischen Anteil bewahrt, der von keinem Fotografen ausgeschaltet werden kann. Wir können Fotos deswegen (mit Begriffen des Sozialphilosophen Alfred Schütz) als »Kundgabeakte« begreifen, als »gesetzte Zeichen«, die auf unsere Auslegung fixiert sind.

Es sind vermischte, zuweilen unseriöse Informationen, die der spekulierende, Fotos betrachtende Leser erwartet, Informationen, die weit über das hinausgehen, was in der Germanistik die ästhetische Erschließung des Textes heißt. Denn der durch Textnähe beunruhigte Leser will mehr wissen: nämlich, wenn es gutgeht, den Grund der Vertrautheit des Textes mit seiner eigenen Innenwelt. Sein Verstehensziel heißt: Wie ist der Autor zur besonderen Tiefe seiner Einsicht und damit meinem eigenen Selbstverstehen so nahe gekommen? Welche biografischen oder leib-seelischen Schaltungen müssen wir in den Blick nehmen, um (zum Beispiel) die Verkoppelung eines Werks mit einem bestimmten Stoffkreis rekonstruieren zu können? Und können Fotos Hinweise stiften für eine solche, vielleicht zu entwerfende Theorie der Affinität zwischen Autor und Werk?

Ein Beispiel für eine solche Affinität, die nur aufgrund von Foto-Porträts möglich ist, können wir mit Hilfe der Abbilder von Franz Kafka fixieren. Die Fotos, die es von diesem Autor gibt, kann man in zwei Sorten unterteilen. Die erste Sorte, die in der Überzahl ist, zeigt Kafka mit strengem Mittelscheitel. Auf der zweiten Sorte von Bildern, von der es nur wenige Beispiele gibt, sehen wir den Autor ohne Mittelscheitel; sie sind die freieren, die menschlicheren, die privaten. Es fehlt ihnen das Erschreckte, das Panische, das fledermausartig In-die-Enge-Gedrückte, das wir von den meisten Kafka-Bildnissen kennen. Und wir sehen – auf den wenigen Fotos ohne Mittelscheitel – Kafkas ungebändigten, dichten Haarwuchs, der der damals vorherrschenden Form des fotografischen Herrenporträts nicht verpflichtet ist. Auf den Fotos mit Mittelscheitel ist Kafkas Haar dagegen streng und straff nach links und rechts gekämmt und überdies feucht und glänzend pomadisiert. Wir erkennen das zurechtgestutzte, gelackte und offen unterdrückende Moment des kleinbürgerlich geduckten Daseins, unter dem Kafka sein kurzes Leben lang gelitten hat. Der Mittelscheitel ist so exakt und makellos ausgeführt, dass die Kopfhaut darunter als weiße Linie erscheint und unserem Assoziationsvermögen die Idee einer Spaltung nahelegt oder eingibt. Mit ein wenig Phantasie können wir die Spaltungslinie des Mittelscheitels nach vorne verlängern und sie in der Verlaufsform der Nase fortgesetzt finden, die – mit scharfem Kamm – das Gesicht genauso teilt wie der Mittelscheitel den Kopf.

Mit diesen Assoziationen ist es plötzlich einleuchtend, sich unter dem Hauptproblem des abgebildeten Mannes eine innere Aufspaltung und die dazugehörige Zerrissenheit vorzustellen, die zu Kafkas Lebzeiten um so besser verborgen bleiben konnte, weil der Mittelscheitel in den zwanziger und dreißiger Jahren ein verbreitetes Zeichen für bürgerliche Wohlsituiertheit war. Wer diese Spur einmal aufgenommen hat, stellt dann auch bald fest, dass die Selbstdarstellungen *mit* Mittelscheitel sozusagen Kafkas offizielle Erscheinungsweise waren. Mit Mittelscheitel ließ er sich aus Anlass der Promotion abbilden; wir sehen den Mittelscheitel auf Pass- und Bewerbungsfotos; wir sehen ihn auf Bildern, die Kafka als Beamter der Arbeiter-Unfall-Versicherungsanstalt Prag benötigt hat; wir erkennen ihn auf dem Verlobungsfoto an der Seite von Felice Bauer; wir sehen ihn auf einem Schülerbild zu Anfang seiner Gymnasialzeit; und wir sehen ihn auf einem Bild aus dem Jahre 1914, aus Kafkas ernstester und angespanntester Lebensphase, zur Zeit der Niederschrift des »Prozess«. Es ist das unruhigste und die Unruhe zugleich verbergendste Bild, das es von Kafka gibt: Mit steinernem Ernst blickt er seinem schwierigsten Anliegen, dem Schreiben, in das nicht fixierbare Auge. Im Gegensatz dazu sind die Fotos *ohne* Mittelscheitel erkennbar Bilder ohne Anlass und also auch ohne Nötigung zur Repräsentation. Sie zeigen einen gelassenen, entspannten jungen Mann, der aussieht wie andere junge Männer auch, ein Mensch ohne erkennbare Zwanghaftigkeit. Am 10. Juni 1914 schrieb Kafka an seine Schwester Ottla diese Zeilen: »Ich schreibe anders als ich rede, ich rede anders als ich denke, ich denke anders als ich denken soll und so geht es weiter bis ins tiefste Dunkel.«

Beschreibt der Autor in diesen drei Zeilen nicht selbst

die tiefe Spaltung, die wir zuvor, freilich nur anhand von Bildzeichen, festgestellt haben? Die Spaltung gilt auf drei Ebenen: auf der des Schreibens, des Redens und des Denkens. Es handelt sich dabei nicht um eine Spaltung im klinischen Sinn, also nicht um Schizophrenie, die das Subjekt schubweise paralysiert bis hin zur vollkommenen Ich-Auflösung. Sondern um eine geistig empfundene Spaltung zwischen Sein und Sollen, um den Riss, der durch uns alle hindurchgeht und den wir (je nach Temperament) intellektuell verschärfen oder vollständig verdrängen beziehungsweise leugnen können. Wir dürfen behaupten: Der Mittelscheitel ist das Zeichen des Risses; an ihm können wir wenn nicht erkennen, so doch ahnen, wovon sein Träger bestimmt ist. Unter den Kafka-Fotos gibt es ein besonders eindrucksvolles, ein Kinderbild, das entstand, als Kafka sechs Jahre alt war. Walter Benjamin hat dieses Foto in seinem 1931 erstmals erschienenen Aufsatz »Kleine Geschichte der Fotografie« ein Bild von »uferloser Trauer« genannt und es so beschrieben:

»Da steht in einem engen, gleichsam demütigenden, mit Posamenten überladenen Kinderanzug der ungefähr sechsjährige Knabe in einer Art von Wintergartenlandschaft. Palmenwedel starren im Hintergrund. Und als gelte es, diese gepolsterten Tropen noch stickiger und schwüler zu machen, trägt das Modell in der Linken einen unmäßig großen Hut mit breiter Krempe, wie ihn Spanier haben. Gewiss, dass es in diesem Arrangement verschwände, wenn nicht die unermesslich traurigen Augen diese ihnen vorbestimmte Landschaft beherrschen würden.«

Was Walter Benjamin nicht gesehen hat oder nicht beachtenswert fand: Dieses Kinderbild ist das erste, auf dem wir Kafkas Bildmale erstmals erkennen können, und zwar beide zugleich. Einerseits zeigt der Knabe den vollen, ungekämmten Haarwuchs; andererseits sehen wir in der Mitte der Stirn das erste Anzeichen des zukünftigen Mittelscheitels, weil sich genau dort das dichte Kinderhaar nach links und nach rechts zu teilen beginnt und weil sich in dieser Teilung eine *bildhafte* Vorwegnahme der künftigen Konflikterfahrung Kafkas andeutet. Die »unermesslich traurigen Augen«, von denen Walter Benjamin gesprochen hat, sind dann der unbewusste Ausdruck für eine zu erwartende Spaltungsidentität, die der Sechsjährige zwar weder fassen noch ahnen kann, die er aber gleichwohl schon ausdrückt. Das heißt: Wir, Franz Kafkas spätere Leser, die wir sein Leben längst genauso schätzen wie sein Werk, wir als fremde und nachträgliche Betrachter erkennen das mit hoher Wahrscheinlichkeit existenzbestimmende Zeichen nur deswegen, weil es auf einem Kinderfoto Bildmale gibt, die sich mit Bildmalen auf anderen Fotos zu einem Code zusammenschließen lassen, der den Mittelscheitel zur Metapher eines Lebensromans macht. Das Faszinierende der Bildmitteilung besteht also in einer paradoxen Verschränkung und spielerischen Selbstaufhebung von Zeit: Wir erkennen *nachträglich*, was in einer *vergangenen* Zeit die *Zukunft* eines Menschen bestimmt hat und wozu der Betroffene selbst, ohne davon wissen zu können, die Fingerzeige liefert: Franz Kafka wächst auf diesem Kinderfoto in seine Lebensspannung hinein, weiß von diesem Auftakt selbst nichts und stellt ihn trotzdem, als Zeichen, präzise dar.

Aus diesem Widerspruch erklärt sich der Status eines Autorenfotos: Es bleibt ein außerliterarischer Kommentar zur Entstehung des Werks, der dennoch, sozusagen vorliterarisch, in das Zentrum der Affinität des Autors vordringt. Der Leser dechiffriert diesen Selbstkommentar und erkennt in ihm das Phantasma der Anziehung zwischen Werk und Leser. Die Bilder des Autors erhellen auf diese Weise die Genese eines fremden Schreibens, sie sind aber zugleich Teile eines entstehenden privaten Leserromans, den sich der Rezipient selbst erschafft, um das Schweigen des Autors mehr und mehr zu brechen. Denn der Leser ist eine haltlose Instanz. Er folgt dem Text als dem Medium seiner Selbstverständigung, das heißt, er folgt einer Lust, von der er nicht wollen kann, dass sie je zu Ende geht. Deswegen kann er auch nicht wollen, dass ein von ihm geliebter Roman jemals auf seiner unwiderruflich letzten Seite ankommt. Rückt dieses Ende dennoch näher, dann muss der Leser beginnen, sich dieses Stück Literatur noch einmal und noch einmal zu erzählen, und zwar von neu errungenen Positionen aus, die um das je neu hinzugekommene Wissen um die Lebensgeschichte des Autors bereichert sind. Dazu benutzt er alles Material, das sich auftreiben lässt, und mischt es in den Kammern seiner Einbildungskraft so lange, bis ein neuer, der Roman des Lesers entstanden ist. Der Leserroman ist ein Reflexionsgebilde von ganz eigenen Gnaden; er wächst seinerseits mit der Lebensgeschichte des Lesers mehr und mehr zusammen und überwölbt diese als eine Art Texthimmel, dessen (selbstkonstruierte) Erschließungskraft, Weite und Unaufhörlichkeit den Leser nicht mehr verlassen werden.

Kant hat die Einbildungskraft so definiert: »Einbildungskraft ist die blinde, obgleich unentbehrliche Funktion der Seele, ohne die wir keine Erkenntnisse haben würden.« In diesem Satz kommen die beiden entscheidenden Worte vor, ohne die es keinen Leserroman geben kann: Blindheit und Unentbehrlichkeit. Die Blindheit ermächtigt und befähigt uns zu Eingebungen, die wie seriöses Wissen aussehen. Wir beachten dabei nicht die kälteste Wahrheit, die von jedem Foto ausgeht, die Wahrheit nämlich, dass wir immer nur Betrachter sind, weiter nichts. Wir wissen nichts, es fällt uns immer nur etwas ein. Jede weitere Ableitung geht auf das Konto der Einbildungskraft des Leserroman-Autors. Der Leser möchte die Herrschaft des literarischen Scheins beenden – und setzt diese Herrschaft doch nur fort. Anders gesagt: Jede Abbildung fordert unsere Phantasie heraus – zugunsten unserer eindrucksvollen Blindheit, die uns sehend macht. Fotos spekulieren gleichsam mit einem inneren Wissen in uns, das sie nur abrufen müssen, und zwar in hochkonzentrierten Zeichen. Die äußeren Bilder *zeigen* auf etwas in unserem Inneren, und indem sie das tun, berühren sie unser Sprachzentrum, das die Bilder nicht ziehen lässt, ohne sie mit einem Text versehen zu haben. »Ich beobachte den Beobachter in mir. Ich höre zu, was das von mir Gesehene mir oder sich selbst sagt« (Paul Valéry).

Es gibt ein kaum bekanntes Foto von Sigmund Freud, das um das Jahr 1930 herum entstanden ist. Freud steht hinter dem geschlossenen Fenster seiner Wiener Wohnung in der Berggasse 19. Seine linke Schulter ist gegen den Fensterrahmen gelehnt, der Kopf ist ein wenig nach vorne gebeugt. Von der Straße aus ist Freud nicht zu sehen. Nur wir, die Betrachter des Fotos, können in Freud jemanden erkennen, der aus einer Position der besorgten Versteckheit heraus auf die Straße herabschaut. Wir sehen sein Gesicht im Halbprofil. Sein Blick ist konzentriert auf die Vorgänge in der Berggasse gerichtet, der Mund ist geschlossen, die Lippen angespannt, die Mundwinkel nach unten gezogen. So schaut jemand, der ein gewisses Unbehagen ausdrücken will, ohne angeben zu können, wo dieses herrührt und worum es sich eigentlich sorgt. Es mag sein, dass auf der Berggasse etwas geschieht, was Freud nicht gefällt, es kann auch sein, dass sich in Freud selbst etwas Beunruhigendes zuträgt. Erst rund acht Jahre später hatte Freud Grund, mit erheblicher Nervosität vom selben Fenster aus auf die Straße zu schauen. Denn acht Jahre später, 1938, ereignete sich die sogenannte Machtergreifung der Nationalsozialisten in Österreich, von der Freud allerdings lange vorher wusste, dass sie Unheil über die Menschen bringen würde. Zwei Jahre zuvor, 1936, hatte er beispielsweise an Arnold Zweig geschrieben: »Österreichs Weg zum National-Sozialismus scheint unaufhaltbar. Alle Schicksale haben sich mit dem Gesindel verschworen. Mit immer weniger Bedauern warte ich darauf, dass für mich der Vorhang fällt.«

Wir können behaupten, dass es zwischen dem Vorhang, den Freud hier für sich fallen sieht, und der Gardine, hinter der er acht Jahre zuvor auf dem soeben beschriebenen Foto zu sehen ist, eine Verbindung gibt, die das Foto enthüllt. Schon bald nach der Machtergreifung haben die Nationalsozialisten nicht nur den Eingang von Freuds Wohnhaus mit einer Hakenkreuz-Draperie versehen. Auch die Wohnung selber wurde mehrmals von SA-Banden heimgesucht, die hauptsächlich auf Beute aus waren. Die Gestapo erschien öfter und untersuchte die Praxis, wobei Freuds Tochter Anna einmal vorübergehend festgenommen wurde. Wenn wir uns jetzt wieder an das Foto erinnern, dann erscheint der Argwohn, mit dem Freud auf die Berggasse herabschaut, sowohl evident als auch begründet. Es gibt zwei Möglichkeiten; entweder Freud wusste oder ahnte schon lange vor den schrecklichen Ereignissen, dass sie eines Tages geschehen würden und dass es sich dabei in einem ganz ausdrücklichen und fürchterlichen Sinn um Ereignisse der Straße handelte, derer ein Mensch entweder überhaupt niemals ansichtig werden sollte oder, wenn es denn sein muss, gut verborgen hinter einer Fenstergardine stehend. Und wir, die Betrachter des Fotos, können Freuds Ahnung teilen, weil das Foto sie an uns weitergibt. Die zweite Möglichkeit ist komplizierter und spekulativer: Es erhebt sich die Frage, ob *nur* das Foto die Ahnung konstruiert und ob wir, seine Betrachter, dem Foto die Ahnung ablesen können, weil Freud selbst sie *nicht* hatte. Daraus ergibt sich eine weitere Frage, die wir vielleicht nur stellen, aber nicht wirklich beantworten können: Kann ein Foto etwas *wissen*?

Ein anderes Beispiel ist noch ein wenig unheimlicher. Es zeigt den Schriftsteller Joseph Roth während einer Reise im Jahre 1926. Roth war fast sein ganzes Leben lang auch als Journalist tätig gewesen, insbesondere als Reisejournalist. Das Foto zeigt ihn während einer Umsteige-Pause auf einem unbekannten Bahnhof in Russland. Roth trägt einen eleganten Anzug, ein weißes Hemd mit Krawatte und einen dunklen Hut. Er sitzt auf seinem Koffer, schaut vor sich auf den Bahnsteig und raucht dabei eine Zigarette. Roth ist ein für damalige Verhältnisse gutgekleideter Herr, zu dem nur eines nicht recht passt, seine offenkundige Trauer nämlich. Roth ist kein freudiger Reisender. Sein Gesicht ist halb verdeckt vom Schatten der breiten Hutkrempe. Er wirkt müde und erschöpft. Allein die untere Gesichtshälfte ist unserem Blick preisgegeben, und sie wirkt verschlossen, gehetzt, besorgt, bitter. Genau hinter Roth ist ein Waggon der Eisenbahn abgestellt; sonderbarerweise kein Personenwagen, sondern ein verschlossener Güterwaggon. Roth ist 1926 mit Sicherheit in keinem Güterwaggon gereist; warum ist ein solcher hinter ihm zu sehen? Auf dem Güterwaggon prangt ein kleines weißes Signet, ein sechseckiger Stern, eingefasst in einen weißen Kreis. Es ist nicht der Judenstern, das Hexagramm. Es handelt sich um ein Waggon-Kennzeichen der Eisenbahn, das nur so aussieht wie ein Judenstern. Wir schreiben das Jahr 1926, von Judentransporten in Konzentrationslager ist der Weltöffentlichkeit noch nichts bekannt. Aber der Stern sieht dem Judenstern zum Verwechseln ähnlich. Es ist nicht die geringste Phantasie dafür nötig, sondern nur ein gewöhnliches Assoziationsvermögen, um auf diesem Foto ein zeichenhaftes Vorbeben dessen zu sehen, was fünfzehn Jahre später in Europa geschah: der in Güter- und Viehwaggons durchgeführte Transport von Menschen in Konzentrationslager. Ist also Joseph Roths Trauer ein Zeichen für die spätere kollektive Melancholie gleich zweier Völker, das der Opfer und das der Täter? Und, zweitens: Konstruiert das Foto diese Frage – oder gibt das Foto wieder nur uns, den Betrachtern, ein paar Hinweise, damit *wir* die vom Foto gestellte Frage aussprechen können?

Mit den beiden Auslegungen befinden wir uns in Übereinstimmung sowohl mit der klassischen Analytik des Schönen als auch mit der modernen Foto-Ästhetik. Das einzig verlässliche Instrument, das uns für solche Interpretationen zur Verfügung steht und das gar kein Instrument ist, sondern eine Naturanlage, ist die schon erwähnte, von Kant so genannte Einbildungskraft. Sie ist – mit den Worten von Kant – ein »produktives Erkenntnisvermögen«, das, noch einmal Kant, »etwas über die Erfahrungsgrenze *hinaus* Liegendes« fixieren will. Natürlich verwendet Kant nicht das moderne Wort »fixieren«; er gebraucht – im § 49 von Teil I der »Kritik der Urteilskraft« – das genauere Verb »streben«. Das Wort »streben« zeigt zutreffend an, dass unsere Einbildungskraft ein *Drang* ist, der – deswegen ist er ein solcher – an kein Ende kommen kann. Das wiederum bedeutet zweierlei:

1. Wir haben keine Wahl; wir *müssen* erkennen, weil wir zu Ergebnissen kommen wollen.

2. Die nie erlahmende Bewegung des Drangs nötigt uns, das je Erkannte als etwas Vorläufiges anzusehen, das früher oder später, aber absehbar durch etwas *neu* Erkanntes ersetzt werden wird.

Auf die Auslegung von Fotos angewandt, können wir den Kantischen Satz so anwenden: Die Fotos schweigen, und zwar immer; sobald sie aber von Menschen angeschaut werden, fangen sie an zu sprechen; oder: sie lösen einen historisch sedimentierten Text in uns aus. Am Horizont all dessen, was sich ereignet und abgebildet und ausgelegt werden kann, fallen Betrachter und das zu Betrachtende in eins zusammen.

Seit Kant hat sich die Ästhetik in mannigfacher Weise ausdifferenziert. Wir machen deswegen einen Sprung über mehr als zweihundert Jahre hinweg und landen in der Moderne, in unserem Fall: in der Foto-Ästhetik von Gisèle Freund. Von ihr gibt es einen Satz, der die zentralen Pole des fotografischen Geschehens zusammenfasst: »Der Fotograf hat die schwierige Aufgabe, uns zu enthüllen, was wir geheimhalten wollen.«

In dieser Bemerkung leuchten die seither eingetretenen Differenzierungen blitzlichtartig auf. Die vielleicht wichtigste Neuerung ist: Als Wahrheit gilt nicht mehr nur etwas, was sich nach allgemeiner Übereinkunft abgelagert hat und was deswegen auch kanonisierbar war. Wahrheit ist stattdessen zu einem Relationsbegriff geworden, dessen Perspektive und Ertrag sich verschieben mit der Position dessen, der nach je individuellem Interesse nach ihr sucht. Gisèle Freund nennt in ihrem Satz die beiden wichtigsten Zugänglichkeitsbedingungen für Wahrheit im modernen Sinn: »Geheimhaltung« und »Enthüllung«. Genau dazwischen baut Gisèle Freund die Funktion – sie nennt sie eine »Aufgabe« – des Fotografen ein: Er ist ein Vermittler. Er steht im Dienst von Wahrheitsfindung, weil er zwischen den Interessen der Geheimhaltung und der Enthüllung agiert. Nach Auffassung von Gisèle Freund kann die Fotografie das Dunkel zwischen uns und dem, was wir sehen oder eben nicht sehen, aufhellen. Damit schreibt Freund der Fotografie eine Qualifikation zu, die unsere Fähigkeiten, die wir nur mit *bloßem* Auge sehen können, übersteigt. Die Fotografie hat die Form eines

Erkenntnismittels angenommen. Die Frage, ob ein Foto etwas *wissen* kann, ist damit mit Ja beantwortet. Der Zugewinn liegt auf der Hand: Mit bloßem Auge können wir immer nur fliehende Ereignisse in der ebenso fliehenden Zeit wahrnehmen. Das Foto schiebt, indem es fliehende Ereignisse bildhaft einfriert, das Moment der festgehaltenen Zeit zwischen uns und das Bild. Zwischen dem immer gerade verschwindenden Anblick und dem bleibenden Bild verharrt ein Jetztpunkt der Zeit und lässt sich beliebig lang anschauen – gerade so, als hätte Zeit gegenständlichen materiellen Charakter. Freilich erkennen wir auch hier wieder eine Doppelstruktur: Der Fotograf verschleiert, dass er uns vorübergehend die Kompetenz eigenen Sehens bestreitet – und entschädigt uns zugleich für diese Beraubung, indem er unser eigenes Sehen mit *seinen* Bildern bereichert. Ein Foto leistet damit etwas, was unser natürliches, immerzu bewegliches Sehen nicht schaffen kann: Es zieht eine Zeitsumme, genauer: eine Zeitzwischensumme. Erst dieser Zeitsaldo, den ein Foto vor uns aufsummiert, verleiht unserem unruhigen Auge die Fähigkeit, selber statisch zu werden, damit es zu Betrachtungsergebnissen überhaupt kommen kann.

Wir alle haben schon einmal diesen Vorgang erlebt: Wir sehen zum ersten Mal ein Foto, das jemand von uns gemacht hat, und wir wissen sofort, dass wir mit diesem Foto nicht einverstanden sind, weil es uns, wie wir glauben, »unvorteilhaft« zeigt. Wir gefallen uns nicht, das Abbild stützt nicht unsere Selbstliebe. Deswegen spüren wir sogleich das Verlangen, das Foto aus dem Verkehr zu ziehen, und das heißt: seine Betrachtung durch dritte zu verhindern. Zugleich haben wir die zutreffende Ahnung, dass uns dies nicht gelingen wird. Unser Abbild, ist es erst einmal vorhanden, ist auf jeden Fall trickreicher und tückischer als wir. Wir spüren, das Foto wird – sozusagen hinter unserem Rücken – immer wieder angeschaut werden. Womöglich liegt in der Heimlichkeit, in der dies geschieht, auch eine versteckte Stellungnahme gegen uns selbst. Wir selber sind überzeugt, dass wir »in Wirklichkeit« viel besser aussehen als gerade auf diesem verunglückten Foto. Und alle, die uns nicht kennen, sollen gar nicht erst auf die Idee kommen können, dass wir auch ungünstig aussehen können. Dabei bemerken wir nicht, dass uns das Erschrecken vor dem eigenen Bild vor einer Enthüllung schützt. Der Argwohn vor unserem Abbild ist die erste Erfahrung unserer zukünftigen Abwesenheit. Denn jedes Foto, das von uns gemacht wird, könnte uns daran erinnern, dass es uns als Lebende eines Tages nicht mehr geben wird und dass alles, was von unserer Anschaulichkeit übrigbleibt, eben jene Abbilder sind, die wir so inflationär und intentionslos von uns machen lassen. Wir sagen mit Absicht: Fotos *könnten* uns an die eigene Sterblichkeit erinnern. Faktisch leisten Fotos diese »Protention« (Husserl) nicht, die Vorauserinnerung, die etwas Vergangenes gleichsam mit dem »Zeitcharakter der Zukunft« (Schütz) ausstattet. Sonst hätten das Fotografieren und mehr noch das Fotografiertwerden niemals diese Beliebtheit erreichen können. Indem wir Fotos ausschließlich auf unsere Gegenwärtigkeit beziehen, schließen wir ihre Todesprophetie aus. Damit tun wir das, was wir mit dem Tod immer tun, wir leugnen ihn, und zwar genau in dem markanten Augenblick, in dem er sich selber – und vor unseren eigenen Augen – dokumentiert. Solange wir am Leben sind, können Betrachter das Abbild mit dem Original vergleichen. Nach unserem Tod entfällt diese Möglichkeit: für immer. Das Paradox der Menschenabbildung lautet: Obwohl das Foto unseren Tod fixiert, erlaubt es uns zugleich den Gedanken an seine Ausblendung. Das Problem dabei ist: Wir können unseren Tod nicht sehen. Deswegen geht der Gedanke von Roland Barthes ins Leere, dass wir auf Fotos unseren Tod suchten. Wir können ihn nicht suchen, weil wir *wissen*, dass wir ihn nicht anschauen können. Zwischen der Gegenwart des Lebens und der Zukünftigkeit des Todes liegt die Strecke der Antizipation, korrekt: *vor* der Erfahrung liegt die Vorstellung, das Apriori der Einbildungskraft, das uns bestenfalls an die Möglichkeit des Sterbenmüssens erinnert.

Aber nicht einmal von dieser Möglichkeit wollen wir Gebrauch machen. Ihr Schrecken ist zu mächtig. Immerhin sehen wir jetzt, dass die Beliebtheit des Fotografierens in umgekehrtem Verhältnis zu seiner Unheimlichkeit steht. Der Blick unserer Eitelkeit ist der Blick des stets maskierten Todes. Der nicht zu sich selbst kommende Gedanke an unser Verschwinden führt sich auf wie ein Stuntman unseres unversehrbaren Ichs: Wir wollen auch dann noch »attraktiv« sein, wenn es uns nicht mehr gibt. Volker Hage hat berichtet, dass Max Frisch »bis zuletzt, noch wenige Wochen vor seinem Tod« Einfluss nahm auf die Auswahl der Fotos, die von ihm erscheinen werden (ZEIT vom 12. April 1991). Fotos organisieren die Details unseres Ausdrucks und präsentieren sie zugleich als geordnetes Ensemble. Aus diesem Grund sehen so viele Menschen auf Fotos persönlicher aus als »in Wirklichkeit«. Unser Foto ist immer seriöser als wir selbst, weil es uns einen Rahmen und eine Situierung gibt, die wir sonst, in der rahmenlosen Wirklichkeit, nicht haben können. Deswegen steigert jedes Foto mit seinem Alter auch seinen Zeichengehalt. Je weiter der Zeitpunkt der Herstellung eines Fotos von der Gegenwart des Abgebildeten entfernt ist, desto auslegungsbedürftiger werden seine Details. Einst unmittelbar zugängliche Dokumente verwandeln sich in Ikonografien, die den Text unserer Auslegung benötigen. Wenn wir heute ein Foto von Stefan George aus dem Jahre 1906 anschauen; oder eines von Georg Trakl aus dem Jahre 1909; oder eines von Adalbert Stifter aus der Zeit, als er endlich Schulrat geworden war, also um 1850 herum und für ihn viel zu spät – dann haben wir sogleich das Gefühl, dass wir diese Bilder nicht ohne weiteres »verstehen« können. Sie haben sich in Chiffren verwandelt. Die inzwischen vergangene Zeit hat die Abgebildeten verrätselt. Der hohe, gestärkte Kragen, der bis zu den Backenknochen hochreicht, macht aus Stefan George eine halslose und dadurch auch leblos scheinende Statue, an der unser eigenes Zeitgefühl abprallt. Auch für Georg Trakl, einen jungen Mann mit straff gekämmtem Haar, niedriger Stirn und stierem Blick, gibt es keine heutige Parallelerscheinung, die uns bei der Bildauslegung behilflich sein könnte. Erst recht nicht für das Abbild von Adalbert Stifter, einen schwergewichtigen Mann, der genauso viel Enge wie Intellektualität ausstrahlt, genauso viel Schwermut wie versteckte Gemütlichkeit. Die Zeit hat die Fotos genauso undurchsichtig gemacht wie die ihnen zugrunde liegenden Originale. Der Rückschluss von den toten Einzelheiten auf ihre Träger ist unmöglich geworden. Die Zeichen *begründen* eine neue, eigene Art von Wirklichkeit. Manfred Schmalriede hat deswegen die Funktionsweise von Fotografie analog zur Sprache aufgefasst. In Anlehnung an Charles Peirce skizzierte er ein zeichentheoretisches Modell, dessen Quintessenz die These ist, das Foto sei Prädikat einer Aussage, als deren Subjekt die (interpretierte) Wirklichkeit fungiert.

Für Autoren, die mit der laufenden Veröffentlichung von Porträts eine Art Werbestrategie verfolgen, weil sie mit ihren Abbildern ähnlich zu wirken versuchen wie mit ihren Texten, ergeben sich daraus oft nicht mehr beherrschbare Nebenfolgen. Das Abbild kann, sozusagen hinter dem Rükken des Autors, in eine Rezeptionskonkurrenz zum Werk treten. Der Autor läuft Gefahr, dass sich sein allzu attraktives Foto vor das Werk schiebt. Bedrohlicher formuliert: In der Medienwelt überlebt das Abbild mit größerer Gewissheit als das Werk; durch seine ständige Wiederkehr wird es zu dessen Kürzel und kann – durch seine unübersichtliche Entfaltung in der Zeit – die Lektüre des Werks sogar ausschließen. Ein grobes, aber eindeutiges Beispiel: Es gibt Leser, die Hemingway nicht lesen, weil sie sich von dessen Abbildungen als Großwildjäger, Gunman und Macho nicht animiert fühlen. Für Karl May, den Ernst Bloch einen »armen, verwirrten Proleten« nannte, mussten veröffentlichte Porträts eine äußerst wacklige Identität abstützen helfen. Bis an sein Lebensende kränkte es ihn, dass er in jüngeren Jahren in fremde Kassen gegriffen hatte, wofür er mit Zuchthaus bestraft worden war. Diese Spuren galt es zu verwischen; die wachsende Leserschar sollte glauben, er, Karl May, sei identisch mit dem makellosen Old Shatterhand und dem ebenso fehlerfreien Kara Ben Nemsi. Er ließ sich Kostüme seiner Helden schneidern, in denen er sich schließlich auch porträtieren ließ – und erreichte damit nur eine Verdoppelung falscher Identität: Seine Porträts waren so fiktional wie seine Bücher geworden. In einer Anzeige des »Börsenblatts« vom 4. Mai 1897 lesen wir:

»Hervorragende Neuheit! Photografien von Dr. Karl May, dem berühmten und wohl beliebtesten Reiseschriftsteller der Gegenwart, mit seiner eigenhändigen Unterschrift sind unter Vorbehalt aller Urheberrechte (...) in nachstehenden Ausgaben erschienen:

Nr. 1. Dr. Karl May als Old Shatterhand, Brustbild.
Nr. 2. Dr. Karl May als Stehfigur mit ›Silberbüchse‹.
Nr. 3. Dr. Karl May als Stehfigur mit ›Silberbüchse‹ und Fell des Präriewolfs.
Nr. 4. Dr. Karl May als Kara Ben Nemsi. Brustbild.
Nr. 5. Dr. Karl May als Stehfigur.
Nr. 6. Dr. Karl May als Stehfigur mit Revolver in der Hand.

Der bisherige überraschende Absatz beweist die allseitig freudige Aufnahme dieser Bilder bei den so zahlreichen Verehrern dieses Meisters der Schilderung. Keine Sortimentsfirma versäume wenigstens 1 Bild zur Probe nach Wahl mit 50 Prozent Rabatt zu bestellen.«

Auf der Gegenseite gibt es ebenso viele Beispiele für porträtlos gebliebene Autoren, deren Werk zu ihren Lebzeiten nur wenigen Liebhabern bekannt war, etwa Robert Walser oder Robert Musil. Die Werke dieser Autoren hatten zu ihrer Zeit fast den Charakter von Geheimschriften. Ebenso verborgen blieben die Abbilder ihrer Verfasser. Die wenigen Musil-Fotos zeigen einen verzagten, in sich gekehrten Mann, dem nichts ferner lag als die Idee, anstelle eines neuen Werks, auf das bei ihm immer zu warten war, wenigstens ein paar wirkungsvolle Fotos in die Welt der Verwerter zu lancieren. Dasselbe gilt für Robert Walser; dieser ganz und gar zurückhaltende Autor kam niemals auf den Gedanken, ein Porträt von sich als Versandartikel in sein Prosastückli-Geschäft aufzunehmen. Es ist kein Zufall, dass das einzige, immer wieder reproduzierte Foto von Robert Walser, das die Bedingungen eines halbwegs passablen Autorenporträts erfüllt, beiläufig-zufällig bei einem Bummel durch das Berliner Kaufhaus Wertheim entstand – und zwar kurz bevor er auf dem Sprung war, »gräflicher Diener« zu werden, wie er seiner Briefgeliebten Therese Breitbach am 1. Januar 1925 schrieb.

Wie anders dagegen Thomas Mann und Arthur Schnitzler! Nie waren ihre Leser im Unklaren darüber, wie sie aussahen. Thomas Mann – es gibt dieses Foto – ist sogar von hinten fotografiert als Thomas Mann erkennbar. Schon frühe Bilder zeigen einen überaus gepflegten jungen Mann; die Anzüge sitzen perfekt, die Hemdenkragen sind frisch gestärkt und blühend weiß, die Frisur nie zerzaust, der Bart nicht struppig, die Blume im Knopfloch nicht welk, die Bügelfalten immer scharf, die Gamaschen nicht verdreckt und die Schuhe immer blank. Kaum einmal sehen wir ihn entspannt oder gar lässig; er wollte in jeder Situation vorzeigbar sein. Auch dann, wenn er unrepräsentativ im Gras sitzt, wird daraus ein Publikum gewinnendes Bild. Ein Gentleman in der Sommerfrische – natürlich wieder mit den passenden Zutaten: weiße Hose, weißer Pulli, weißes Hemd. Schon 1905 – Thomas Mann war gerade dreißig Jahre alt – ließ sich der Lübecker Autor wie sein eigenes Denkmal fotografieren. Staubfrei, faltenlos und puppenartig leblos sitzt er an einem Tisch. Es genügt ein Blick auf dieses Bild, und es ist klar, dass die am Beginn der Moderne vielleicht entscheidendste Frage, ob jemand ein Autor eher *für sich* oder *für die anderen* sei, sich diesem Schriftsteller nie gestellt hat. Aus dem Porträt von 1905 ist heute eine Postkarte geworden, die an Lübeck-Reisende verkauft wird. Das Foto als Touristen-Souvenir ist die notwendig letzte Station eines mit dem Schreiben gleich ursprünglich einsetzenden Drangs zur Repräsentation geworden.

Arthur Schnitzler gehört zu den Autoren, die mit ihren Fotos fast schon einen Bildkult getrieben haben. Er hat die Fotografie vom Beginn seiner Karriere an eingesetzt, zunächst nur als narzisstischen Selbstkommentar, der es ihm erlaubte, fast täglich in Übereinstimmung mit seiner Eitelkeit zu leben. Im Wiener Prater gehörte das Schnellfoto schon vor der Jahrhundertwende zu den volkstümlichen Vergnügungen. Schnellfotos, die damals noch Ferrotypien hießen, waren nichts weiter als Jahrmarktfotos, die populär waren, weil sie jedermann die Möglichkeit zu maskenhafter Verstellung eingeräumt haben. Auf diesen Billigbildern sehen wir Arthur Schnitzler seine Rollen einstudieren. Mal zeigt er sich mit einem Buch in der Hand, dann bloß mit Zigarette oder mit weißem Strohhut und Stock am Tisch.

Ein andermal sehen wir ihn mit Tennisschläger oder mit Schirm und Melone – ein buntes Spiel der Selbstinszenierung, naiv und berechnend zugleich. In seiner Autobiografie »Jugend in Wien« hat Schnitzler diese Jahre so kommentiert: »Der Snob in mir erwacht und entwickelt sich aufs lächerlichste. Freude, im Fiaker zu fahren und darin gesehen zu werden (...) ich wechsle meinen Schneider, trage keine weichen Hüte mehr. Gehe zu Stehkrägen über (...) Ehrgeiz, elegant zu werden. Nicht ganz unmöglich, dass meine künstlerischen Ambitionen den mondänen gegenüber fast zurücktreten, bis mein Verstand und meine Selbsterkenntnis mir den richtigen Weg wiesen.«

Später bezog Schnitzler auch seine Familie in seine Selbstdarstellung ein. Auf vielen Fotos sehen wir ihn zusammen mit Frau Olga und Sohn Heinrich; Olga und das Kind sitzen nebeneinander auf einem Sofa, und Arthur Schnitzler steht an der Seite oder dahinter. Was alle drei verbindet, ist ein stark dekorativer Zusammenhang. Olgas Kleid ist wie ein Fächer weit ausgebreitet, es verdeckt das halbe Sofa und berührt zugleich den Boden. Ihr großer Hut ist ein Blickfang, der Intimität und Unnahbarkeit zugleich bestimmt. Auch das Kind trägt einen fast ebenso großen Hut in der Hand. Über allem erhebt sich die imposante, stattliche Figur Schnitzlers. Er ist ein dreifacher Vorsteher: seiner Familie, seines Werks und einer ganzen Kunstwelt – der Wiener Moderne.

Ohne kalkulierte Effekt-Dramaturgie sind solche Autorenbilder nicht denkbar. Ihr Aufwand ähnelt schon fast jenem Porträt-Manierismus, der für Autoren, die mit ihrem Werk die kaum kaschierte Enthüllung ihres Ichs betreiben, so bezeichnend ist; zum Beispiel für Oscar Wilde und August Strindberg. Für Wilde und Strindberg waren Selbstbildnisse Fortsetzungen des Werks mit anderen Mitteln. Wilde wollte nicht nur seine Erscheinung als Dandy und Connaisseur veröffentlicht wissen. Mit seinem Bild war zugleich sein Programm mitgeteilt. Insofern sind Wildes Porträtfotos die Klammern, die Werk und Person gegenseitig spiegelbildlich verlängern. Das heißt, dem Autorenfoto fällt auf dem kürzesten Weg die Aufgabe der Werkrepräsentanz zu, und diese Aufgabe verformt das Foto zum Sinnbild. Die Theatralik der Wilde-Porträts ist so perfekt und pompös, dass wir sie mit Trachten vergleichen können. Es fehlt nichts, wofür Wilde immer einstand: seine blasierte Neigung zur Aristokratie, die Perfektion der Manieren, die salonhafte Überspitzung der Bekleidung, die Ausstrahlung eines stets bereiten Hedonismus. Die Tracht regelt ein für allemal die Erscheinung der Person, die sie trägt. Wahrscheinlich konstituiert sie sogar einen Teil der Innenwelt. Der (neben Émile Zola) rastloseste Fotograf seiner selbst war August Strindberg. Er hat sich im Laufe seines Lebens von nicht weniger als dreißig Berufsfotografen ablichten lassen; außerdem beschäftigte er einen Privatfotografen, der monatelang nichts anderes zu tun hatte, als ihn *täglich* im Hinterzimmer seiner Wohnung zu fotografieren. Aber alle Porträts, die seine Fotografen von ihm herstellten, waren ihm am Ende doch nicht gut genug. Deswegen wurde aus Strindberg schließlich selbst ein Fotograf. Ein ehemaliger Studienkollege von Strindberg hat den Zusammenhang mit dieser Schilderung überliefert: »Als ich einmal August Strindberg besuchte, fand ich alle Stühle, Tische und Betten in der Wohnung von Fotografien besetzt, von großen und kleinen, und beinahe alle zeigten ihn selber. Er hatte sie eigens für meinen Besuch hervorgeholt, weil er wusste, dass ich Amateurfotograf war und wir uns bei meinem vorigen Besuch über Fotografie unterhalten hatten. Der Grund, warum er mit der Fotografie arbeite, bestehe darin, dass alle Fotografien, die andere von ihm aufgenommen hatten, schlecht seien. ›Ich kümmere mich nicht um mein Aussehen‹, sagte er, ›aber ich möchte, dass die Leute meine Seele sehen, und die kommt auf diesen Fotos besser zum Vorschein als auf anderen.‹«

Seine Seele also wollte Strindberg veröffentlichen; was dieser Gedanke hervorgebracht hat, sind Hunderte von immer gleichen Bildern, denen Strindberg die Vorstellung seines dramatischen Ichs aufgestempelt hat. Immer wieder sehen wir seine gewollt fiebrigen, gleichwohl starren Gesichtszüge mit den flackernden Augen und dem gespitzten, meist ein wenig geöffneten Mund. Ein Posen-Gesicht, das Strindberg stets beibehielt. Sein Bedürfnis, das ruchlos-panische Moment seines Wesens nach außen zu kehren, führte zu einigen arrangierten Bildern, die heute nur noch schwer erträglich sind, weil sie einerseits einen ozeanischen Ernst beanspruchen und andererseits die Grenze zur Komik überschreiten. Zu diesen Fotos gehören die mit Selbstauslöser aufgenommenen Zerrüttungsbilder. Wir sehen darauf den auf seiner Schreibtischplatte hingekauerten Strindberg; der Kopf liegt auf den zusammengelegten Händen, die stets zerzauste Frisur kündet vom allzeit düsteren Gemüt. Diesen Verzweiflungskitsch hat Strindberg auch noch arrangiert mit dekorativen Beigaben, die die Foto-Zerrüttung endgültig als gestellt und, mehr noch, als gespielt dekuvrieren: links eine schöne Tischlampe, eine Vase mit einer großartig aufgeblühten Rose, natürlich ein aufgeschlagenes Buch und rechts einen schönen Kerzenständer. Eine stimmungsvollere Verbitterung lässt sich schwerlich denken; das Publikum hat sie Strindberg begeistert abgenommen. Natürlich *kann* es kein Porträt-Foto ganz ohne Pose geben. Man kann sogar sagen: Das Foto *ist* die Gestalt gewordene Pose; sie ist eine extraordinäre Verstellung, die der zu Porträtierende für die Augenblicke des Fotografiertwerdens aus sich hervortreibt. Paradoxerweise erlangt diese Verstellung, ist sie erst zu einem Bild geworden, eine Dauer, die im umgekehrten Verhältnis zu den kurzen Augenblicken ihrer Geltung steht.

Es gibt einen Autor, der den Kampf mit dem eigenen Foto auch literarisch thematisiert hat. Ich meine Heiner Müller und sein Theaterstück »Die Hamletmaschine«. In der ersten Szene tritt eine männliche Figur auf und markiert seine Rolle: »Ich war Hamlet.« Im Folgenden denunziert der Mann alles, was je mit dem Theater zu tun gehabt hat und weiter zu tun hat – das Theaterleben, das Theaterschreiben, das Theaterspielen. In der vierten (und letzten) Szene beendet der Hamletdarsteller nicht nur die Denunziation, er beendet auch seine Rolle darin. Er sagt: »Ich bin nicht Hamlet. Ich spiele keine Rolle mehr. Meine Worte haben nichts mehr zu sagen ... Mein Drama findet nicht mehr statt (...) Ich spiele nicht mehr mit (...) Mein Drama hat nicht stattgefunden (...) Das Textbuch ist verlorengegangen (...)«

Zur Unterstreichung seines Ausstiegs aus der Welt des literarischen Scheins sieht sich der von Ekel und Überdruss geplagte Hamletdarsteller dann selber dabei zu, wie er sich – in einem auf der Bühne aufgestellten Fernsehapparat – ein Foto des Autors Heiner Müller vor das Gesicht hält und wie er dieses Foto anschließend selber zerstört. Im Textbuch heißt diese Stelle: »Zerreißung der Fotografie des Autors«.

In dieser Szene der »Hamletmaschine« wird das Autor-Foto zum Objekt des zentralen Konflikts, dass jeglicher literarischen Darstellung jeglichen Themas immer auch die Selbstdarstellung des Schreibenden beigemischt ist. Der Autor zieht das Problem der unfreiwilligen, aber unausweichlichen Präsenz des Schreibenden von Shakespeare bis Müller in eine Aktion von wenigen Sekunden Dauer zusammen und zeigt zugleich das Weiterbestehen des Konflikts. Denn auch die »Zerreißung der Fotografie des Autors« ist hochtheatralisch; noch in der Negation des Bildes ereignet sich erneut eine Selbstdarstellung. Wir erfahren blitzhaft schnell die bloße Kunstwichtigkeit jeden Theaters und aller Literatur, die es nur deswegen gibt, weil es den allzeit vom Tod bedrohten Menschen in die Selbstdarstellung und damit in die Abbildung treibt. Und: Durch den stets vorhandenen, meist überstarken Anerkennungsdrang wird der Autor (unfreiwillig) auch in seiner sozialen Dimension sichtbar. Von Heiner Müller ist bekannt, dass er das Schreiben als Privileg empfindet und deshalb auch von der »Asozialität des Schreibens« spricht. Müller nimmt an, wie er in einem Interview einmal sagte, dass »die großen Texte des Jahrhunderts an der Liquidation ihrer Autonomie arbeiten«, und das heißt: »an der Enteignung, zuletzt am Verschwinden des Autors« selber.

Diese Vorstellungen Müllers ähneln Gedanken, die Michel Foucault vor mehr als zwanzig Jahren zum ersten Mal geäußert hat. Am 22. Februar 1969 wies Foucault in einer seither berühmt gewordenen Vorlesung am Collège de France erstmals auf das »Verschwinden des Autors« hin. Foucault sagte damals: »Erzählen und Schreiben, um den Tod abzuwenden, hat in unserer Kultur eine Metamorphose erfahren; das Schreiben ist heute an das Opfer gebunden, selbst an das Opfer des Lebens; an das freiwillige Auslöschen, das in den Büchern nicht dargestellt werden soll, da es im Leben des Schriftstellers selbst sich vollzieht. Das Werk, das die Aufgabe hatte, unsterblich zu machen, hat das Recht erhalten, zu töten, seinen Autor umzubringen. Denken Sie an Flaubert, Proust, Kafka. Das Kennzeichen des Schriftstellers ist nur noch die Einmaligkeit seiner Abwesenheit; er muss die Rolle des Toten im Schreibspiel übernehmen.«

Wenn wir diesem Befund von Foucault Wahrheit zugestehen, dann sehen wir die ganze Dialektik des Autoren-Fotos, hinter der sich die Mechanik eines Zirkels verbirgt. Der Zirkel lässt sich in sieben Schritte zerlegen:

1. Der Autor opfert, indem er schreibt, langsam sein Leben hin.
2. Die Selbstopferung fließt als Thema nicht (oder nur marginal) in das Werk ein.
3. Das Werk wird damit zu einer Entschuldigung für die Entfernung des Autors von den anderen Menschen, für seine Abwesenheit.
4. Die Abwesenheit und der Drang, sich für sie entschuldigen zu wollen, nötigen den Autor zur Selbstdarstellung, zur Selbstabbildung.
5. Das immerzu sich entschuldigende Abbild übernimmt die Funktion der Stellvertretung.
6. Durch seine fortdauernde Wiederkehr wird das Bild mehr und mehr zum Beleg für das Verschwinden des Autors, obwohl
7. gerade durch das Bild der Schein der Anwesenheit simuliert wird.

Die Dialektik ist also eine doppelte: Das Bild demonstriert eine Anwesenheit, die – mit demselben Bild – zugleich entschuldigt wird. Jetzt können wir vielleicht erst richtig die »Zerreißung der Fotografie des Autors« Heiner Müller verstehen. Es ist der Versuch, durch die symbolische Auslöschung des Autors (dargestellt an einem Bild) der eben beschriebenen Dialektik für immer zu entkommen; insbesondere auch aller ihrer Nebenwirkungen, zum Beispiel jener, dass jeder Autor, auch der kritischste und individuell unverdaulichste, immer auch ein Unterhalter ist, der der Gesellschaft, die er doch nur hat untersuchen oder darstellen wollen, immer auch Material für ihre Zerstreuung liefert.

Wie unerhört die Unterhaltungsfunktion von Autoren-Fotos heute zugenommen hat, will ich an zwei neueren Beispielen stichwortartig vorführen. Das erste Beispiel betrifft ein Foto von Gabriel García Márquez, das Mitte der siebziger Jahre entstand und seither immer wieder publiziert worden ist. Man kann sagen: Es ist *dieses* Foto, das die Romane von Márquez über ihren literarischen Rang hinaus populär gemacht hat. Wir sehen darauf Márquez an einem kleinen Tisch sitzen und arbeiten. Der Tisch ist – das ist wichtig – so schmal, dass er kaum Platz genug bietet für die Schreibmappe und die Schreibmaschine, die deswegen über die Ränder des Tisches hinausragen. Wichtig ist außerdem, dass Márquez barfuß ist. Wir sehen seine unbekleideten Füße, seine bloßen Zehen. Diese beiden Bildelemente – der kleine Tisch und die nackten Füße – steuern unsere Assoziationen. Zu den nackten Füßen fallen uns leere Hände ein, zum kleinen Tisch die Hilflosigkeit eines Schülers, der mit geringen Mitteln haushalten muss und dabei – wie Márquez – Großes leistet. Damit bestätigt das Bild auf versteckteste Weise eine unserer konventionellsten Vorstellungen, dass nämlich Entbehrung und Mangel die wichtigsten Grundlagen für das Über-sich-selbst-Hinauswachsen des Menschen sind. Und indem wir dem Bild dafür danken, dass es diese Konvention wieder einmal bestätigt, statten wir seinem Darsteller, Márquez, ein wenig Bewunderung ab, die sich im sozialen Raum als Ruhm niederschlägt.

Das zweite Beispiel ist ein wenig prekärer; es betrifft Elfriede Jelinek und ihren 1989 veröffentlichten Roman »Lust«. Als das Buch erschien, sahen wir große Fotos, die die Autorin über halbe Zeitungsseiten hinweg abbildeten. Für den Übertritt von der bloß literarischen Bedeutung eines Buchs in die Aufmerksamkeit der Massenmedien ist ein konventionelles Porträt heute nicht mehr in jedem Fall ausreichend. Der Autor (die Autorin) muss mit einer nicht für ihn oder sie, sondern für das Buch und seine Phantasmen charakteristischen Geste erscheinen. Die Geste von Elfriede Jelinek bestand darin, dass wir sie – als erste abgebildete Autorin überhaupt – als eine *Liegende* sahen. Und als liegende Autorin (mit entblößten Schultern, entblößten Armen, aufgestütztem Kopf) korrespondierte ihr Bild auf eine zwar undeutliche, aber direkte Weise mit dem Titelversprechen des Buchs. Damit verstärkte das Foto die lockenden Wirkungen des Buchs oder setzte diese überhaupt erst frei. Es soll nicht gesagt sein, dass die Autorin ihr Buch mit bildhaften Mitteln hat darstellen wollen. Und es soll auch nicht gesagt sein, dass die Autorin mit diesem Foto einen autobiografischen Bezug zur Heldin ihres Romans habe andeuten oder vorgeben wollen. Es kommt nur darauf an, dass für den Leser, der die Abwesenheit der Autoren durchbrechen will, eine phantasierbare Linie zwischen Buch und Autor leicht möglich sein soll, eine Linie, deren Qualität in der Undeutlichkeit liegt, die sie mitteilt. Dieses Verbindungsstück stiftet auch hier das Foto. Wir sehen wieder nur ein Bild und sehen doch zugleich viel mehr als ein Bild; in diesem Spielraum trägt sich der Roman des Lesers zu.

Ein Spezialist der sicheren Empfindung

Peter Altenbergs Aktualität

In seiner kurzen Erzählung »Ein schweres Herz« betritt ein »schöner großer Herr« mit einem »kleinen wunderbaren Mädchen« ein Café.

Von dem Mädchen heißt es: »Es war eigentlich ein Engel ohne Flügel, in einer gelbgrünen Sammt-Jacke.«

Kurz darauf äußert das Mädchen einige Proben seiner kindlichen Einfalt, für die es vom Vater (er ist der »schöne große Herr«) gerügt wird:

»›Lange Haare – kurzer Verstand‹, sagte der Vater lächelnd (...)«

An dieser Stelle schaltet sich der Erzähler ein:

»Ich habe ein so trauriges Gesichterl nie gesehen! Es erbebte gleichsam wie ein Strauch unter Schnee-Last (...)«

Auch drei Seiten später kann der Erzähler sein Mitleid mit dem Mädchen nicht bändigen. Jetzt räsoniert er: »Ich hätte dem Vater gerne gesagt: ›Herr, schauen Sie dieses Marien-Antlitz an! Sie hat ein brechendes kleines Herz!‹

Er hätte mir geantwortet: ›Mein Herr, c'est la vie! So ist das Leben! Es können nicht alle Menschen im Caféhaus sitzen und vor sich hinträumen – –‹«.

Dieser Verlaufsform folgen viele Geschichten von Peter Altenberg. Es sind Geschichten von blitzartigen Verwandlungen. Ein Mädchen betritt einen Raum und wird vom Erzähler sogleich zu einem Engel ohne Flügel, zu einer Erscheinung mit Marien-Antlitz stilisiert. Wenig später wird das Mädchen von einem gefühllosen Rohling, in diesem Fall vom eigenen Vater, herabgesetzt beziehungsweise diskriminiert. Jetzt mischt sich der Erzähler ein und verwandelt das geschmähte Mädchen zurück in eine anbetungswürdige Gestalt.

Die Art, wie die Verwandlungen ablaufen, ist im gleichen Maß unglaubwürdig wie bezaubernd. Dem erzählerischen Oppositionsprinzip – (äußerliche) Herabsetzung und (innere) Bezauberung – folgt oft auch der Textaufbau. Der Leser kann nur selten abschätzen, ob Altenbergs Stücke durchkomponiert oder eher zufällig zusammenphantasiert sind. Sie folgen damit der Dschungeldramaturgie des erotischen Lebens. Unklar ist oft schon, ob im Zentrum einer Anziehung zwischen zwei Menschen die Freude der Einbildung, das Tiefengehabe der Seele oder das Geflacker des physischen Verlangens den Ton angibt. Der Charme, der in diesem Durcheinander entsteht, ähnelt der Schlampigkeit des Wirklichen und macht Altenbergs Texterotik in hohem Maße authentisch. Altenbergs »Helden« bleiben stets Amateurproblematiker; sie sind dem Weltwissen der Leser in keiner Weise überlegen. Das Erstaunlichste ist vielleicht, dass Altenbergs Liebhaber weder abgefeimt noch zynisch, noch verächtlich sind, obwohl sie in der Langeweile der wiederholenden Liebe gut bewandert sind. Obgleich Altenbergs Liebhaber (und ihr Autor) altmodisch anmuten, so sind sie doch in einem eminenten Sinne modern; sie wissen schon um die vorige Jahrhundertwende, dass der (vermutlich) einzig übriggebliebene Ort der modernen Literatur das Subjekt ist, das sich seiner beschränkten Mittel bewusst wird. Insofern ist das wirklich Neue die Diskretion: Das Ich des Menschen lernt still und klaglos seine Eigenart begreifen. Genau dieser (verinnerlichte) Ort der beschränkten Mittel ist auch der Ort der Moderne im Wien der Jahrhundertwende. Im Schein einer äußerlich verblendeten Belle Époque entsteht ein phantastischer Fatalismus, der lange brauchen wird, bis er sich zu sich selbst bekennt. Der Grund für die lange Inkubation ist die Frage, ob die Menschen mehr durch sich selbst oder mehr von der Welt »draußen« erschreckt werden.

Durch die oft wiederkehrenden Handlungsorte in Altenbergs Skizzen (auf der Esplanade, in einer Allee, entlang einer Promenade, an Seeufern, auf einer Veranda) entsteht der Eindruck, man befinde sich als Leser in einem überlangen Stück von Tschechow. Wie bei diesem fällt bei Altenberg die Eleganz der Übergänge auf, und ähnlich wie Tschechow thematisiert Altenberg die dauernde Verwandlung des Realen durch eben eintretende Veränderungen, die durch ihren Minimalismus kaum auffallen. Sein poetisches Verfahren hat Altenberg so ausgedrückt: »Ich möchte einen Menschen *in einem Satze* schildern, ein Erlebnis der Seele *auf einer Seite*, eine Landschaft *in einem Worte*!« Eben noch sind wir Zeuge einer kindlich undeutlichen Annäherung zwischen den Geschlechtern, aber dann rutschen wir unversehens in das »stumme schwere Leben«, in die »Landmelancholie« oder gar in einen »Stadtkerker«. Obwohl er heute als eine Art Repräsentant der Belle Époque gilt, so war Altenberg doch keineswegs ihr Sprachrohr und noch weniger ihr Propagandist.

Im Gegenteil; man darf sagen, dass er inmitten des Glamours seiner Zeit eine präzise Wahrnehmung von deren Untiefen behielt. Er hatte außer seiner Zartheit für das Unverstandene gleichzeitig ein Auge für die Deklassierten, für die Nervösen, die Überforderten und die schon fast Halbverwirrten, für deren psychische Zustände sich damals das Wort von der »Überspanntheit« einbürgerte. Altenberg hatte große Aufmerksamkeit für das »belastete Dasein« derer, die am »Ichismus« ihrer Nebenmenschen scheiterten oder gar bei der »Lebensprüfung« durchfielen. Oder, wie es in der Skizze »Parfüm« heißt: »Später überfiel uns das Schicksal wie eine unvorhergesehene Hunnenhorde und bereitete uns allenthalben schwere Niederlagen.«

Es ist erlaubt, diesen Satz auch auf Altenbergs Leben zu beziehen. Er ist, zumindest im deutschsprachigen Literaturraum, eines der ersten Opfer der Moderne. Unklar ist, ob er sein Scheitern als freier Schriftsteller als Auswirkung der gesellschaftlichen Umbrüche erlebte oder als Spätfolge biografisch-familiärer Verstrickung. Rätselhaft bleibt, woher er die Kraft nahm, als zunehmend zerstörter Mensch das unzerstörte Dasein der anderen zu beschreiben. Immer wieder betrachtet er den unbeschädigten Alltag entzückender Kindfrauen und preist ihn um seiner Ahnungslosigkeit willen. Denn Ahnungslosigkeit war für Altenberg ein Indiz für Unschuld. Wenn es nach ihm gegangen wäre, hätten die Menschen (besonders die Frauen) vor der Destruktion des Wirklichen beschützt werden müssen. Er meinte nicht die notorisch fortschreitende Desillusionierung, die jedem Lebenden ins Haus steht. Sondern er meinte den »Traum von etwas, was nicht da ist und was nicht kommt«.

Wir sehen an diesem Satz (er ist der Kurzerzählung »Die Geschwister« entnommen), dass der durch und durch mit dem Schwarzbrot des Realismus vertraute Altenberg dort ein Metaphysiker war, wo ihm die Agonie des Realen keinen anderen Ausweg mehr ließ. Es kommt ihm darauf an, dass wir die irdischen Güter nicht für das Ein-und-Alles des Lebens halten müssen. Der Mensch lebt nicht vom Brot allein, sondern von seiner Berührungsfähigkeit mit dem »anderen Zustand«, mit der Utopie des Noch-nicht. Genau damit hapert es bei den meisten Menschen, leider auch bei den Frauen, meint Altenberg, die viel zu sehr ihr Versorgungsinteresse im Auge haben. Die Hauptverantwortlichen für das Unglück der Menschen sind in den Augen Altenbergs jedoch die Männer. Er nennt sich ohne Ironie einen »Feind des Mannes«. Denn der gewöhnliche Mann ist ein »perfider Sich-Abfinder mit dem Leben«, ein »findiger unerbittlicher Geschäftsmann«, ein »Hausierer des Glücks«. Die Männer sind »heimtückische, feige Marodeure«, die »ihre innere rohe Leere mit einem liebevollen dummen Frauenherzen auszufüllen« suchen. Denn der »schamlosen Sexualität des Mannes« ist nichts »heilig und künstlerisch«, sie ist nur »eine Fress-Gelegenheit«. Es ist naheliegend, dass Altenberg – bei der Wucht dieser Angriffe – zuweilen die Feder ausrutscht. Er behauptet von sich: »Ich habe nie irgend etwas anderes im Leben für wertvoll gehalten als die Frauenschönheit, die Damen-Grazie, dieses Süße, Kindliche!« Und: »Mein Leben war der unerhörten Begeisterung für Gottes Kunstwerk ›Frauenleib‹ gewidmet!«

Jetzt sind wir Altenbergs Idealisierungskitsch schon ziemlich nahe, der sich dann auch prompt einstellt: »Jeder edle Frauenleib ist die körperlich gewordene, concentrirter Organismus gewordene Sehnsucht, durch seelisch-geistige Potenzen erlöst, zum Leben gebracht zu werden. Er bleibt todt durch sexuelle Potenzen, er erwacht zu seinem eigenen wesentlichen Leben erst durch seelisch-geistige Entjungferung.« Was Altenberg damit wohl gemeint hat? Zuweilen wünscht man sich schon, er hätte ein zweites und drittes Mal über seine schnell hingeschriebenen Thesen nachgedacht. Aber Altenberg war ein Schwärmer, kein Denker. Er war ein Spezialist der sicheren Empfindung und ein Routinier des schnell wirkenden Textes, und als solcher gefiel er seinem Publikum. Es ist reizvoll und eigenartig, wie sich in Altenbergs Prosa Reste des abdankenden 19. Jahrhunderts und Momente einer neuen Zeit mischen. Man kann sagen: Es herrscht die Konfusion kurz vor dem Ausbruch der Moderne. Einerseits wünscht sich Altenberg – ausgerechnet er, ein Feind des Mannes! – noch immer eine konfliktbewältigende Frau, »die meine Höhen mit ›Enthusiasmus‹ und meine Abgründe ›ohne Schaudern‹ miterlebte«. Andererseits warnt er die »Mädchen aus dem Volke«, dass der »Zins vor der Türe ist und dass man in jedem Augenblicke schwanger werden und verlassen werden könnte«. Stets wehrt er sich dagegen, dass sich die Menschen untereinander wie als schon vor-erkannte, berechenbare Einheiten behandeln, als quasi immer schon durchschaute Automaten, von denen keine Überraschungen mehr zu erwarten sind. Gegen diese finsteren Sozialzwänge preist er als Allheilmittel das emphatische Liebesgefühl, fragt dann aber nicht weiter, wie die Liebe im Nahkampf der Alltagsinteressen überleben soll. Diese Erkundigung hätte aus Altenberg einen sozialkritischen Autor gemacht, der er nicht sein wollte und wohl auch nicht konnte. Insofern hat Altenberg bis ins Alter von den Kraftquellen einer gedehnten Post-Pubertät gelebt. Anders gesagt: Hinter seiner charmanten Weltzuwendung steckte eine jugendliche Weltverweigerung; dabei fehlte es ihm entschieden an Häme, er wollte auf keinen Fall ein Satiriker oder Spötter werden. Die ihm eingeborene Duldsamkeit für alles Werdende ließ ihn auch die »Unmöglichkeit« des eigenen Lebens hinnehmen. Schon in jungen Jahren gewöhnte er sich daran, die Nähe des Untergangs zu ertragen. Seine Art zu leben – als Lohnschreiber in Hotelzimmern – zwang ihn, ein Gezeichneter zu werden, der sein Gezeichnet-Sein fortlaufend verwischte, mal vor den anderen, mal vor sich selbst.

Der wachsenden Anerkennung von außen folgte kein ökonomischer Aufstieg in äußerlich »bessere« Verhältnisse. Wie viele bedeutende Dichter (denken wir an Adalbert Stifter, Franz Kafka, Italo Svevo) hat Altenberg seine Heimatstadt nur kurzfristig und ungern verlassen. Der bürgerliche Begriff der »Karriere« war ihm fremd; er verzichtete darauf, in seine Biografie im Sinne eines »Aufstiegs« einzugreifen.

Ein einziges Mal fuhr er in die Fremde – nach Stuttgart. Natürlich nicht, um etwas aus seinem Leben zu machen. Lassen wir ihn selbst sprechen: »Mit 23 Jahren liebte ich ein wunderbares 13jähriges Mädchen abgöttisch, durchweinte meine Nächte, verlobte mich mit ihr, wurde Buchhändler in Stuttgart, um rasch Geld zu verdienen und für sie sorgen zu können später. Aber es wurde nichts aus alledem.«

Es war wohl so, dass Altenberg, sobald er sein »Schicksal« gestalten wollte, auf die Fragilität seiner Voraussetzungen stieß – und lieber untätig blieb. Seinen Anstrengungen, ein bürgerlich-praktischer Mensch zu werden, mangelte es entschieden an Ernsthaftigkeit; seine Versuche in dieser Richtung sollten vor allem seine beunruhigten Eltern beschwichtigen. Das Abitur hatte er gerade noch geschafft, aber dann (ab 1878) begann er mit einem Jura-Studium, dem er nicht lange treu blieb. Man kann sich leicht vorstellen, wie es den Luftgeist Altenberg vor der Systemsprache der Juristen gruselte. Schon nach ein paar Monaten floh er vor dem Jura-Studium in die Medizin, mit der er auch nicht zurechtkam. Nach dem Abbruch des Stuttgarter Experiments kehrte er in die Heimat zurück, und zwar nach Graz, um es mit dem Jura-Studium ein zweites Mal zu probieren – und scheiterte erneut. Nach übereinstimmender Auskunft seiner Biografen erlosch nach diesem Anlauf Altenbergs (wie auch immer schwacher) Wunsch, in der bürgerlichen Welt Fuß zu fassen.

Anlässlich einer ärztlichen Untersuchung im Jahre 1882, vom Vater veranlasst, wird bei Altenberg »angeborene Überempfindlichkeit des Nervensystems« festgestellt. Das Passwort »Überempfindlichkeit« war die Übersetzung für Neurasthenie, eine damals grassierende Befindlichkeit für alle, die mit den wetterleuchtenden Anforderungen der Moderne nicht fertig wurden. Die Folgen des Befunds sind dramatisch. Altenberg gilt künftig als berufsunfähig. Der Vater betätigt sich eine Weile als Sponsor, die Mutter jedoch hatte sich einen zupackenden, die Welt zu seinen Gunsten ausnützenden Nachfahr gewünscht – und bestand darauf, dass sich ihre Wünsche bewahrheiteten. Es kommt zu einem Zerwürfnis zwischen Mutter und Sohn, das sich nicht mehr kitten lässt. Vermutlich hat Altenberg unter dieser ödipalen Katastrophe mehr und länger gelitten, als ihm selbst je bewusst wurde. Er löst sich aus dem familiären Zusammenhang und landet in einer melancholischen Bohème, die nur notdürftig als freie Künstler-Existenz etikettiert wird.

Dennoch ist Altenberg einer der wenigen Schriftsteller, die ihr »Glück« gekannt und an ihm festgehalten haben. Er hat gewisse Anteile dieses Glücks immer mal wieder in Wirklichkeit »umsetzen« können. Dieses Glück war die Welt der Erotik evozierenden Kindfrauen, ein Glück, das man sich als Mensch und Leser nicht unbedingt zu eigen machen muss, aber anerkennen kann. Die Utopie des »gefundenen Glücks« ist vermutlich einer der Gründe für Altenbergs anhaltende Beliebtheit. Er ist einerseits an der Moderne gescheitert und andererseits auf den Trümmern seines Scheiterns als beglückter Phönix wiederauferstanden. Das ist ein Kunststück, mit dem er ziemlich allein dasteht. Altenbergs »Anhänger« akzeptieren, dass er wegen seiner nicht immer durchsichtigen Kontakte zu – sagen wir die Dinge, wie sie sind – minderjährigen Mädchen zuweilen Probleme hatte beziehungsweise sich schräg anschauen lassen musste. Altenberg nahm diese Zwielichtigkeit hin wie die Zwielichtigkeit gewisser Teile seines Werks.

Welcher Autor außer Peter Altenberg hätte zum Beispiel diesen Satz schreiben können: »Es sind manche hübsche Sächelchen in meinen Büchern, nur muss man sie aus dem Miste herauszuklauben verstehen.« Man weiß nicht recht, ob derartige Bekenntnisse ausreichen, aus Altenberg einen souveränen Geist zu konstruieren. Zu seiner Unabhängigkeit gehört, dass er sich für eine solide Analyse seines Unglücks nicht interessierte. Sein Instinkt sagte ihm, dass es unmöglich ist, aus der Vielfalt der biografischen Versagungen eine Rangfolge der verursachenden Kräfte zu rekonstruieren. Schon in seinem ersten Buch »Wie ich es sehe« notierte er die Sätze: »Wir trauern um unser eigenes Ich, das im Drang des Lebens verkrüppelt. Diese Trauer heißt ›Schamgefühl‹.«

Die beiden Sätze haben offenbarende Kraft, sie sind präzise und gleichzeitig verschleiernd. Bewundernswert ist das Eingeständnis, im Drang des Lebens verkrüppelt worden zu sein. Danach kommt die Scham; sie bedeutet: ein Mensch empfindet wehrlos ein Niederlagengefühl, das sich endlos gegen die eigene Innenwelt richtet – und ist eben deswegen nicht weiter analysierbar. Man kann auch sagen: im Zentrum der Scham steckt eine bestrafende Einschüchterung, ein Vorgriff des Todes auf das Leben. Altenberg war schon in seiner Kindheit um sein Überleben besorgt; diese vorzeitige Anstrengung könnte der Kern seiner Melancholie gewesen sein. Er muss frühzeitig geahnt haben, wie beschämend sein Altern ausfallen würde. Sein Lebensabend war, rein äußerlich (um vom Innerlichen zu schweigen), eine in die Länge gezogene Schmach. Seit 1905, als die väterliche Firma Bankrott anmeldete, lebte er von mäzenatischer Unterstützung, das heißt von milden Gaben, die er mit scharfen Bettelbriefen einforderte. Ist es ein Wunder, dass seine durch Medikamentenmissbrauch und Alkohol geschwächten Nerven diesen Kampf nicht aushielten? Altenberg wurde in eine sogenannte »Wasserheilanstalt« eingeliefert, wo er von der »schmerzhaften Überreizung seiner Nerven Erholung suchte« (so seine Freundin Helga Malmberg). Von der Wasserheilanstalt wechselte er in die Heilanstalt Inzersdorf bei Wien, von dort weiter in die Nervenheilanstalt Steinhof in

Wien. Erstaunlich bleibt, dass in Altenbergs Spätwerk jegliche Katastrophenrhetorik ausbleibt. Es gibt keine Ressentiments gegen die nachgewachsene Jugend, gegen die Frauen, gegen die Reichen, gegen die Politik, gegen die Technik oder gegen den Fortgang der Zeit. Einmal schrieb er: »Nie wurde Etwas aus meinen Träumen.« Um dieser Träume willen wird er bis heute geschätzt.

Die Flucht in die Ohnmacht

Dankrede zum Kleist-Preis

Der 23-jährige Kleist schrieb an seine damals zwanzig Jahre alte Verlobte Wilhelmine von Zenge: »Mädchen! Wie glücklich wirst Du sein! Und ich! Wie wirst Du an meinem Halse weinen, heiße innige Freudenthränen! Wie wirst Du mir mit Deiner ganzen Seele danken! – Doch still! Noch ist nichts ganz entschieden, aber – der Würfel liegt, und, wenn ich recht sehe, wenn nicht Alles mich täuscht, so stehen die Augen gut. Sei ruhig. In wenigen Tagen kommt ein froher Brief an Dich, ein Brief, Wilhelmine, der – – Doch ich soll ja nicht reden, und so will ich denn noch schweigen auf diese wenigen Tage. Nur diese gewisse Nachricht will ich Dir mitteilen: ich gehe von hier nicht weiter nach Straßburg, sondern bleibe in Wirzburg. Eher als Du glaubst, bin ich wieder bei Dir in Frankfurt. Küsse mich, Mädchen, denn ich verdiene es (...)«

Hochtönend wohlmeinende Briefe dieser Art hat Kleist sehr oft geschrieben. Misstrauen in ihren Wahrheitsgehalt war damals noch nicht sehr verbreitet. Ein Mann, der solche Sätze schrieb, durfte glauben, dass sein Leben diesen Sätzen folgen würde. Und wenn eine Verlobte Briefe eines solchen Mannes erhielt, durfte die Verlobte annehmen: dem Mann ist es ernst. Die Herzensergießung, wie blumig auch immer, galt damals als Tatsachenroman. Zu Beginn der bürgerlichen Gesellschaft waren die Menschen dankbar, dass sie *überhaupt* über ihre Liebe schreiben durften. Aber Kleists Verlobte war skeptischer, das heißt zurückhaltender, wartender, klüger, als von einer Frau ihrer Zeit erwartet werden durfte.

Wilhelmine von Zenge hatte eine einfache, schon damals wirksame Methode der Wahrheitsfindung: sie verglich die Pläne ihres Verlobten mit seinen Handlungen. Wie hatte Kleist doch geschrieben? »Eher als Du glaubst, bin ich wieder bei Dir in Frankfurt.« Tatsächlich kehrte Kleist nicht zurück, sondern reiste auf eine Weise, die der Verlobten ziellos erscheinen musste, in Deutschland, Frankreich und der Schweiz umher. Er studierte planlos mal Jura, dann Mathematik, dann die Naturwissenschaften, er drängte in den Staatsdienst und auch wieder nicht, schließlich wollte er Bauer in der Schweiz werden.

Wilhelmine bestürmte ihn, er möge doch bald »in sein Vaterland zurückkehren«, doch Kleist erkannte die Dringlichkeit dieser Bitten nicht oder er ordnete sie anderen Prioritäten unter. Tatsächlich war Kleist in einer Art fliehenden Suche unterwegs, weil er dringend Fingerzeige für seine Biografie suchte. Es gibt Hinweise, dass er von seiner wirren Zukunft als Dichter wusste. Wovon er keine Ahnung hatte – und wovon kein Dichter eine Ahnung hat –, war der Zeitpunkt, *wann* sich die Dichterei als handlungssteuerndes Element in seiner Biografie endgültig situieren und *wann* diese sich mit respektablen Werken bemerkbar machen würde. Die Verlobte zog sich innerlich zurück, ließ seltener von sich hören, bis Kleist merkte, Wilhelmine ließ es auf einen Bruch ankommen, der dann auch eintrat. Im Mai 1802 schrieb der nun 25-jährige, jetzt schroff gewordene Kleist an Wilhelmine:

»Ich werde wahrscheinlicher Weise niemals in mein Vaterland zurückkehren. Ihr Weiber versteht in der Regel ein Wort in der deutschen Sprache nicht, es heißt Ehrgeiz. Es ist nur ein einziger Fall in welchem ich zurückkehre, wenn ich der Erwartung der Menschen, die ich in thörigter Weise durch eine Menge von prahlerischen Schritten gereizt habe, entsprechen kann. Der Fall ist möglich, aber nicht wahrscheinlich. Kurz, kann ich nicht mit Ruhm im Vaterland erscheinen, geschieht es nie. Das ist entschieden, wie die Natur meiner Seele (...)«

Das ist ein merkwürdig vertrackter Brief, der Kleists Konfliktpyramide unverhüllt darstellt. Zurückkehren wird er nur dann, wenn er berühmt geworden ist. Berühmt werden muss er auf jeden Fall, denn er hat mit seinem zukünftigen Ruhm offenbar schon geprahlt. Aus dem Ruhm ist ein unangenehmer sozialer Druck geworden, den er mit seiner Hoffart selbst in die Welt gesetzt hat. Schuld an dieser Verworrenheit trägt indessen Wilhelmine, weil diese nicht versteht, was Ehrgeiz ist. Vermutlich vergiftete das Scheitern der Liebe Kleists Lebensgeschichte viel tiefer, als er je einzuräumen bereit war. Er verwandelte sich in einen jener Menschen, die mit bloßer Willensanstrengung verhindern können (eine Weile jedenfalls), dass eine Katastrophe ihre Innenwelt berührt. Zu einer neuen, mit dem gleichen Überschwang und dem gleichen Ernst ausgestatteten Liebesbeziehung ist es in Kleists Leben nicht mehr gekommen. Stattdessen gibt es zwei weitere biografische Einschnitte, von denen ebenfalls starke Erschütterungen zurückblieben. Der erste Komplex liegt zeitlich vor dem Desaster mit Wilhelmine und wirft einen langen Schatten auf dieses. Kleist hat seine stärksten Katastrophen fast noch als Kind erlebt. Er war elf Jahre alt, als er seinen Vater verlor. Als hätte das nicht schon gereicht, versetzte ihm seine rätselhafte Mutter einen weiteren Schlag. Sie gibt ihn in die Obhut eines Erziehers, das heißt, sie löst ihn aus dem familiären Zusammenhang heraus. Aus den Quellen ist nicht ersichtlich, was die Mutter zu diesem Schritt veranlasste. Reicht ihre materielle Not als Begründung? Die Majorswitwe hatte sieben Kinder zu versorgen, und obwohl sie nach dem Tod ihres Mannes den König um Unterstützung anflehte, erhielt sie keine Rente. Vermutlich war der finanzielle Aspekt nicht ausschlaggebend für die Trennung von ihrem Sohn. Von einer Freundin der Familie wissen wir, dass Kleist »schon seine Kindheit (...) verbittert« war, »da seine Erzieher die eigentümliche Organisation des Knaben zu beachten nicht der Mühe wert hielten«. Nach Kleists Tod berichtete C. E. Albanus an Tieck, Kleist sei »ein nicht zu dämpfender Feuergeist« gewesen, »unstet« und »der Exaltation selbst bei Geringfügigkeiten anheimfallend«. Ganz offenkundig neigte Kleist schon als Kind dazu, seine Mitmenschen zu überfordern, genau so, wie er zehn Jahre später seine Verlobte überforderte.

Zu Kleists Begriff von Tapferkeit gehörte, eine Katastrophe auf jeden Fall zu überleben, und zwar auch dann, wenn das Ich dabei zu einem Krüppel seiner selbst zu werden drohte. 1803 nennt sich Kleist (in einem Brief an seine Schwester Ulrike) einen »unaussprechlichen Menschen«. Das war das Äußerste, was Kleist an Selbstkritik zeitlebens zustande brachte. Heiner Müller nannte Kleist an dieser Stelle (vor siebzehn Jahren) einen »sehr gestörten« Menschen. Mir kommt diese Prädikatisierung unglücklich vor, weil sie Kleist die Alleinschuld an den Ausschreitungen seines Männlichkeitsideals zuschiebt. Jeder, der lebt, wird zum Teilhaber des Entsetzens seiner Zeit, und niemand überlebt die Durchfilterung seines Ichs, ohne einen Teil der objektiven Gewalt als subjektive Gewalt privatisieren zu müssen. Die Gesellschaft wartet immer gerne darauf, dass bei dieser intimen Operation einer verrückt wird, weil ihre eigene immanente Gestörtheit dabei unzensiert öffentlich werden und dabei gleichzeitig besichtigt, toleriert und verurteilt werden darf.

Fünf Jahre nach Kleists Vater starb auch die Mutter. Kleist war jetzt fünfzehn und trat als Gefreiter-Korporal in das Garderegiment Potsdam ein. Er ist jetzt das, was wir heute einen Kindersoldaten nennen. Es ist merkwürdig und schauderhaft, dass das Wort Kindersoldat erst in unserer Gegenwart in unseren Wortschatz eingewandert ist; das Wort kennzeichnet mit rätselhafter Verspätung mehrere Jahrhunderte historischer Gewalt an männlichen Kindern. Es ist ein Zeichen dieser verheimlichten Gewalt, dass Kleist in keinem einzigen seiner vielen Briefe je von seiner Kindheit und Jugend erzählt hat. Es ist, als hätte er die Kindheit und die Adoleszenz mit zusammengebissenen Kiefern ausgehalten. Ein Kindersoldat verhält sich auch zu sich selbst wie ein ranghöherer Militär. Er lebte in einer sich selbst fortzeugenden Stummheit, die er auch später nicht aufgebrochen hat. Dass etwas nicht stimmte mit diesem verstümmelten Leben, zeigte sich 1799, als Kleist, jetzt 22 Jahre alt, die Welt des Militärs überraschend verließ. Auf diese Idee war ein männlicher Angehöriger der Familie Kleist zuvor nicht gekommen. Kleist entstammte einer traditionsreichen Offiziersfamilie, deren Ideale über das allmähliche Hineinwachsen in den Soldatenrock kaum je hinausgekommen sind.

Mit der Abwendung vom Militär vertauschte Kleist die Erwartbarkeit des heißen Todes auf dem Schlachtfeld mit dem schleichenden Tod im frühbürgerlichen Überlebenskampf. Tatsächlich hat er auch diesen nicht gewonnen. Nach dem Abschied vom Militär bis zu seinem Selbstmord lebte er in einer inneren Katastrophenverfassung, die sich besonders in seinen Erzählungen abbildet. Vom Umgang mit meinen eigenen inneren Katastrophen weiß ich, dass wir Katastrophen zum Zeitpunkt ihres Geschehens nicht einmal am heftigsten erleben; viel stärker wirken sie als Einschüchterung von Zukunft. Man kann sagen: einmal eingetretene Katastrophen reifen im Gemüt des Menschen nach – und werden dabei erst richtig monströs. Stets erweist sich, dass es *in* der

Katastrophe, ist sie einmal eingetreten, keinen Experten und also auch keinen Ratgeber gibt. Auch der Katastrophenbewanderte kennt sich in ihnen nicht aus. Obwohl sich die Katastrophe in unserem Inneren zuträgt, betrachten wir sie von außen; die versuchte Objektivierung ist vielleicht die größte Katastrophe, die dem Betroffenen nicht aufgeht. Es ist nicht originell, sondern bloß naheliegend, in Kleists Katastrophenszenarien ein nach außen gestülptes Fiktionsgerüst seines dramatischen Ichs zu sehen. Sonderbar bleibt, dass Kleist auf die Darstellung von Innenwelt fast vollständig verzichtet. Das ist insofern rätselhaft, weil auch Kleist bekannt war, dass jede Katastrophe einmal vorübergeht, die Erfahrung mit ihr aber niemals. Nicht einmal auf eine angemessene Reflexion eines zurückliegenden Scheiterns lässt sich Kleist ein. Ist ein Unglück eingetreten, schiebt er gleich das nächste nach. In den Erzählungen fehlen fast vollständig Reflexe der Scham und der Melancholie, an denen es den Protagonisten doch nicht mangeln kann. Vermutlich war Kleist die weiche und konfuse Innenwelt zu unsoldatisch. Seine Figuren arbeiten sich an der äußeren Schale der Ereignisse ab. *Diese* Art der Konfliktbewältigung war auf jeden Fall männlich-ereignisüberwindend. Insofern kann man sagen, Kleist hat auch mit militärischer Disziplin erzählt. Als Leser hat man zuweilen den Eindruck, Kleist selber nimmt den Standpunkt der Katastrophe ein, nicht die Empfindung derer, die sie erleiden.

In der Fixierung auf die Äußerlichkeit der Schrecken vernachlässigt Kleist zuweilen sogar die erzählerische Plausibilität. Die Marquise von O. mag bis zum Schluss nicht glauben, dass sie eine »unwissende Empfängnis« hinter sich hat. »Sie entdeckte sich mit völliger Freimütigkeit ihrer Mutter, und sagte, sie wisse nicht, was sie von ihrem Zustand denken solle. Die Mutter, welche so sonderbare Zufälle für die Gesundheit ihrer Tochter äußerst besorgt machten, verlangte, dass sie einen Arzt zu Rate ziehe.« Die Marquise kann nicht aufhören, sich über die »unbegreifliche Veränderung ihrer Gestalt« zu wundern, und sucht Aufklärung bei einer Hebamme. Ist es möglich, dass Kleist im Gedränge der Wunderlichkeiten übersehen hat, dass die Marquise ja bereits zweimal entbunden hat und vertraut ist mit dem Zusammenhang zwischen Körperlichkeit und Fortpflanzung und deswegen über die Vorboten der Mutterschaft nicht so staunen kann, wie uns Kleist staunen machen möchte?

Als Erklärung bietet sich an: der Reiz von Kleists Erzählweise liegt in der dramatischen Verkürzung aller Handlungswege. Nur in seiner Schlag-auf-Schlag-Diktion kommt das zustande, was Kleist vor allem interessiert hat: die Freilegung des traumatischen Kerns des menschlichen Existierens. Die Menschen erfahren nicht, mit welchem Ziel sie niedergebeugt und wieder aufgerichtet und wieder niedergebeugt und wieder aufgerichtet werden. Sie dürfen über den Wellengang ihres Geschicks nicht nachdenken, weil sie dabei zuviel Zeit verlieren und noch dazu in den Hinterhalt des Unglücks geraten. Das ist der Grund, warum Kleists Figuren kaum reflektieren: sie sitzen im Schleudersitz ihres Glückszwangs, der ihnen Besinnungspausen nicht gönnt. Das Glück am Glück ist seine Aufschiebbarkeit. Auch wer das Glück verfehlt hat, darf es wieder neu suchen, ohne sich von seinem Scheitern beeinträchtigt zu fühlen.

Hätte Kleist seinen Figuren erlaubt, ihre Lebensziele in Zweifel zu ziehen, das heißt: sich zu ihren Fiktionen zwiespältig zu verhalten und sie dadurch als Fiktionen zu durchschauen – dann wäre Kleist ein moderner Autor gewesen oder geworden, der er nicht war und seiner historischen Seinslage nach nicht hat sein können. Hätten Kleists Figuren ihr Scheitern reflektieren können, dann hätten sie sich in den

Idiosynkrasien der Moderne einrichten müssen: wie Kleists späterer Bewunderer Franz Kafka, von dem noch zu sprechen sein wird. Wir, die unfreiwillig Modernen, haben uns daran gewöhnt, das menschliche Glück im Verhältnis zu unseren Kräften zu relativieren. Oder, wie Freud sagt: Glück ist oft nicht mehr als die Vermeidung von Unglück. Der vormoderne Kleist suchte noch das krasse Gegenteil. Der Drang seiner Figuren zu einem verfügbar handlichen Glück (denken wir an Michael Kohlhaas) – führt zu Entgrenzung und Tod. Kohlhaas bemerkt nicht, dass sich die Aufhebung eines ihm zugefügten Unrechts in ein Trauma verwandelt, das ihn mehr bedroht als das Unrecht selber. Das traumatisch gewordene Handeln setzt immer wieder neu ein, ohne je seinen Anfang zu zeigen. Daher die elliptische Figur des Traumatischen, die fortwährende Umzingelung eines unaussprechlich gewordenen Dramas. Michael Kohlhaas umsegelt den Konfliktkern mit stoischer Dynamik, ohne diesen Kern selbst je zu treffen; und das heißt, ohne ihn als Erfahrung weiter bearbeiten, und das meint: ohne ihn durch wiederkehrende Nachsicht mildern zu können.

Der literarische Ausdruck des katastrophischen Gefühls bleibt bei Kleist durchgehend körperlich. Seine Figuren zittern, ihnen steigt »die Röte ins Gesicht«, sie haben Fieberanfälle, sie erleiden Krämpfe – oder sie fallen in Ohnmacht. Die Marquise von O. fällt dreieinhalbmal in Ohnmacht; der hoffnungslose Findling erregt nur durch eine Ohnmacht das Mitleid des durchreisenden Güterhändlers Antonio Piachi. Michael Kohlhaas versinkt in einer Ohnmacht, als er erklären soll, »wer er sei«; und sein Gegenspieler, der Junker von Tronka, fällt gar »aus einer Ohnmacht in die andere«, wobei uns Kleist nicht verrät, wie wir uns eine solche Serie von Ohnmachten technisch denken sollen. Bis heute gilt die Verletzlichkeit des Subjekts als ein privates Geschehen und ist deswegen kaum kommunizierbar. Insofern ist bei Kleist die Ohnmacht ein Versuch der Individuen, dem Sog des Traumatischen durch Öffentlichkeit zu entkommen. Durch eine Ohnmacht sind die einzelnen gekennzeichnet, und als Gezeichnete darf man sie auf ihre Ohnmacht, das heißt auf ihre Kränkung ansprechen. Damit haben sie den Kohlhaas'schen Panzer durchbrochen, den Kleist so formuliert hat: »Kohlhaas (...) gab (...) mit keiner Miene zu erkennen, was in seiner Seele vorging.« Die Ohnmacht ist ein bemerkenswerter Versuch des Subjekts, die Knebelung des Innerlichen zu verlassen und sich als ein Ich darzustellen, das von keiner geltenden Ethik, auch nicht der preußischen, diszipliniert werden kann. Weil die Ohnmacht als erzählerisches Mittel bei Kleist vergleichsweise häufig auftaucht, darf man sie als Zeichen des Aufbegehrens gegen den preußischen Drill verstehen. Das Zeichen ist zu Kleists Lebzeiten nicht verstanden worden; es hatte allenfalls formale Folgen: Der »Prinz von Homburg« durfte in Preußen nicht aufgeführt werden, weil auch in diesem Stück ein Offizier in Ohnmacht fällt.

Zu Lebzeiten Kleists konnten sich selbst kühne Gesellschaftsbeobachter nicht vorstellen, dass der Mensch in der bevorstehenden Moderne faktisch kaum noch in Ohnmacht fallen wird, obgleich es an passenden Anlässen kaum mangelte. Die ohnmächtig umsinkende Salondame wurde ein Stilmoment in Chaplins Stummfilmen, eine Sequenz der Lächerlichkeit, über die sich die Zuschauer zu amüsieren lernten. Dafür verlagerte das moderne Ich das Ohnmachtsgefühl als permanentes Überwältigtsein in die inneren Bezirke. Heute ist die verinnerlichte Ohnmacht zu einem gewöhnlichen Kulturgefühl von uns allen geworden. Diese brisante Übergangsstelle hat der vermutlich heftigste Kleistverehrer Franz Kafka zu einem wichtigen Moment des eigenen Schaffens gemacht. In einem Brief an seine Verlobte Felice Bauer vom 2. September 1913 zählt er Kleist zu seinen »eigentlichen Blutsverwandten«. Wer die beiden Lebenswerke vergleicht, findet das Geständnis nicht nur einleuchtend, sondern literarhistorisch zwingend. Wir können sagen: Kafka hat die von Kleist nicht ausgeschriebenen Leerräume des Ichs mit passenden Texten neu ausgestattet. Besonders »Michael Kohlhaas«, den Kafka »wohl schon zum zehnten Male« gelesen hat, fühlt sich Kafka nahe. Er hat die Erzählung mit »wirklicher Gottesfurcht« gelesen. Michael Kohlhaas – wir erinnern uns – fällt schon deswegen in Ohnmacht, weil er erklären muss, »wer er sei«. Dieses ozeanische Ohnmachtsgefühl musste Kafka mitten ins Herz treffen. Die Scham darüber, dass ein Mensch nicht voraussetzungslos leben und sterben darf, sondern unter allen Umständen ein *bestimmter* Mensch mit einer biografischen Anstrengung sein muss, hat auch Kafka lebenslang beunruhigt. Dabei geht es nicht um die Konstruktion eines möglichst normativen, allgemein wohlgefälligen Lebenslaufs. Die »Gottesfurcht«, von der Kafka spricht, ist die Angst vor dem Zorn der Gottheit. Der Mensch *muss* sich als Versucher des Glücks verausgaben, um vor dem Strafgericht Gottes nicht als schöpfungsunwürdig zu erscheinen. Dieses eschatologische Moment steht sowohl bei Kleist als auch bei Kafka im Zentrum. Bis es soweit ist, dass sich das Leben des Menschen endgültig als ein gelungenes oder als ein nicht gelungenes darstellt, durchwandert der einzelne die endlosen Wälder der Scham, die ihn (wie bei Kleist und Kafka) immer wieder neu entblößen. Die Scham des Menschen ist eine unendliche Abfolge nicht erzählbarer Einzelheiten, in deren Verwirrung nicht wir, sondern nur unsere Scham zu Hause ist. Denn niemand schützt den Glückszwang vor seiner eigenen Unerbittlichkeit. Wir können sagen: Kafkas Werk ist der nach innen gewendete, der fortgeschriebene Kleist. Bei Kafka finden wir die Ausformulierung der Melancholie, die Kleist unter dem herrschenden Tapferkeitsdruck ausgeblendet hat. Die Konstellation KLEIST : KAFKA ist für uns deswegen so ergiebig, weil wir mit ihrer Hilfe begreifen, warum der Melancholiker die repräsentative Figur des 21. Jahrhunderts hat werden können. Kleist war der Herrschaft seiner inneren Moral noch ohne Gegenwehr ausgeliefert. Kafka wollte der Dominanz der inneren Moral entkommen, musste sich aber gleichzeitig vor den neuartigen Zugriffen der Gesellschaftsmaschine schützen. Im Augenaufschlag vor dieser doppelten Zumutung erkennen wir uns bis heute wieder.

Das Überleben im Werk

Der Tagtraum als Fundament des Phantasierens

Literatur und Psychoanalyse teilen das Interesse an der Erzählung menschlichen Lebens. Und beide haben ein gemeinsames Interesse an der Technik dieses Erzählens. Der Schriftsteller fragt sich immer wieder, ob ihm der richtige Zugriff, die richtige Form und die richtigen Wörter zur Darstellung einer Wirklichkeit zur Verfügung stehen. Die Zweifel der Psychoanalytiker sind fundamentaler; sie befragen fertige Erzähltexte (natürlich – und überwiegend – auch solche von Nicht-Schriftstellern), ob und auf welche Weisc unbewusste Motive (und damit: verborgene Kausalitäten) berücksichtigt, übergangen oder verfälscht wurden – und wenn ja, wie und warum. Obwohl Schriftsteller andere Ziele verfolgen als Psychoanalytiker, befinden sie sich durch ihre zweiflerische Arbeitsweise gleichwohl im Zentrum dessen, was auch die Psychoanalyse bewegt. Dieses Zentrum ist eine gemeinsame Hintergrund-Überzeugung, die sich mit einem Satz fixieren lässt: Kaum ein Mensch kann seine eigene Geschichte hinreichend richtig erzählen. Deswegen glauben so viele Schriftsteller wie Analysanden nach einer Erzählung ihrer Geschichte, sie hätten sie nicht richtig erzählt. So fangen sie (viele von ihnen immer wieder) von neuem an, ihre Geschichte zu erzählen, ohne doch je dem Zweifel zu entkommen, sie könnten sie wenigstens einmal vollständig und vollständig richtig erzählen. Auch in dieser Beziehung ist der Zweifel der Psychoanalytiker fundamentaler; viele von ihnen neigen dazu, die Originalgeschichte eines Ichs für verschüttet und unzugänglich zu halten. Ja, im Grunde war diese Geschichte nie zugänglich gewesen, weil sie von Anfang an mystifiziert wurde von den symbolischen Erfindungen dessen, der sie erlebt hat.

Die Arbeitsmittel sowohl der Schriftsteller als auch der Psychoanalytiker sind Erinnerungen und Phantasien und die schöpferischen Querverbindungen zwischen beiden. Sigmund Freuds Essay »Der Dichter und das Phantasieren« geht auf einen Vortrag zurück, den Freud am 6. Dezember 1907 in den Räumen des Wiener Verlagsbuchhändlers Hugo Heller, eines Mitglieds der Wiener Psychoanalytischen Vereinigung, gehalten hat. Eine überarbeitete Fassung des Vortrags erschien ein Jahr später in einer neu gegründeten Berliner Zeitschrift. Der Aufsatz ist nur wenige Druckseiten lang und enthält doch, wenn man von einer solchen sprechen will, Freuds Literaturtheorie. Freilich stößt, wer mit Freuds Vorstellungen vertraut ist, auch in diesem Essay auf Denkfiguren, die in den meisten anderen Texten dieses Autors ebenfalls auftauchen. Ich meine in diesem Fall die Idee der sogenannten ›Verschiebung‹ und der mit ihr zusammenhängenden Surrogatbildung. Für Freud war die Annahme einer autonomen Kunst nicht denkbar. Schreiben und Dichten waren für ihn niemals ursprünglich, sondern immer das Ergebnis einer psychischen Vermittlung, der Niederschlag einer internen Transformation, das heißt der bearbeitete Ausdruck von etwas anderem, der ohne die Arbeit der Verschiebung nicht zugänglich wäre. Wie Freud sich diese Verschiebung und die Literatur, die aus ihr hervorgeht, vorgestellt hat, beschreibt er so:

»Ein starkes aktuelles Erlebnis weckt im Dichter die Erinnerung an ein früheres, meist der Kindheit angehöriges Erlebnis auf, von welchem nun der Wunsch ausgeht, der sich in der Dichtung seine Erfüllung schafft; die Dichtung selbst lässt sowohl Elemente des frischen Anlasses als auch der alten Erinnerung erkennen.

Erschrecken Sie nicht über die Kompliziertheit dieser Formel; ich vermute, dass sie sich in Wirklichkeit als ein zu dürftiges Schema erweisen wird, aber eine erste Annäherung an den realen Sachverhalt könnte doch in ihr enthalten sein, und nach einigen Versuchen, die ich unternommen habe, sollte ich meinen, dass eine solche Betrachtungsweise dichterischer Produktionen nicht unfruchtbar ausfallen kann. Sie vergessen nicht, dass die vielleicht befremdende Betonung der Kindheitserinnerung im Leben des Dichters sich in letzter Linie von der Voraussetzung ableitet, dass die Dichtung wie der Tagtraum Fortsetzung und Ersatz des einstigen kindlichen Spielens ist.«

In Freuds Haupttheorie, wonach sowohl die »Dichtung wie der Tagtraum Fortsetzung und Ersatz des einstigen kindlichen Spielens« sind, gehen Tagtraum und Dichtung ohne Rest ineinander auf. Freud fragt nicht danach, worin der spezifische, zusätzliche und *bewusste*, das heißt: im Ganzen der literarische Anteil des Autors an der Verarbeitung des Tagtraums bestehen könnte. Auch die biografische Selbsteinschätzung der Tagträumer problematisiert Freud nicht. Es ist für das Auftreten von Tagträumen ein Unterschied, ob ein Erwachsener dazu neigt, sich als Opfer oder als Souverän der eigenen Biografie zu empfinden. Ganz zu schweigen von den Kindern, die ihre Zukunft als Erwachsene antizipieren müssen und deswegen – sozusagen – auf natürliche Weise zu Tagträumen gezwungen sind. Für Freud sind, jedenfalls ihren Voraussetzungen nach, der Tagträumer und der Dichter einander zum Verwechseln ähnliche Persönlichkeiten. Der einzige und entscheidende Unterschied besteht für ihn darin, dass der Schriftsteller seinen Tagtraum aufschreibt. Können wir daraus den Umkehrschluss ziehen, dass wir – sozusagen – auf einen Schlag ein erheblich vergrößertes Literaturaufkommen hätten, wenn auch die bislang nicht schreibenden Tagträumer ihre Phantasien aufschrieben? Diese Erwartung ist bestimmt nicht haltbar, ihre Unmöglichkeit macht uns aber darauf aufmerksam, dass auch mit der Freud-These etwas nicht stimmen kann beziehungsweise: dass sie ihr Thema nicht adäquat und nicht vollständig erfasst. Davon später mehr.

Zunächst will ich auf die zweite starke These Freuds aufmerksam machen, die wir ebenfalls (aber nicht nur dort) im Aufsatz über das Phantasieren finden: »Unbefriedigte Wünsche sind die Triebkräfte der Phantasien, und *jede* einzelne Phantasie ist eine Wunscherfüllung, eine Korrektur der unbefriedigenden Wirklichkeit. Die treibenden Wünsche sind verschieden je nach Geschlecht, Charakter und Lebensverhältnissen der phantasierenden Persönlichkeit; sie lassen sich aber ohne Zwang nach zwei Hauptrichtungen gruppieren. Es sind entweder ehrgeizige Wünsche, welche der Erhöhung der Persönlichkeit dienen, oder erotische. Beim jungen Weibe herrschen die erotischen Wünsche fast ausschließend (...) beim jungen Manne sind neben den erotischen die eigensüchtigen und ehrgeizigen Wünsche vordringlich genug.«

Auch rund zehn Jahre nach dem Aufsatz über das Phantasieren der Dichter haben sich Freuds Vorstellungen nicht gewandelt. In der 23. Vorlesung zur »Einführung in die Psychoanalyse« aus den Jahren 1916 und 1917 lesen wir über die Tagträume, sie seien »vorgestellte Befriedigungen ehrgeiziger, großsüchtiger, erotischer Wünsche«. Ein prädestinierter Kandidat des Tagträumers ist auch in den Vorlesungen der Künstler. Er »ist im Ansatz auch ein Introvertierter, der es nicht weit zur Neurose hat. Er wird von überstarken Triebbedürfnissen gedrängt, möchte Ehre, Macht, Reichtum, Ruhm und die Liebe der Frauen erwerben; es fehlen ihm aber die Mittel, um diese Befriedigungen zu erreichen. Darum wendet er sich wie ein anderer Unbefriedigter von der Wirklichkeit ab und überträgt all sein Interesse, auch seine Libido, auf die Wunschbildungen seines Phantasielebens (...)«

Trotz seiner Dauernähe zur Neurose und trotz des ebenso permanenten Sublimierungsdrucks ist der Künstler – nach Freud – auf einzigartige Weise privilegiert. Die gleiche Kunst nämlich, die ihn zum Phantasieren nötigt und ihn damit mehr und mehr von der Realität entfernt, die gleiche Kunst also gewährt ihm auch einen »Rückweg (...) zur Realität«. Dieser Rückweg ist ein Ergebnis seiner wachsenden Virtuosität und des Beifalls, der ihm für diese Virtuosität gespendet wird. »Wenn einer ein rechter Künstler ist«, so Freud, »dann verfügt er über mehr. Er versteht es erstens, seine Tagträume so zu bearbeiten, dass sie das allzu Persönliche, welches Fremde abstößt, verlieren und für die anderen mitgenießbar werden. Er weiß sie auch soweit zu mildern, dass sie ihre Herkunft aus den verpönten Quellen nicht leicht verraten. Er besitzt ferner das rätselhafte Vermögen, ein bestimmtes Material zu formen, bis es zum getreuen Ebenbilde seiner Phantasievorstellung geworden ist, und dann weiß er an diese Darstellung seiner unbewussten Phantasie so viel Lustgewinn zu knüpfen, dass durch sie die Verdrängungen wenigstens zeitweilig überwogen und aufgehoben werden.«

Erst in dieser Phase, als prämierter und gepriesener Künstler, gelingt dem phantasierenden Dichter der Rückweg in die Realität, in dem wir nach Freud natürlich wieder nur einen Notausgang sehen dürfen: »Kann er das alles leisten, so ermöglicht er es den anderen, aus den eigenen unzugänglich gewordenen Lustquellen ihres Unbewussten wiederum Trost und Linderung zu schöpfen, gewinnt ihre Dankbarkeit und Bewunderung und hat nun *durch* seine Phantasie erreicht, was er vorerst nur *in* seiner Phantasie erreicht hatte: Ehre, Macht und Liebe der Frauen.«

Es ist diese zärtliche und dann doch rigide Fixierung an seine theoretischen Konstrukte, die Freud in den letzten Jahrzehnten viel Kritik eingebracht haben. Mit ›zärtlich und doch rigide‹ ist eine Stilfigur gemeint, die wir bei Freud oft antreffen. Zunächst räumt er zärtlich (und also nachgiebig) ein, dass seine Konstruktionen nicht mehr seien als Annahmen. Da wir aber gleichzeitig über das unanschauliche Geschehen der psychischen Vorgänge nichts anderes besitzen außer Annahmen, rät er uns dann doch mit der nötigen Rigidität, an seinen Theoriestücken festzuhalten. Wir stoßen uns heute nicht nur an seinen zu umfassend formulierten Programmen; es muss zum Glück niemand mehr den Beweis dafür antreten, dass Künstler außer »Ehre, Macht und Liebe der Frauen« auch andere, gemäßigtere und diskretere Lebensziele verfolgen können. Die Kritik betrifft auch Details der theoretischen Annahmen selbst. Die englische Psychoanalytikerin Hanna Segal zum Beispiel, eine Melanie-Klein-Schülerin, nimmt im Gegensatz zu Freud an, dass der Künstler »in ganz wesentlicher Hinsicht niemals die Realität verlässt«; er arbeitet notwendig mit Symbolen und Phantasien, die aber nicht, so Hanna Segal, im Dienst der Verhüllung eines Unbewussten stehen müssen. Symbole und Phantasien sind nur das Material, mit dessen Hilfe der Tagträumer mit sich selbst kommuniziert.

Ich zitiere Hanna Segal: »Und dies kann – wie jede andere Form der Kommunikation – *nur* mit Hilfe von Symbolen geschehen. Bei Leuten, die ›guten Kontakt zu sich selber‹ haben, werden also beständig und ungehindert Symbole gebildet, wobei sie die symbolischen Ausdrucksformen ihrer primitiven Phantasien bewusst wahrnehmen und kontrollieren können (…) Die Fähigkeit, mit Hilfe von Symbolen mit sich selbst zu kommunizieren, ist, so denke ich, die Grundlage verbalen Denkens – also der Fähigkeit, mit sich selbst mit Hilfe von Worten zu kommunizieren. Nicht jede innere Kommunikation besteht aus verbalem Denken, aber jedes verbale Denken stellt eine innere Kommunikation mit Hilfe von Symbolen, nämlich Worten, dar.«

Ich gestehe gern, dass die Korrektur-Vorschläge, die Hanna Segal an Freuds Tagtraum-Ideen vorbringt, meinen eigenen Vorstellungen vom Tagtraum nahekommen. Vor allem unterstützen sie mich dabei, zwei wichtige Annahmen Freuds außer Acht zu lassen, zum einen die Idee der Wunscherfüllung, ohne die nach Freud kein Tagtraum arbeitet; zum zweiten die Idee der Kompensation beziehungsweise Verschiebung, die, mit Freuds eigenen Worten, so funktioniert: »Eigentlich können wir auf nichts verzichten, wir *vertauschen* nur eines mit dem anderen; was ein Verzicht zu sein scheint, ist in Wirklichkeit eine Ersatz- oder Surrogatbildung. So gibt auch der Heranwachsende, wenn er aufhört zu spielen, nichts anderes auf als die Anlehnung an reale Objekte; anstatt zu spielen, phantasiert er jetzt. Er baut sich Luftschlösser, schafft das, was man Tagträume nennt.«

Um diese Zeilen besser zu verstehen, tauchen wir noch ein wenig tiefer in Freuds Konstruktion des Seelengeschehens ein. Zuerst stoßen wir auf die Annahme, dass wir immer gezwungen sind, unsere frühen Liebesobjekte, vulgo: die Eltern, früher oder später aufgeben zu müssen – und dass wir dabei erfolgreich sein oder auch scheitern können, was nach Freud beinahe immer Neurotiker aus uns macht. Dann stoßen wir auf die zweite Annahme, dass uns der Verlust der ersten Liebesobjekte zwingt, Ersatz- beziehungsweise Surrogatwelten aufzubauen. In unserem Fall handelt es sich um Tagträume, das heißt um Symbolbildungen, die nicht sich selber meinen, sondern eine Art Tarnorganisation dessen sind, was wir unter dem Druck der Lebensnot, sprich: des Erwachsenwerdens, haben aufgeben müssen und gleichzeitig doch nicht recht aufgeben können. Zum Bestand dessen, was wir nach Freud aufgeben müssen, zählt auch das Spiel. Da wir, wenn wir uns für erwachsen halten, nicht mehr spielen dürfen, sind wir aufgefordert, auch für diese Beschäftigung einen Ersatz zu finden, und dieser Ersatz ist das Phantasieren. Wobei wir beachten wollen, dass der Tagtraum bei Freud eine doppelte Funktion hat. Er ist einerseits ein Surrogat (für den Verlust des Spielens), und er ist zweitens eine technische Brücke für die Entstehung der Symbole, mit deren Hilfe wir den Verlust unserer ersten Liebesobjekte verwinden, teilweise verwinden oder überhaupt nicht verwinden.

An diesem Entwurf fällt ins Auge, dass Freud im Tagträumer ausschließlich den Patienten sieht, das heißt den Konfliktträumer, der an gewisse, oft traumatische Erfahrungen fixiert bleibt, die er unbewusst wiederholen muss und für die er symbolische Bilder erfindet – ohne je die Chance zu haben, die Triebkonstellation zu erkennen, die hinter seinen Symbolzwängen steht. Der Dichter ist in dieser Konstruktion nur ein Sonderfall des Patienten. Er unterscheidet sich vom Konfliktträumer nur dadurch, dass er, wenn er Glück, Talent und Geschick hat, aus seinem Tagtraum-Material Literatur machen kann, mit deren Erfolg er dann wieder als virtuos gewordener Neurotiker in die Realität zurückkehrt. Freud war niemals bereit, dem träumenden Dichter, und das heißt: dem Berufsträumer, einen anderen Status einzuräumen als dem Konfliktträumer. Natürlich ist es überhaupt nicht schwer, im übergroßen Archiv der Literaturgeschichte zahllose Fälle zu finden, in denen der Konfliktträumer zugleich ein Dichter ist, mithin Fälle, in denen Freuds Annahmen mehr oder weniger restlos ineinander verschmelzen. Aber dasselbe Archiv der Literaturgeschichte hält auch Dichter bereit, die zum Tagträumen eine andere, nämlich eine Arbeitsbeziehung haben. Wir nennen sie so, weil sich für diese Autoren im Tagtraum eine persönliche Arbeitstechnik herausbildet, die für ihre Produktionsweise spezifisch ist.

Freud mochte diese Differenz nicht sehen oder nicht anerkennen, weil er zu sehr seinen rigiden Reife-Vorstellungen des menschlichen Werdens verpflichtet war. In seinem überstrengen Verlaufsbild des Reifens ist das Spielen als Tätigkeit der Kindheit und der Jugend zugeordnet. Wer Kindheit und Jugend hinter sich hat, spielt auch nicht mehr, und zwar aus biologischen Gründen, *weil* er nun ein Erwachsener geworden ist. »*Anstatt* zu spielen, phantasiert er jetzt«: Mit diesem mechanistisch trennenden Satz (aus dem Aufsatz über das Phantasieren der Dichter) markiert Freud den Übertritt von der einen in die nächstfolgende Phase. Wer diesen Übertritt nicht oder nicht zureichend schafft, taucht unter in den labyrinthischen Selbstverfehlungen der Neurose.

Die Möglichkeit, dass auch Erwachsene Lust am Spiel haben, ohne dass wir sie deswegen schon der Regression verdächtigen müssen, kommt in Freuds Menschenbild nicht angemessen vor. Das Defizit ist deswegen auffällig, weil das Spielen nicht irgendeine Tätigkeit ist, sondern – mit den Worten von Hans-Georg Gadamer – eine »elementare Funktion des menschlichen Lebens« selbst; es ist nicht akzidentiell, sondern tief in der menschlichen Psyche verankert, weshalb wir seine Energie auch einem Spieltrieb zuschreiben. Natürlich können wir das Rätsel, warum der Triebtheoretiker Freud den Spieltrieb so vernachlässigt hat, nicht aufklären. Wir verkneifen uns auch die Möglichkeit, die Ausblendung des Spieltriebs mit Freuds Triebtheorie selbst zu erklären; danach wäre die Negation des Spieltriebs ein Ergebnis der rastlosen Selbstbestrafung eines Melancholikers, der auf die plötzlich frei werdende Lust am Spiel mit der verdrängenden Konsistenzstrenge seiner Theorie antwortet. Freuds Geringschätzung des Spiels ist auch deswegen auffällig, weil sie ein Licht wirft auf seine Ambivalenz gegenüber der Literatur überhaupt. Freud hat die Literatur nur insoweit geschätzt, als sie der Psychoanalyse im engeren Sinne vorgearbeitet hat. In seinem Essay »Der Wahn und die Träume in Wilhelm Jensens ›Gradiva‹« aus dem Jahr 1907 nennt er die Dichter noch respektvoll »Vorläufer der Wissenschaft« und der »wissenschaftlichen Psychologie«. Sie sind für ihn »wertvolle Bundesgenossen«, und »ihr Zeugnis ist hoch anzuschlagen, denn sie pflegen eine Menge von Dingen zwischen Himmel und Erde zu wissen, von denen sich unsere Schulweisheit noch nichts träumen lässt. In der Seelenkunde gar sind sie uns Alltagsmenschen weit voraus, weil sie da aus Quellen schöpfen, welche wir noch nicht für die Wissenschaft erschlossen haben.«

Von dieser Wertschätzung ist rund zehn Jahre später nicht mehr viel übrig. In seinen (schon erwähnten) »Vorlesungen zur Einführung in die Psychoanalyse« aus den Jahren 1915 bis 1917 stellt er nicht nur das gesamte Kulturschaffen der Menschen unter Kompensationsverdacht: »Wir glauben«, heißt es in der Einleitung der Vorlesungen, »die Kultur ist unter dem Antrieb der Lebensnot auf Kosten der Triebbefriedigung geschaffen worden, und sie wird zum großen Teil immer wieder von neuem erschaffen, indem der Einzelne, der neu in die menschliche Gemeinschaft eintritt, die Opfer an Triebbefriedigung zu Gunsten des Ganzen wiederholt.«

Nicht nur das große Ganze der Kultur, auch das einzelne Kunstwerk und sein Urheber sind später einer (wieder) rätselhaften Entwertung verfallen. In der 11. Vorlesung lesen wir den Satz: »Die schöpferische Phantasie kann ja überhaupt nichts erfinden, sondern nur einander fremde Bestandteile zusammensetzen.« Noch ein wenig resignativer und auch abschätziger klingen Sätze, die Freud weitere zwanzig

Jahre später, in der »Neuen Folge« der Vorlesungen, über die Kunst geäußert hat. Jetzt lesen wir: »Die Kunst ist fast immer harmlos und wohltätig, sie will nichts anderes sein als Illusion. Außer bei wenigen Personen, die, wie man sagt, von der Kunst besessen sind, wagt sie keine Übergriffe ins Reich der Realität.«

Vermutlich ist Freuds melancholische Resignation der Grund für die Ausblendung des Spieltriebs; in dieser Ausblendung dürfen wir ein Motiv dafür sehen, warum ihm eine adäquatere, eine hermeneutisch orientierte Empathie in menschliche Kunstakte oft verschlossen blieb. Wir verstehen dann auch, warum der Spieltrieb in Freuds Triebschema nicht hinreichend berücksichtigt werden konnte. Denn ohne die frei gedachte Regsamkeit des Spieltriebs ist der Tagtraum des Schriftstellers gar nicht zu denken. Der Spieltrieb agiert sich als sich selbst aus und fällt deswegen aus dem Freud'schen Kompensationsschema heraus. Der Spieltrieb muss sich, um zum Ausdruck seiner selbst zu kommen, nicht verstellen, und er muss seinen Auftritt im Bewusstsein des spielenden Träumers nicht unter dem Schutzschild eines Symbols verhüllen. Wir können auch sagen: Das im Tagtraum gefundene Symbol ist bereits das Ergebnis des Spielvermögens des Träumers. Der Tagtraum dient dazu, wie (der schon erwähnte) Hans-Georg Gadamer formuliert hat, dass »ich mir selbst im Spielen wie ein Zuschauer gegenübertrete«. Das ist auch die wesentliche Funktion des Tagtraums. Wir begreifen ihn als eine Form des Spiels mit uns selbst.

Ich erinnere an die Position der englischen Psychoanalytikerin Hanna Segal, für die Tagträume eine Möglichkeit sind, mit Hilfe von Symbolen mit sich selbst zu kommunizieren, und dies besonders für Personen, die einen »guten Kontakt zu sich selbst haben«. Zu diesen Personen gehören zweifellos die Dichter; für sie, die Berufsträumer, fallen Tagträume in zwei Hälften auseinander, zum einen in eine unmittelbar schöpferische, die sie mit neuen Stoffen und Antrieben versorgt, zum zweiten in eine allgemeinere, sie beruflich stabilisierende Hälfte, die ihnen die Gewissheit gibt oder wiedergibt, dass die Ressourcen und Quellen ihrer rätselhaften Existenz zwar nach wie vor uneinsehbar, aber offenbar weiterhin gesichert sind. Der Tagtraum ist für sie ein sprachlich geordnetes, und das heißt: ein wiedererzählbares Zeichen, das ein unablässig sich selbst reproduzierendes Leben über sich selbst erfindet: im Spiel, als Zuschauer seiner selbst. In dem ›sich selbst reproduzierenden Leben‹ können wir die Quelle eines Sinn-Verlangens sehen, das darauf angewiesen bleibt, die eigene innere Bedürftigkeit mit selbst erfundenen Bildern und Worten wenigstens vorübergehend und wenigstens scheinhaft zu stillen.

An dieser umständlichen Beschreibung ist zu erkennen, dass die Tätigkeit des Tagträumens in Wahrheit ein kompliziertes Arbeitsbeschaffungs- und gleichzeitig ein Selbstberuhigungsprogramm ist, das der Autor im Rahmen seiner Professionalisierung mehr und mehr hervorbringt. Wichtig ist, dass der Tagtraum des Berufsträumers in gewisser Weise selbstgenügsam ist; er ist aus dem Arbeitsfeld des Spieltriebs hervorgegangen und wird nun von seinem »Hersteller«, dem Träumer, spielerisch weiterbehandelt. Mit dem von Freud gemeinten Hintergrund des traumatisierten Konfliktträumers überschneidet sich der Arbeits- und Spieltraum des Schriftstellers nur in Ausnahmefällen. Der Autor als Berufsträumer, und diese Formulierung soll besagen: der aus beruflichen Gründen Träumende, ist viel zu stark auf die unmittelbare Materialhaftigkeit dessen angewiesen, was ihm sein geöffnetes Bewusstsein anliefert.

Er kann offenlassen, ob sein Phantasieren der Nachfolger eines einmal kindlich gewesenen und jetzt aufgegebenen

Spielens ist oder nicht; er kann offenlassen, ob seine Tagträume nach der Dramaturgie versteckter Wunscherfüllungen funktionieren oder nicht; und er kann offenlassen, ob die konkrete Wortgestalt eines Tagtraums schon eine Symbolisierung ist oder »nur« poetisch inspiriertes Material. Er muss auch nicht wissen, dass bedeutende Kultursoziologen (ich meine Max Weber und Georg Simmel) schon vor mehr als einem Dreivierteljahrhundert entdeckt haben, dass es der Tätigkeit des menschlichen Geistes nicht möglich ist, auf direkte Weise mit sich selbst zu kommunizieren. Das individuelle Bewusstsein muss, um zu sich selbst zu kommen, intentional aus sich selbst heraustreten, um dann über den Umweg einer Beschäftigung mit seinen kulturellen Produkten wieder zu sich zurückkehren.

Anders gesagt: Unser inneres Erleben braucht äußerliche Objekte, an denen und mit denen es sich formen und zum Ausdruck seiner selbst kommen kann. Zu diesen teils innerlichen, teils äußerlichen Gegenständen gehören für den Dichter die Tagträume. Genauer: Sie sind einerseits ein inneres Geschehen, weil sich ihre Wortgestalt im Bewusstsein eines Ichs zusammenstellt, und sie sind andererseits ein äußerliches Szenario, weil der innere Text ohne den Anschub eines in der Außenwelt vorfindlichen Bildauslösers nicht zustande kommt. Wir können auch sagen: Der dichtende Tagträumer macht aus einem äußerlichen Realitätszeichen ein inneres, das sich in zwei Hälften aufspaltet: in ein Erlebnis- und in ein Sprachzeichen. Dann wartet der Träumer ab, ob und wie sein Bewusstsein mit dem nach innen geholten Außenzeichen zu arbeiten beginnt. Ob, mit anderen Worten, sein Vertieftsein in ein Stück Außenrealität zu einem inneren Text führt oder nicht.

Das fortgesetzte Herumspielen des Bewusstseins mit Gegenständen der Außenwelt bringt keine Deutung dieser

Gegenstände hervor, sondern eine neue Folgephantasie beziehungsweise ein Geflecht von Phantasien, in dem wir schon die Vorstufe eines Textes oder das Teilstück eines größeren Werkes sehen können. Die Deutung des Tagtraums gehört nicht zu den vordringlichen Interessen des Berufsträumers. Er ist zufrieden mit der Selbstsetzung des Materials in seinem Bewusstsein; allenfalls gibt er sich der Täuschung hin, dass ihm im Spiel eine Teilaufhebung von Arbeit gelungen sei oder gar eine Verwandlung von Arbeit in Spiel. Der dichtende Tagträumer weiß nur selten mit hinreichender Gewissheit, ob er ein praktizierender Phantast oder doch mehr ein phantasierender Praktiker ist. Die Täuschungen über den Status der arbeitenden Phantasie sind unvermeidlich und ihrerseits erneut produktiv. Nur beim Phantasieren selbst erlebt der Träumer die Erlösung von der Deutung des Phantasierens. Wir müssen uns den Schriftsteller als jemand vorstellen, der stets fürchten muss, von seinem Text immer gerade verlassen zu werden. In dieser Furcht begegnet er der Enthüllung, dass ein berufsmäßiger Phantast aus ihm geworden ist. Die Pein über diese Entdeckung wird gebannt, indem sich der Phantast sogleich an den Ergebnissen seines Phantasierens delektiert. Ein berufsmäßiger Phantast hatte er in dieser radikalen, und das heißt: veralltäglichten Form, nie werden wollen. Indem er immer neu die Zumutung zurückweist, ein Phantast zu sein, weist er auch seinen inneren Text zurück, von dem er doch längst lebt. Deswegen ist das berufsmäßige Tagträumen ergiebig und gleichzeitig konfliktreich. Eigentlich hatte der Autor mit der problemlosen Wiederkehr verlässlicher Leistungen gerechnet, er hatte leben wollen wie andere Berufstätige auch. Stattdessen ist ein schreibender Geisterfahrer aus ihm geworden, der immer besser lernt, von seinen Irritationen nur die brauchbaren zu verwenden und von den übrigen zu schweigen. Die prinzipielle Unübersichtlichkeit des Berufs führt bei vielen Autoren, oft sogar bei den besten (denken wir an Kafka, Musil, Beckett), zu dem niederschmetternden Arbeitsunfall, dass die Nichtdisziplinierbarkeit des Schreibens zum vorzeitigen Ende des Schreibens führt.

Wie jeder andere Schreck lässt sich auch der Schreck, ein Phantast zu sein, nicht hinreichend formulieren. Die Botschaft, die er mit sich führt – es kann, vielleicht sogar heute!, mit dir zu Ende sein –, überführt den Tagtraum in eine Form, die ihn erträglich macht, indem sie ihn zum Teil auflöst, zum Teil verwandelt. Der Tagtraum delegiert die Energien des Schrecks an die Einzelheiten der Lebenswelt und verwandelt sie dadurch in Stimulantien. Die Transformation führt zu einem selbst wieder phantastischen Ergebnis: Der über sich selbst erschrockene Schriftsteller bannt im Tagtraum seinen Schrecken – und arbeitet weiter, das heißt: er phantasiert wieder.

Wir halten fest: Der Tagtraum ist eine Verhaltenspräparation; mit ihrer Hilfe gelingt die Entsorgung des Schrecks, ein Phantast zu sein. Niklas Luhmann würde dieses Verfahren ein selbstreferentielles System nennen; gemeint ist damit, dass ein bestimmtes Verhaltenssegment, das vorübergehend in eine Krise gerät, nur durch sich selbst wieder erneuert werden kann. Der Schreck, der das Ende des Textes androht, ist zugleich der Keim seiner Fortsetzung. Die Präparation ist eine Einstimmung, der Tagtraum ein Biotop. Ob der Schriftsteller wirklich von seinem inneren Text verlassen worden ist oder die Verlassenheit nur fürchtet, kann er im Dickicht der Bedrohungsgefühle nicht feststellen, ist aber auch ohne Belang. Wichtig ist allein, dass sich in der Melange von Bedrohung und Glück ein innerer Text durchzusetzen beginnt. Dieser Text ist der Beginn der Wiedervergewisserung, dass der Autor in Wahrheit nicht von seinem Text verlassen war.

Es war alles nur ein inneres Theater, aber das Wunderbare des Theaters ist, dass es einen Text hinterlässt. Im Verlust und in der Wiederkehr des Textes bei gleichzeitigem Bewusstsein davon, dass beide Vorstellungen nur ›gespielt‹ sind, entsteht ein Stück Arbeitstechnologie. Trotz der zwischendurch auch unangenehmen Gefühle setzt sich am Ende doch der Schein einer friedlichen Koexistenz zwischen Talent und Talentausnutzung durch. Und es entsteht etwas noch viel Eindrucksvolleres: Aus der Selbstinszenierung des Tagtraums geht die Anmutung von Autonomie hervor. Gemeint ist einmal die Autonomie der Produktivität, zum zweiten die Autonomie des Selbstverstehens. Das Material des Tagtraums ist immer einem konkreten Ich assoziiert; es lässt sich auf die Lebensbahnen eines einzelnen, bestimmten Subjekts rückbeziehen. Jeder Einfall ist zugleich ein Fingerzeig für die Ausdeutung der eigenen Biografie. Der berufsmäßige Tagträumer kann die Chance des wachsenden Selbstverstehens nutzen oder ausschlagen. Vermutlich ist diese Wahl sogar das Fundament von Autonomie: Wir dürfen uns kennen, wir dürfen uns aber auch, wenn wir wollen, wie Fremde behandeln. Die meisten Schriftsteller halten sich von der Selbstdeutung fern; sie verstehen sich lieber als träumende, schwebende Instanz, die mehr am Verfahren als an seinen Ergebnissen interessiert ist.

Ich möchte diese Ausschweifung nicht abschließen ohne einen Blick auf die Arbeitsweise einer real existierenden Tagträumerei. Weil ich keinem Autor zu nahe treten möchte, verwende ich dazu Textsplitter aus eigenen Büchern. Wir erinnern uns, Freud glaubte, am Anfang des Tagtraums stehe die Erinnerung an ein »starkes Erlebnis«. Wir hatten dazu festgestellt, dass dieser Anfang des Tagträumens wahrscheinlich typisch ist für den Konfliktträumer. Für schreibende Träumer, die aus beruflichen Gründen notwendig auf Anregungen von außen angewiesen sind, ist das Gegenteil der Fall. Tatsächlich hat der Schreibträumer oft überhaupt kein Erlebnis, im Gegenteil, es herrscht die Erlebnisverlassenheit. Gerade das Ausbleiben von Erlebnissen ist der stille Skandal, der beendet werden muss. Schon an dieser Art des Zugriffs ist zu sehen, dass der Tagtraum hier einen anderen Funktionswert hat als beim Konfliktträumer, der seinen Tagtraum nicht selbst herbeiführt, sondern von ihm überrascht wird. Ich selbst kann im Winter der Erlebnisverlassenheit besser ausweichen als im Sommer, weil sich, wie ich bemerkt habe, das Umhergehen im Schnee auf die Erlebnis- und also auch: auf die Einfallslosigkeit aufhebend auswirkt. Dies ist der Grund, warum es in fast allen meiner Bücher eine oder mehrere Schnee-Szenen gibt. In meinem Roman »Die Kassiererinnen« sieht der Schnee-Traum so aus:

»Der seit Tagen liegen gebliebene Schnee hatte sich zu Eisklumpen verhärtet. Ich fuhr auf dem Schlitten immer wieder einen Abhang hinunter. Das war ein bisschen gefährlich, weil sich am Ende des Hangs eine tiefe Senke entlangzog. Wer wie ich mit hoher Geschwindigkeit in die Senke einfuhr, wurde leicht vom Schlitten geworfen und vielleicht gegen einen Baum geschleudert. Aber ich hielt den Schlitten mit beiden Händen fest und hatte außerdem mein Körpergewicht so gut verteilt, dass es mich nicht vom Schlitten warf. Ich war deswegen stolz auf mich. Aus Begeisterung über meine Geschicklichkeit bewunderte ich sogar die kleinen Eiszapfen an meinen Hosenbeinen. Auch als es dämmrig wurde, fuhr ich weiter den Abhang hinunter und fiel nicht vom Schlitten. Und als es ganz finster war, schloss ich die Augen und fuhr den Hügel blind hinunter und stieß nirgendwo an und fiel wieder nicht vom Schlitten. Dann ging ich nach Hause und sagte, dass ich seit heute auch im Dunkeln sehen könne. Meine Mutter schwieg und gab mir ein frisches Nachthemd; ich ging in mein Zimmer, schaltete das Licht aus und zog mir im Dunkeln das frische Nachthemd an. Danach trat ich vor meine Mutter hin und behauptete erneut, dass ich seit heute im Dunkeln sehen könne. Das war das erste und ich glaube das einzige Mal, dass ich mich furchtlos fühlte.«

Zu diesem Tagtraum im Schnee ist zu sagen, dass seine banalen Anteile autobiografisch und seine außergewöhnlichen Anteile erfunden sind. Banal ist, dass Kinder im Winter Schlitten fahren, dass sie dabei eigentümliche Lusterfahrungen machen und dass sie deswegen, wie bei vielen Lusterfahrungen, zu keinem Ende kommen wollen, also bis in die Dunkelheit hinein Schlitten fahren möchten. Bis dahin stimmt die Erinnerung im Buch mit meiner eigenen Erlebniserfahrung überein. Danach beginnen die außergewöhnlichen Anteile: dass der kindliche Schlittenfahrer glaubte, im Dunkeln sehen zu können, und dass er sich dabei – das einzige Mal – furchtlos gefühlt habe. Diese beiden Details hat es im autobiografischen Sinne nie gegeben, sie sind Hinzufügungen eines erwachsenen Träumers, der Schriftsteller geworden ist und der den Text einer banalen Kinderverlustigung mit zwei ungewöhnlichen Details anreichern wollte. Und dem die Einfälle dazu während des Umhergehens im Schnee »gekommen« sind.

Ich erwähne diese Art der Zusammensetzung, um die Arbeitstechnik eines *herbeigeführten* Tagtraums anschaulich zu machen. Der Spaziergang des erwachsenen Schriftstellers findet statt, weil das Umhergehen im Schnee seinen Ideenhaushalt in eine operative Stimmung versetzt. Die operative, das heißt: die eingreifende Stimmung hilft ihm, einen vorhandenen Erinnerungstext *nachträglich* zu dynamisieren, salopp gesagt: interessant zu machen. In einem früheren Roman, in »Die Liebe zur Einfalt« aus dem Jahre 1990, finden wir die folgende Schnee-Szene; sie steht ganz am Anfang des Buches:

»Ich warte darauf, dass aus dem Gewimmel der weißen, rasch sich auflösenden Flocken meine Eltern hervortreten werden. Ich weiß, dass dies nicht geschehen wird, trotzdem halte ich Ausschau nach den vertrauten Gestalten meiner Mutter und meines Vaters. Ein paar Augenblicke lang glaube ich, dass sie sich nur verstecken. Sie haben Spaß daran, mich warten zu lassen, wahrscheinlich beobachten sie mich sogar. Oder sie wissen nicht, dass ich in ihrer Nähe bin und nicht länger darauf warten kann, mich endlich an ihrer friedfertig gewordenen Tapsigkeit zu erfreuen. Und dann, im Schneetreiben, werden wir uns endlich begrüßen und füreinander interessieren können. Eben das haben wir, solange wir zusammen gelebt haben, nicht getan. Vater war ein schweigsamer, vielbeschäftigter Mann und deswegen meist abwesend. Mutter war eine erschreckte und kraftlose Frau, die nicht wusste, wie sie nach ihren Enttäuschungen weiterleben sollte. Zwischen ihnen wuchsen meine Geschwister und ich heran, und ich bin sicher, dass wir alle, die Eltern eingeschlossen, an keinem einzigen Tag das Gefühl hatten, in einer Familie zu leben. Damit werden wir jetzt anfangen können, wenn meine Eltern endlich aus dem Schneegestöber hervortreten. Aber die Stadt ist voller alter Menschen, von denen viele meinen Eltern ähneln. Manchmal denke ich: Da sind sie! Und dann habe ich mich doch wieder geirrt. Mein Blick springt angestrengt hin und her, damit ich zwischen den vielen einander ähnlichen Bildern das einmalige Bild meiner Eltern nicht verfehle. Dabei weiß ich jetzt schon, dass ich vergeblich warte. Das Schneetreiben geht vorüber und meine Eltern sind wieder nicht erschienen. Das alles ist peinigend und vielleicht fast schon ein wenig verwirrt. Denn mein Vater ist schon seit fünfzehn Jahren tot, meine Mutter allerdings erst seit wenigen Wochen. Ich habe fünfzehn Jahre in der unbemerkten Annahme gelebt, ich brauche, solange Mutter am Leben ist, den Tod des Vaters nicht wirklich hinzunehmen. Lernen wir nicht als Kinder, in den Gesichtern von Vater oder Mutter den jeweils abwesenden Elternteil mitzusehen? Ich habe eine Weile sogar geglaubt, der Tod des Vaters habe mich nicht getroffen. Aber jetzt ist Mutter tot, und das bedeutet für mich, dass meine Eltern auf einmal gemeinsam gestorben sind. Die Gewissheit, dass sie nicht nur tot, sondern für alle Zeiten verschwunden sind, versetzt mich selber in ein Todesgefühl, vor dem ich mich zur Zeit nicht recht schützen kann. Es ist, als hätte ich nur gelebt, um eines Tages die Verlassenheit des Vaters und die Verstörtheit der Mutter zu erben. Aus Enttäuschung darüber, dass ich allein im Schnee übriggeblieben bin, möchte ich am liebsten einem beliebigen Passanten einen beliebigen Vorwurf machen. Zu einem Mann, der arglos über den Platz kommt, könnte ich sagen: Sie haben eine derart geschmacklose Jacke an, dass ich Sie bitten muss, diesen Platz ganz schnell zu verlassen. Ich spüre, wie ein verbotener Reiz zu meinen Lippen hindrängt und mich auffordert, den Mann anzuhalten und den Satz zu ihm zu sagen. Aber ich halte mich zurück. Die Fähigkeit, in gefährlichen Augenblicken stumm zu bleiben, bewahrt mich zur Zeit davor, verrückt zu werden. Allerdings muss ich mir Sorgen machen, ob ich zukünftig immer werde schweigen können. Ich fürchte mich vor dem Tag, an dem ich nicht ohne Zwischenfall nach Hause gehen kann. Dann werde ich eine kurze maßlose Rede halten, ich werde schreien und vielleicht ohnmächtig werden, und jeder, der mich in dieser Lage hört oder sieht, wird in mir einen Gestörten erkennen. Dann werde ich plötzlich von hinten an beiden Armen gepackt und weggeführt werden und in einer Anstalt verschwinden. Dort wird man mir eine Menge Fragen stellen, und ich werde immer wieder antworten: Ich verstehe nicht, warum ich mich plötzlich nach den Eltern sehne. Denn obwohl es mich schmerzt, dass sie nicht mehr da sind, bemerke ich, dass ich sie auch jetzt nicht liebe, sondern nur vermisse. Aber das reicht! Ich sehne mich nach ihrem trostlosen Anblick, nach ihren törichten Redensarten, nach ihren unbegreiflichen Verhaltensweisen, sogar nach ihrer kleinen Wohnung.«

Zwischen dem Schnee-Tagtraum aus den »Kassiererinnen« und der soeben vorgelesenen Phantasie über die zwischen den Schneeflocken plötzlich hervortretenden Eltern, die sich ebenfalls einem realen Spaziergang im Schnee verdankt, gibt es eine eigentümliche Korrespondenz. Wir erinnern uns, das schlittenfahrende Kind – beziehungsweise: der während des Spaziergangs im Schnee über das Kind phantasierende Schriftsteller – hatte am Ende eines Nachmittags die aufregende Idee, auch im Dunkeln sehen zu können und sich dabei – zum ersten und einzigen Mal – furchtlos zu fühlen. Jetzt, in dem Roman »Die Liebe zur Einfalt«, bildet sich der Schriftsteller ein, im Schnee sogar die toten Eltern sehen beziehungsweise wiedersehen zu können. Das heißt, er bildet es sich nicht wirklich ein, er *spielt* nur eine Weile mit der Idee, und zwar mit dem Hintergedanken, das *Spiel* mit der Traum-Idee werde den Text freisetzen helfen, den ich soeben vorgelesen habe. Das heißt, der intentional herbeigeführte Tagtraum hat (in etwa) das hervorgebracht, was der Schriftsteller gemäß seiner Selbsterfahrung mit dem Ideenmittel ›Schnee‹ hat erwarten dürfen. An der Abfolge und am Zuschnitt der Ereignisse erkennen wir erneut den nicht bloß erduldeten und hingenommenen, sondern den operativen Tagtraum, die Struktur eines Stücks Arbeitstechnologie.

Wäre ich ein Psychoanalytiker und hätte meinem Vortrag zugehört, würde mir an dieser Stelle eine Auslegungsidee einfallen müssen. Ich würde mich erinnern, dass ich zuvor über die Angst des Schriftstellers gesprochen habe, überraschend von seinem Text verlassen zu werden. Ich würde – genauso, wie Freud es beschrieben hat – zwischen dem manifesten Vortragsinhalt und den latenten Vortragsgedanken unterscheiden. Dann wäre es nicht mehr allzu schwer, im Text *selbst*, dessen Verlust immerzu befürchtet wird, eine Surrogatbildung für die Angst vor dem Verlust des primären Liebesobjekts, der Mutter also, zu erkennen. Dann wäre das Schreiben nichts weiter als die Konstruktion einer inneren Halterung, die eine Dauerwiederholung dieser Angst ermöglicht und gleichzeitig erzwingt. An diesem Punkt könnten wir auch verstehen, warum sich die Phantasien im Schnee oder während des Schneefalls ereignen. Schnee gilt gemeinhin als Symbol für den Tod beziehungsweise für Sterblichkeit beziehungsweise für die Angst vor beidem. In der mächtigen Metapher ›Schnee‹ würde ich, wäre ich ein Psychoanalytiker, einen Hinweis auf die im Lebensverlauf des Analysanden stark angewachsene Angst vor dem Objektverlust sehen. Sein Unbewusstes scheut sich inzwischen nicht mehr, ihm für den Fall des endgültigen und wirklichen Verlusts des Primärobjekts mit dem Schnee, und das heißt: mit dem Tod zu drohen. Wir begreifen, warum der Autor fürchtet – wir erinnern uns an den Ausschnitt aus der »Liebe zur Einfalt« –, im Fall des tatsächlichen und unumkehrbaren Verlusts verrückt zu werden, weil er nicht weiß, wie er *nach* dem Verlust anders als verrückt weiterleben soll.

Wer darin geübt ist, mit Symbolen und Metaphern zu arbeiten, weiß freilich auch von der enormen semantischen Strahlkraft, die von ihnen ausgeht. Ihre Bedeutungsmöglichkeiten sind so umfassend und unübersichtlich, dass wir von einem natürlichen Täuschungsgehalt aller Metaphern und Symbole sprechen dürfen. Dieser Sachverhalt ruft ein ebenso natürliches Misstrauen gegen sie hervor; es warnt jeden davor, die in einem Symbol oder einer Metapher mitschwingende Vielzahl von Konnotationen zu einer einzelnen Bedeutung auszudünnen. Das Misstrauen bedeutet in unserem Fall, dass wir die Gleichsetzung des Symbols ›Schnee‹ mit der Angst vor dem endgültigen Verlust des Primärobjekts auf keinen Fall absolut setzen dürfen. Wir werden gleich hören, wie wir das Symbol ›Schnee‹ außerdem verstehen können. Ich lese dazu ein weiteres, ein drittes Schnee-Stück vor; der Text ist dem Postkarten-Buch »Aus der Ferne« entnommen:

»Es war Nachmittag, und es begann zu schneien. Ich stand hinter dem Fenster und sah hinaus. Innerhalb kurzer Zeit brachte der Schnee zahllose neue Anblicke hervor. Das Zifferblatt einer großen Uhr wehte halb zu. Das Fahrrad an der Hauswand gegenüber hatte nach drei Minuten einen weißen Sattel. Eine leere Flasche, die seit Tagen im Straßengraben lag, verschwand ganz. Und ich spürte, dass mich der Schnee lockte. Wenig später verließ ich die Wohnung und stapfte auf der Straße umher. Die Autos fuhren ruhig wie endlich gezähmt dahin. Verlangsamt, fast wie kämpfend, ruckelte die Straßenbahn gegen den Flockenflug. Ein Kleinkind wimmerte leise; vielleicht fürchtete es, zugeschneit zu werden. Und tatsächlich, als die Mutter das Kind auf den Arm nahm, hörte es auf zu weinen. Andere, größere Kinder streckten die Zungen heraus. Die Kinder waren erpicht darauf, dass ihnen große Flocken direkt in den Mund flogen. Und wenn es passierte, schlossen sie rasch die Augen und entzückten sich an der überraschenden Kälte in ihrem Mund. Ich entdeckte im Schaufenster eines Briefmarkenhändlers ein paar Postkarten. Unter ihnen eine, auf der genau das abgebildet war, was ringsum geschah: Eine Straßenbahn und ein Auto fuhren durch den Schnee. Da wusste ich plötzlich, warum die weiße Verhüllung Heiterkeit auslöst: Dichter

Schneefall ist die einzige Veränderung der Welt, die innerhalb weniger Minuten möglich ist. Ich betrat den Laden und kaufte die Postkarte. Denn leider ist Schnee nicht nur die leichteste und schnellste, sondern auch die hinfälligste Weltveränderung. Und wirklich, nach wenigen Minuten hörte es auf zu schneien. Der wie für die Ewigkeit hingelegte Schnee verwässerte, löste sich auf oder verwandelte sich in Matsch. Der Übermut der Kinder erlosch, die Dinge nahmen ihr gewöhnliches Aussehen an. Nur auf der Postkarte, die ich bei mir trug, schneite es noch immer.«

In diesem kleinen Text mobilisiert der Autor sein Misstrauen gegen seine eigene Symbolwirtschaft, in diesem Fall gegen die Metapher ›Schnee‹. Erzählerisch eingelöst wird das Misstrauen durch den Doppelauftritt des Symbols, durch den die Zweideutigkeit handgreiflich wird. Es gibt zum einen den realen Schnee, der gerade vom Himmel fällt und auf der Straße liegen bleibt, zum anderen den nur abgebildeten Schnee auf der Postkarte. Dann löst sich der Real-Schnee auf, beziehungsweise er verwandelt sich in Dreck und Matsch. Zurück bleibt der Schnee auf der Postkarte. Das heißt: Das Symbol verwandelt sich in Papier, Bild, Zeichen – es wird ästhetischer Schein. Der Real-Schnee ist verschwunden, der Autor behält allein die Postkarte (den Schein) zurück, was nur heißen kann: Er wird weiter mit dem ergiebigen Symbol ›Schnee‹ arbeiten, und er ist weit davon entfernt, dem Symbol das Privileg einer festen, unverrückbaren Bedeutung zuzusprechen. Wir sehen an dieser Stelle, wie sich die Bedeutung des Symbols ›Schnee‹ aufspaltet. Es kann erstens nach wie vor die Angst vor dem Verlust des Primärobjekts ausdrücken, es kann aber auch – zweitens – etwas ganz anderes meinen: Der Autor möchte (durch Schreiben, im Schreiben) vergessen, dass er selber sterblich ist, was ihm nur durch Schreiben gelingt, also im

Werk, im Verstricktsein in einer persönlichen Sonderwelt, also in einer künstlich geschaffenen, nur für ihn geltenden Realität, die wir einen Schein oder eine innere Realität nennen können. Nach *dieser* Version bedeutet das Symbol ›Schnee‹ nicht Angst vor der Sterblichkeit, sondern das genaue Gegenteil: die momentweise omnipotente Ausblendung des Todes durch das Überleben im Werk. Durch das unstörbare Vertieftsein in die eigene Symbolwelt erlangt der Autor den Schein einer Unsterblichkeit, an der er jetzt schon Anteil hat. Pathetisch ausgedrückt: In den Augenblicken der Muße ist der Tod nicht da. Ich selbst kann nicht sagen, welche Version mir näher ist, beziehungsweise welche Version ich bevorzuge. Ich treffe in solchen Fällen keine Wahl, sondern ich arbeite – wir erinnern uns an den operativen Zugriff auf das Material – mit beiden Möglichkeiten. Der Autor handelt in gewisser Weise wie ein Analytiker, der während der Arbeit vergisst, dass er zu einem Ergebnis hatte kommen wollen. Dabei ist klar, dass die bloß literarische Aufhellung eines Materials mit dessen psychoanalytischer Durcharbeitung weder konkurrieren kann noch will. Auch der psychologisch gebildete Schriftsteller, der den einen oder anderen psychoanalytischen Einfall hat, ist kein Psychoanalytiker. Dieser hat einen Anspruch auf Heilung, der ihn zu einer Wahrheit nötigt, die nicht mehr gegen eine andere auswechselbar ist. Der Schriftsteller hingegen fühlt sich nicht unbedingt, sondern nur unter anderem der Wahrheit verpflichtet. Sein erstes Interesse ist die Darstellung; er hält sich an das Prinzip des Schöpferischen, das potentiell unaufklärbar ist und damit offen für eine unendliche Zahl von Darstellungsvarianten, die untereinander keine Wahrheitsansprüche erheben. Wir können auch sagen: Der schreibende Berufsträumer hält sich an einer entscheidenden Stelle zurück; er belässt das Geträumte in der Schwebe, er gesteht seine Machtlosigkeit vor der Übermacht der Rätsel. Ich lese ein letztes Schnee-Stück aus dem Roman »Die Kassiererinnen«, in dem der Respekt vor der Übermacht der Rätsel thematisiert wird:

»Zwei Jugendliche grinsten mich an. Sie waren zwischen zehn und fünfzehn Jahre alt, und ihr Grinsen war zuerst zwiespältig, dann höhnisch und herablassend. Einen Grund für ihr Grinsen konnte ich nicht ausfindig machen. Ich sah an mir herunter und wusste nicht, was an mir ich beanstanden sollte. Ich sah nicht besonders gut aus, ich ähnelte den anderen, die auch nicht besonders gut aussahen. Dennoch genügte das Grinsen zweier Halbwüchsiger, mich von diesen anderen zu trennen. Die Trennung stieß schubweise wie ein Frösteln in mich hinein. Momentweise glaubte ich, es schneite vielleicht in mir, und ich würde heute nicht mehr aus den Schneeflocken herauskommen können.«

Wir erkennen leicht, dass das Symbol ›Schnee‹ hier – sozusagen – die Gesamtverantwortung dafür übernimmt, dass sich dem Erzähler ein Stück Welt trotz aller Deutungssehnsucht nicht erschließt. Das heißt: Der Schnee wird zur Erklärung des Unerklärlichen. Er tritt unwirklich, als gedachte Metapher, in reiner Symbolgestalt auf. Der Autor unternimmt nicht den geringsten Versuch einer Interpretation. Der Schauer vor der Fremdheit des Erlebnisses ist zugleich der Schauer vor dem rettenden Symbol, das kurz aufscheint und sich rasch wieder in das Dunkel seiner Unaufklärbarkeit zurückzieht.

An dieser Stelle – und das heißt am Ende – komme ich wieder auf Freud zurück. Es gibt von ihm ein bemerkenswertes Eingeständnis. Wir finden es in dem Essay »Eine Kindheitserinnerung des Leonardo da Vinci« aus dem Jahre 1910. Darin räumt er überraschend ein, dass – so wörtlich – »auch das Wesen der künstlerischen Leistung uns psychoanalytisch unzugänglich ist«. Diese erstaunliche Äußerung passt nicht zu den anderen Textstellen, in denen Freud, wie wir gehört haben, eben diese künstlerische Leistung mit der »Gleichstellung des Dichters mit dem Tagträumer« erklären will. Ich denke, diese Widersprüche gehören in das Reich von Freuds zärtlicher und gleichzeitig rigider Fixierung an seine eigenen Konstruktionen, von der wir am Anfang gehört haben. Wir können auch großzügig denken und annehmen: Freuds Werk gehört inzwischen selbst zu den Rätseln, denen der Status der Schwebe wie selbstverständlich zukommt.

Der Verdacht gegen das Totsein im Leben

Über Trauer und Melancholie

Kein Mensch ist darauf gefasst, dass er sich selbst ein ganzes Leben lang nahe sein wird. Durch diese Selbstnähe entstehen schon bald eigentümliche Verhältnisse der Verwerfung, der Begütigung, der Illusion und des Betrugs. Das Ich, das sich betrachtet, hat keinen Supervisor; es muss sich damit abfinden, Einzelgutachter zu werden und zu bleiben. Die Gutachtertätigkeit beginnt mit einem eingeborenen Missverständnis oder, vielleicht zutreffender, mit einer Fehleinschätzung. Schon im Kindesalter sind wir als Gutachter gefordert. Das Kind weiß noch nicht, dass es in seinem Inneren immer auf dasselbe schauen wird, noch dazu als sein einziger Zuschauer. Das Kind glaubt, es hat Mitgutachter – die Eltern, die Geschwister, die Freunde. Das Kind darf annehmen, es sei – durch Geburt – veröffentlicht. Es weiß noch nicht, was es heißt, an der Seltsamkeit des Lebens teilzunehmen, die (unter anderem) durch die Vereinzelung des Auf-sich-selbst-Sehens entsteht. Es hat noch keine Ahnung von der Isolation des Ichs, obwohl es bereits in dieser Isolation lebt. Auf die erste Fehleinschätzung folgt die zweite. Das Kind glaubt, es gebe für seine inneren Tatsachen einen allgemein bekannten Code, eine Art Verstehensanleitung. Schon befinden wir uns in zwei schiefen Verstrickungen: Nicht wir selbst sind uns vertraut, sondern vertraut wird uns, dass wir fremd sind. Und weil zur Innenwelt des Kindes eine starke moralische Fixierung hinzutritt, neigen wir dazu, aus der schwierigen Verständigung mit unserer Innenwelt ein Unverstandensein zu machen. Damit ist unser kindlicher moralischer Hunger keineswegs gestillt. Wir gehen dazu über, das Unverstandensein in ein inneres Verstoßensein zu verwandeln. Dazu fühlen wir uns innerlich berechtigt. Nach den Schuldnern an der Verstoßung müssen wir nicht lange suchen. Es sind unsere Eltern, die uns verstoßen, das heißt von sich trennen, obgleich wir ihnen doch zugehören, was sie zwar nicht bestreiten, aber auch nicht wahr machen. Das Erweckungsdrama der Kindheit besteht darin, dass wir in Trennungen hineinwachsen, die so mächtig sind, dass wir sie als Trennungen nicht erfassen können. Aus dem Unverstandensein geht zunächst eine Teilverwerfung der Eltern hervor. Dann, im Eifer der Enttäuschung, wird aus der Teilverwerfung eine Ganzverwerfung. Das Kind, vermeintlich von den Eltern verstoßen, verstößt seinerseits die Eltern. Der erste Teil, die angenommene Verstoßung durch die Eltern, wird vom Kind als faktisch erlebt. Ich erinnere mich sehr gut, dass ich als Kind jahrelang geglaubt habe, ich sei in der Klinik, in der ich geboren wurde, versehentlich von Schwestern und Ärzten vertauscht worden. Ich war sicher, dass meine Eltern nicht meine wirklichen Eltern waren, und ich nahm mir vor, in meinem späteren Leben so lange zu suchen, bis ich meine richtigen Eltern ausfindig gemacht hätte. Später habe ich gehört, dass sehr viele erwachsene Kinder nach ihren richtigen Eltern suchen, und ich kam natürlich nicht auf den Gedanken, dass diese irritierten Kinder an einer Art Grundlagenstörung ihres Bewusstseins leiden könnten. Im Gegenteil; durch die große Zahl derer, die wie ich eine Auffassungsstörung durchlebten, wurde mein Irrtum nur noch wahrhaftiger.

Der zweite Teil, die innere Verstoßung der Eltern durch das Kind, wird vom Kind als naturhafte Vergeltung vollzogen, als Bestrafung für eine natale Schlampigkeit, auf deren Ausmaß sich das Kind mehr und mehr vorbereitet: Die

Eltern sind zwei Leute, die wir kaum kennen. Ich erinnere mich an einen Vortrag von Margarete Mitscherlich über Franz Kafka vor ungefähr dreißig Jahren in der Universität Freiburg. Der Kern ihrer Darstellung war: Das Kind Franz Kafka suchte Anlehnung und Liebe bei der Mutter. Die Mutter, durch drei nachfolgende Schwangerschaften und fortlaufende Mitarbeit im Galanteriewarengeschäft ihres Mannes immerzu überbeschäftigt, verhielt sich unzugänglich bis ablehnend. Das Kind Franz Kafka unternahm einen zweiten Versuch mit dem Vater, der im Ergebnis noch katastrophaler ausfiel als der Erstversuch mit der Mutter. Wir sind durch den erschütternden »Brief an den Vater« über die Details dieses Scheiterns informiert. Nach den beiden Fehlschlägen – das Kind Franz Kafka war wie die meisten Kinder davon überzeugt, dass ihm nicht mehr als zwei Versuche zustehen – begann das Kind seine Wanderung durch die Verließe seiner Verstoßung, die uns heute vertraut und fremd zugleich vorkommen. Vertraut sind sie, weil wir sie teilen. Fremd sind sie, weil wir sie trotz Vertrautheit nicht annehmen. Ich denke, im Kern ist die Darstellung von Margarete Mitscherlich zutreffend. Wobei ich die Vermutung hinzufügen möchte: Nach Lage der Dinge war Julie Kafka, die Mutter, de facto nicht abweisend gegen ihren Sohn, eher im Gegenteil. Das Kind konnte den Code der Mutter nicht rezipieren und umgekehrt. Wobei wir nicht wissen, auch nicht andeutungsweise, wie der Blackout, das Verständigungsloch zwischen Mutter und Kind (das heißt: die Verdrehung der ›guten‹ Intention in ihr Gegenteil), entstanden sein mag. Wichtig ist nur: Aus einer halluzinierten Verstoßung wurde bei Franz Kafka die innere Wirklichkeit eines Ausgesetztseins. Aus der fortgesetzten Falsch-Auslegung eines Codes entwickelte sich bei Franz Kafka die Schulung eines Melancholikers, der aus seiner Trauer einen alltagsdienlichen Zufluchtsraum machte.

Was heißt ›innere Wirklichkeit‹? Sie ist das Verhältnis einer subjektiv für gültig gehaltenen Wahrheit zu einer nicht auffindbaren wahreren Wahrheit. Innere Wirklichkeit ist das Für-wahr-Halten einer Perspektive, von der wir vergessen müssen, dass sie durch einen Webfehler im emotionalen Kontakt entstanden ist. Es ist ganz leicht, einem solchen Webfehler zum Opfer zu fallen. Nach meiner Einschätzung ist das Verhältnis des Menschen zu sich selbst durch drei markante Störungen gekennzeichnet: Erstens durch den Mangel der Sprache, der uns eine De-facto-Beschreibung unserer eigenen inneren Verhältnisse verweigert; zweitens durch unsere Erlebnisse mit dieser Beschreibung, von der wir nicht wissen, dass sie falsch ist; drittens durch das nachgeordnete Denken über diese Erlebnisse, das so falsch sein muss wie diese. Es ist nicht möglich, die drei Störungen so zu überleben, dass wir nicht gezwungen wären, wenigstens eine von ihnen zu phantomisieren. Phantomisierung heißt: Das rastlose Wiedererinnern einer Falscheinstellung macht aus dieser allmählich eine unbezweifelbare. So kommt zusammen, was ohne einander nicht auskommt: Fehlleitung, Kränkung und Überhebung. Der melancholische Mensch glaubt an die unüberbietbare Wahrheit seiner von ihm selbst aufgebauten inneren Optik. Diese Optik nimmt den Rang einer Existenzkonstruktion ein, die dem Melancholiker von niemandem streitig gemacht werden kann.

In der Melancholie trennen wir uns ohne Absicht von den anderen; in der Trauer trennen wir uns ohne Absicht von uns selbst. Durch die uns eingeborene Dauernähe zu uns selbst verwandelt sich die uns anfangs nur begleitende Melancholie in eine beobachtete Melancholie. Durch die Beobachtung wird sie heimisch. Sie wird künftig nicht mehr gestoppt und nicht mehr aufgelöst; sie verstetigt sich und wird ein alter Bekannter unseres Selbst. Ihr Drang, ein beherrschender Filter alles Lebendigen zu werden, ist dann kaum noch zu brechen. Der Kern der Beobachtung ist fluktuierend ambivalent. Einerseits steckt in ihr ein Seufzen über eine belästigende Disposition, andererseits ein Agreement: *Du* darfst mich betrüben, *ich* darf dich beobachten und ausbeuten. In einem Brief des österreichischen Schriftstellers Adalbert Stifter an seinen Verleger vom 6. März 1849 finden wir den Satz: »Ich (...) lebe von meiner eigenen inneren Gestalt.« Wahrhaftiger und zugleich verhüllender kann man die inneren Verhältnisse eines Natur-Melancholikers nicht ausdrücken. In dieser Bemerkung steckt unausgesprochen auch das Lob der Melancholie. Für den melancholischen Adalbert Stifter, der sich selbst niemals melancholisch und erst recht nicht depressiv genannt hat, wurde das ehemals Untröstliche das Tröstliche: nur durch dessen Unbehandelbarkeit und also Unaufräumbarkeit. Man muss freilich berücksichtigen, dass zu Lebzeiten Stifters, das heißt im 19. Jahrhundert, die dekorativ verhüllte Melancholie ein gesellschaftlicher Zwang war. Dem Interesse der damaligen Gesellschaft an der Melancholie der Künstler lag ein gut funktionierendes Missverständnis zugrunde. Man hielt die Melancholie damals für ein Privileg; sie galt als Produktionsgnade, als göttliche Auszeichnung. Noch Hofmannsthal und Rilke haben alles getan, um den Leidensdruck hinter der Melancholie zu verschleiern. Das lesende, depressionsabgewandte, obwohl schon depressionsgeübte Bürgertum war ihnen dafür dankbar. Wer melancholisch war, war auch ein Ästhet, und wer ein Ästhet war, galt als privilegierter Mensch. In der Melancholie wurde eine höhere, schönheitsnahe Wahrheit vermutet. Der Melancholiker war ein geniehaltiger Mensch, ein Botschafter himmlischer Mächte. Möglicherweise würden diese Tröstungen noch heute fortwirken, hätte sich das Auftrittsgebiet der Melancholien und Depressionen nicht dramatisch erweitert.

Wie jeder weiß, gelten sie heute als Volkskrankheiten. Die milden Täuschungen früherer Zeiten sind uns nicht mehr erlaubt.

Zum Zeitpunkt, als ich vermeintlich von meinen Eltern verstoßen wurde und daraufhin diese vermeintlich verstieß, war ich etwa dreizehn Jahre alt. In derselben Zeit begann ich Kafka zu lesen. Beide Trennungen, die aktive und die passive, sind in seinem Werk prototypisch vorgebildet. Zum Dank dafür, dass ich seine psychische Lebensgeschichte als eine Art Vorverstehen meiner eigenen Lebensgeschichte verwenden konnte, nahm Kafkas Werk eine prominente Stelle in meiner Innenwelt ein. Denn der melancholische Mensch ist jemand, der die ihm nächsten Menschen gerne heimlich zurechtweist, anklagt und richtet. Der Höhepunkt dieser Gutachter-Tätigkeit ist die finale Abrechnung. Kafkas berühmter »Brief an den Vater« ist ein Grundlagentext für jeden Melancholiker. In Kafkas Tagebuch-Aufzeichnungen aus dem Jahre 1912 finden wir eine überaus charakteristische Bemerkung; sie lautet: »– alles geschah mir für immer –.« Wir sehen in diesem Satz eine präzise Abbildung der melancholischen Tätigkeit. Aus einem (eigentlich bloß temporären) Erlebnis wird ein Schicksal. Aus einer (eigentlich nur pubertären) Hilfswirklichkeit wird eine innere Autorität; deren psychische Auswirkungen sind praktisch grenzenlos und uneingeschränkt: *alles* geschah mir *für immer*. Es herrscht die zeitliche und räumliche Allmacht einer Empfindung.

Ich möchte den Text einer solchen Verstoßung vortragen und ein paar Bemerkungen dazu machen. Der Text ist nur eine Druckseite lang und ist meinem 1990 erschienenen Roman »Die Liebe zur Einfalt« entnommen; dort heißt es:

»In dieser Zeit bemerkte ich zum ersten Mal, dass es etwas gab, was mir half: das Schreiben. An Sonntagnachmittagen saßen Vater und ich manchmal miteinander am Tisch, und Vater bemerkte nicht, dass ich vieles von dem, was er machte oder nicht machte, auf der Stelle niederschrieb. Vater glaubte, dass ich meine Schularbeiten erledigte, und fand mein Schreiben deswegen nicht auffällig. Er saß da und blätterte in einer Illustrierten. Blätterte er die Seiten zu schnell um, schrieb ich: Er ist unfähig, sich für ein Thema zu interessieren. Blätterte er die Seiten langsam um und beugte sich gar über ein Bild, lautete mein Urteil: Er interessiert sich für die Banalitäten einer Illustrierten. Ich bemerkte damals nicht, dass ich mir durch diese Art der Distanzierung selber eine verächtliche Art des Empfindens aneignete. Vater hatte das größte Verbot, das es damals für mich gab, nicht beachtet: das Verbot, mich zu enttäuschen. Nach einer Weile blickte er von der Illustrierten hoch und schimpfte über amerikanische Filmschauspieler, weil es diesen erlaubt oder möglich war, drei- oder viermal zu heiraten. Ich blickte Vater an und schwieg. Ich verstand nicht, wie es möglich war, dass ihn ein solches Thema beschäftigte. Ich beugte mich über meine Papiere und schrieb ein paar empörte Sätze darüber nieder, dass ein Mann, der doch ein Erfinder war, sich für die Ehen törichter Filmschauspieler interessierte. Eine halbe Stunde später legte Vater den Kopf auf die aufgeschlagene Illustrierte und schlief ein. Unter den Bewegungen seines Kopfes knautschte das Papier der Illustrierten. Es genügte ein geringes Geräusch, dann wachte Vater wieder auf. Er schreckte hoch und fasste unwillkürlich nach der Illustrierten. Er blickte mich an und warnte mich mit schläfriger Stimme vor den Frauen. Frauen hindern Männer daran, das zu tun, was sie tun wollen, sagte er. Danach erhob er sich, legte sich im Wohnzimmer auf die Couch und schlief dort weiter.«

In diesem Text stecken gleich mehrere melancholische Keime, offenkundige und nicht offenkundige. Zunächst fällt – wenn man das so sagen kann – ein Fall von ödipaler

Rache ins Auge: Der erzählende Sohn zeigt sich erschüttert und heimlich erbost über den Vater, weil dieser beim Durchblättern von Illustrierten amerikanische Filmschauspieler beschimpft, die das Geld haben oder berühmt genug sind, sich bis zu viermal zu verheiraten. Ich weiß heute nicht mehr, ob ich bemerkt habe, als ich dreizehn oder vierzehn Jahre alt war (der Roman »Die Liebe zur Einfalt« ist das einzige direkt autobiografische Buch, das es bis heute von mir gibt), dass sich hinter der melancholischen Wut des Vaters ein kaum verhüllter Neid verbirgt. Vermutlich habe ich damals nicht erkannt, dass sich der Vater ebenfalls eine andere, neue Frau wünschte, wofür ich damals keine Einfühlung hatte, heute schon. Deswegen ist eher unwahrscheinlich, dass mir bei der Niederschrift der Szene ihr ödipaler Vordergrund bewusst war. Obwohl ich schon über vierzig war, als ich den Roman schrieb, führte noch immer eine melancholische Vergeltung die Schreibhand: Der Erzähler lastet dem Vater an, dass er banal war. Er las den billigsten Schund und räsonierte über Filmschauspieler. Das war für den nach höheren Seinsgründen strebenden Sohn ein niederschmetterndes Eingeständnis. Ein intimerer Grund für die innere Verstoßung liegt darin, dass der Sohn den Anschub für sein Schreiben ausgerechnet *diesem* Vater verdankt. Auch diese schmerzliche Koinzidenz war mir weder in der Erinnerungs- noch während der Schreibzeit bewusst. Dann, nach dem Einschlafen und Wieder-Aufwachen am Tisch, beschuldigt der Vater für sein Versagen auch noch die Frauen. Der Topos des Versagers, der für sein Versagen einen Schuldigen braucht, ist ein notorisch billiges Motiv, in dessen Billigkeit der Vater dann selber versinkt. In den Augenblicken des Untergangs hält der Sohn dem Vater dessen besonderen Anspruch vor: Der Vater ist (so heißt es im Text) »ein Mann, der doch ein Erfinder war«, und ein Mann mit diesem Anspruch ist jemand, der auf eigene Faust die Schöpfung bereichert und deswegen allgemeine Hochschätzung beanspruchen darf. Ein Mann mit einem solchen Anspruch darf sich ein Scheitern nicht erlauben. Genau dieses unmäßige Scheitern war dem Vater zugestoßen: Er hatte eine Maschine erfunden, die vom Patentamt nicht anerkannt werden konnte, weil es eine solche Maschine bereits gab. Die Schmach, nicht nur »normal« zu scheitern wie wir alle, sondern mit einem extremen Anspruch, setzt die pubertär-moralischen Verurteilungen des Sohnes ins Recht. Man muss sehen, dass der Sohn inmitten des (sozusagen) laufenden Verfahrens gegen den Vater sein eigenes Projekt, wenn man will: seine eigene Erfindung in die Welt setzt, und das ist das Schreiben. Der Erzähler wird, indem er den Anspruch seines Vaters verurteilt, selbst zu einem Erfinder, zum Erfinder eines Textes über einen abgedankten Erfinder. Nicht ausgesprochen wird, dass der Sohn die Angst vor dem Scheitern bereits teilt. Er, ein Schriftsteller-Anfänger, ist der Möglichkeit des fundamentalen Scheiterns genauso ausgeliefert wie der Vater – und bannt gerade mit diesem seine eigene Angst. Und dies hinter dem Rücken, aber dennoch im Angesicht des Vaters, der für die moralische Selbstinthronisation des Sohnes gleichwohl gebraucht wird. Der Erzähler kann kein Ich werden, ohne sich auf melancholische Weise über das Ich des Vaters zu erheben und es dabei zu verstoßen beziehungsweise von sich abzutrennen. Lacan spricht einmal (in den »Vier Grundbegriffen der Psychoanalyse«) von der »Trennungskraft des Auges«. Es ist – nach Lacan – der menschliche Blick, der die Notwendigkeit von Loslösungen (das heißt auch: die Unmöglichkeit von Bindungen) erkennt und diese mit seiner Anstoß nehmenden Trennungskraft dann auch vollzieht. Es fließen in dem Text mehrere Trennungsbewegungen gleichzeitig zusammen. Das »Enttäuschungsverbot« ist – vermutlich – ein Melancholieverbot bei gleichzeitig einsetzender Melancholie. Es wird ausgesprochen in dem Augenblick, als der Sohn in der Kläglichkeit des Vaters die Großartigkeit seines Beobachtens erlebt. Die Trennung wird wirksam, als der Sohn geschmackliche Defizite des Vaters, von diesem unbemerkt, niederschreibt. Die Trennung ist bedeutsam und übersteigt gleichzeitig das Vermögen des Sohnes, weil die Banalität des Vaters in keinem Verhältnis steht zur Ungeheuerlichkeit seines Einflusses. Dieser Einfluss wird mit der Trennung gestoppt – und geht dennoch weiter, wovon der Sohn zu diesem Zeitpunkt noch nichts weiß. Im Kern einer Melancholie steckt die Aufforderung, diese künftig zu beobachten; im Kern der Beobachtung steckt eine Distanzierung, und in der Distanzierung steckt eine zunehmende Selbst-Imprägnierung gegen die Wiederkehr des Mangels. Es blitzt die endlose Enttarnung eines melancholischen Stroms auf, der in seiner Unaufhörlichkeit von seinem jugendlichen Beobachter geahnt, nicht aber dingfest gemacht werden kann. Was dabei entsteht, ist eine Art Wandermelancholie; sie wird immer wieder angenommen und wieder verlassen. Die ihm zugestoßene Melancholie fließt ein in das Werk. Bei anderen Menschen, die kein Werk hinterlassen, fließt sie in die lebensbegleitende Rede. Bei Menschen, die von ihrer Melancholie schreiben oder reden, bildet sich allmählich eine Präparation heraus. Ist diese Präparation einmal gefunden, kann in ihr vieles gesagt werden. Erst die Präparation erlaubt den Sprechern, mit der Melancholie insofern frei umzugehen, als über diese dann auch phantasiert werden kann. Es ist Melancholikern dann möglich, ihre melancholische Abkunft momentweise zu verdrehen, zu verfälschen, zu vergessen. Das verschmerzende Phantasieren ist das Eingeständnis, dass die Melancholie im Kern nicht verstanden worden ist. Wenn man, wie Wittgenstein empfohlen hat, das Sprechen als eine Tätigkeit auffasst, dann wäre das

Von-der-Melancholie-Sprechen nicht mehr nur ein Umkreisen eines unbewussten Zentrums, sondern ein Dennoch-Aussprechen des Unaussprechlichen, ein kräftezehrendes Als-ob, welches das Verstehen simulieren muss, um sprechen zu können. Aus der melancholischen Erzählung wird dann ihrerseits eine unbeendbare Trennung, ein inneres Anlehnungsverhältnis. Oder, anders gesagt: Die unverstandene melancholische Quelle muss immer neu abgestraft werden, und indem sie abgestraft wird, baut sich das Gegenschicksal des melancholischen Überlebens auf.

Die letzte Schicht des Erstaunens über den jugendlichen Erzähler ist die beklemmendste, sicher auch die schwierigste. Man muss froh sein, dass der Protagonist zum Zeitpunkt des Romangeschehens von diesem Problem offenkundig noch nie etwas gehört hat. Mein Einstieg ist der vielleicht merkwürdigste Satz in dem vorgelesenen Abschnitt. Ich wiederhole ihn noch einmal: »Vater hatte das größte Verbot, das es damals für mich gab, nicht beachtet: das Verbot, mich zu enttäuschen.« Der Autor tut so, als gebe es eine reale Vorfindlichkeit eines solchen Verbots und außerdem die Möglichkeit einer ebenso realen Befolgung. Er lastet dem Vater an, dass er das Verbot nicht kennt. Der Vater hat wieder einmal versäumt, sich kundig zu machen, genauso, wie er vergessen hat, sich zu orientieren, ob es die Erfindung, an der er arbeitete, in der Wirklichkeit nicht schon geben könne. Mit anderen Worten: Er lastet dem Vater an, dass dieser von der Vollständigkeit des Ich-Apparats offenbar nichts weiß. Nur eine solche Vollständigkeit des Ichs wäre eine hinreichende Grundlage für eine Verstehbarkeit des eigenen und des fremden Ichs. Die schmerzende Realität, dass wir nicht restlos verstehbar, weil nicht komplett sind, mag er nicht nur nicht hinnehmen, sondern auch nicht denken. Er setzt lieber eine umfassende Reziprozität aller Iche in die Welt und kommt auf diese Weise um die Entdeckung herum, dass unser Ich mangelhaft, ja defekt konstruiert ist und gerade deswegen besondere Verstehensleistungen der Menschen erfordert. Für den Mangel der Unvollständigkeit gibt es in der Literatur zahlreiche Beschreibungen; ich zitiere eine einzige, eine sehr frühe (sie stammt aus dem Jahr 1835), weil sie das Defizit mit kargen, authentischen Mitteln einklagt. Zu Beginn des zweiten Akts von »Dantons Tod« stellt Georg Büchner so kalt wie nüchtern fest: »Es wurde ein Fehler gemacht, wie wir geschaffen wurden; es fehlt uns etwas, ich habe keinen Namen dafür –.«

Man sieht jetzt den Mechanismus der Szene: Der Erzähler umgeht einen Schmerz mit der Erfindung einer Schuld. Er selbst scheint bereit, diese Schuld zu teilen. Ich schließe diese Offenheit aus seinem Satz: »Ich bemerkte damals nicht, dass ich mir durch diese Art der Distanzierung selber eine verächtliche Art des Empfindens aneignete.« Mit dieser Teilhabe ist es dem Erzähler möglich, die Unfassbarkeit der Schuld selbst zu ertragen. Denn mit einer Schulderfindung ist es für uns leichter, uns in der Unbegreiflichkeit eines Mangels dauerhaft einzurichten. Rätselhaft bleibt dennoch, warum es uns leichtfällt, eine Schuld zu erfinden, und gleichzeitig so schwer, einen Ich-Mangel zu dulden.

Über das Schicksal alternder Melancholien will ich ein Beispiel anfügen. Es ist schon einige Monate her, dass ich zum Geburtstag eines früheren Kollegen eingeladen war. Der Kollege wurde sechzig, die Feier fand in einem Hotel statt. Mit mir waren noch andere frühere Kollegen eingeladen, außerdem die Schwestern und Brüder des Jubilars und deren Ehepartner – und selbstverständlich die Mutter, eine Frau von zweiundachtzig Jahren, eine agile, aufmerksame, neugierige Frau. Den ganzen Festtag über war die große Geburtstagstafel fast durchgängig mit Vorspeisen, Hauptgängen, Nebengängen und Nachspeisen üppig ausgestattet. Einmal, am Spätnachmittag, trugen die Ober Kaffee und verschiedene Sorten Kuchen in den Raum. Dem Kaffee wurde reichlich zugesprochen, der Kuchen hingegen blieb weitgehend unbeachtet, sicher auch deswegen, weil schon eine halbe Stunde später das Abendessen angekündigt war. Die Mutter des Jubilars sah bedenklich auf die Kaffeetafel mit den prächtig aufgeschnittenen Kuchen. Nach einer Weile sagte die Mutter, und ich hörte es: »*Ich* schneide Kuchen nach Bedarf auf.« Es war deutlich, was ihr nicht gefiel: die Vielzahl der vorschnell und vielleicht vergeblich (beziehungsweise umsonst) aufgeschnittenen Kuchen – und das unangenehme Gefühl, dass die verfrüht aufgeschnittenen Kuchen der Eintrocknung und womöglich der Vernichtung anheimfielen. Ich merkte, wie mich nach wenigen Minuten eine melancholische Verstimmung überkam, und ich wusste auch warum. Ich kannte den Satz der Frau – »Ich schneide Kuchen nach Bedarf auf« – so ähnlich von meiner Mutter. Sie verwendete den Satz mit einer kleinen Abweichung: »Ich schneide Kuchen *nach Wunsch* auf.« Meine Mutter sagte den Satz bei ähnlichen Anlässen mit dem gleichen Hintergrund: Die Vorsorge sollte dem erwartbaren Verbrauch angemessen sein. Man sollte, wenn die Leute voraussichtlich gar keinen Hunger haben, nicht derartig viele Kuchen gleichzeitig aufschneiden. Genauso dachte auch meine Mutter. Ich habe den Satz während meiner Jugend – und auch späterhin – oft gehört. Und eines Tages bereitete mir der Satz eine ungeplante Erleuchtung. Ich verstand plötzlich, dass der Satz ein Ausdruck des gesamten emotionalen Haushalts meiner Mutter war. Sie gab Gefühle oft nur dann frei, wenn es für sie einen *Bedarf* oder einen *Wunsch* gab. Bedarf und Wunsch schätzte sie freilich selbst ein. Ich muss nicht lange ausführen, dass diese Bedarfseinschätzungen spärlich ausfielen. Vermutlich lag (und liegt) diese Spärlichkeit in der Logik der Gefühle: Wer diese nach selbst eingeschätztem Bedarf vergibt, leidet gewiss nicht unter Anfällen von Verschwendung.

Ich hatte diesen Satz schon lange nicht mehr gehört, meine Mutter ist seit vielen Jahren tot. Und jetzt, auf der Geburtstagsfeier des Kollegen, war meine Mangeljugend wieder frisch da und mit ihr die Melancholie von damals, als mir zum ersten Mal deutlich wurde, dass der Satz von den nach Bedarf aufgeschnittenen Kuchen viel mehr regelte als nur das Tagesgeschick von aufgeschnittenen Kuchen. Ich fühlte, die Wiederbelebung der Melancholie war lange nicht so stark wie deren Uraufführung, aber doch immerhin so heftig, dass ich an der Festtafel tief in meinen Stuhl sank und dachte: Wie soll ich denn jetzt wieder hochkommen? Dabei wusste ich bereits von ähnlichen, früheren melancholischen Unterspülungen, dass mir nur eines helfen würde: die Auswechslung der Atmosphären. Also erhob ich mich und verabschiedete mich für die Dauer eines mittleren Spaziergangs. Meine Hoffnung war, durch den Spaziergang in einen anderen Bild- und Assoziationszusammenhang hineinzugeraten. Wer in einer Stadt lebt, darf mit solchen raschen Bildwechseln rechnen. Wenn ich in melancholischen Stimmungen umhergehe, neigen meine Empfindungen zu einem inneren Kult der Armut. Es gibt schnelle Übergänge von der Melancholie zur Fremdheit, wobei Fremdheit etwas von außen Hinzugefügtes ist, die Melancholie aber innerlich bleibt. Unangenehm ist nur, dass die Melancholie und die Fremdheit (sozusagen) gemeinsame Sache machen. Dann gefallen mir plötzlich schlechtgekleidete Alte, verkommene Obdachlose, halb verwahrloste Kinder; das heißt, mir fällt auf, ich wiederhole die Selbstgefühle, die ich als Dreizehnjähriger hatte, als ich als vermeintlich Verstoßener in der Stadt umherlief und nicht entscheiden konnte, ob meine Verlassenheit meine Erfindung, meine Schuld oder mein Leiden war. Der immer bloß portionsweise aufgeschnittene Kuchen trieb mich immer weiter umher, in die alte melancholische Überheblichkeit hinein, das heißt in das Gefühl, ich allein sei wissend, eine negative Großartigkeit.

Dann hatte ich Glück. In einer kaum frequentierten Nebenstraße entdeckte ich einen großen Umzugs-Lkw mit Anhänger. Beide, der Motorwagen und der Anhänger, hatten geöffnete Ladeluken. Vier Möbelpacker schleppten Schränke, Lampen, Stühle, Kommoden, Sofas aus einer nahe gelegenen Wohnung. Die Ladearbeiter schoben einige Möbel sofort in den Wagen, andere stellten sie erstmal auf dem Gehweg ab. Die Möbel auf dem Gehweg fielen (sozusagen) aus der Rolle – und erzeugten damit heitere, fast komische Effekte. Die Kinder des umziehenden Paars empfanden die komische Zwittersituation der Möbel am deutlichsten und partizipierten an der öffentlich gewordenen Ambivalenz des Intimen und Privaten. Sie hopsten lachend auf dem Sofa herum, als hätten sie das noch nie mit solcher Freude getan, sie spielten Familie und luden Vorübergehende dazu ein, in ihrer Ad-hoc-Familie mitzuwirken.

Das Zittern vor dem Verdacht, dass der Kuchen immer noch nach Bedarf aufgeschnitten wird, löste sich wieder auf. Es ist der sonst rasch größer werdende Verdacht, dass das Leben, je länger man an diesem teilhat, ohnehin nur nach schwer auffindbaren Regeln abläuft. Man kann auch sagen: Eine als gestaltlos empfundene Melancholie sucht ihre Form. Meine Melancholie, durch innere Bilder evoziert, wurde durch äußere Bilder wieder aufgelöst. Mein von Zersetzung bedrohtes Ich baute sich wieder neu zusammen. Es gibt Melancholie, aber der geübte Melancholiker kennt auch die Verbündeten gegen sie. Vielleicht trösten uns nur solche Vorgänge, die nicht als Unterhaltung firmieren, weil deren überraschende Transzendierbarkeit unsere inneren Spannungen enthärten. Man kann auch formulieren: Der menschliche Sinn ist ein unablässig tätiges Umspannwerk. Ich wollte schon beinahe wieder zurückkehren zur Geburtstagsfeier, da ereignete sich ein wundervolles Detail. Die Frau der Umzugsfamilie trug einen leichten Übergangsmantel mit Bügel aus dem Haus heraus. Es war offenbar der Mantel, den sie während der Umzugsfahrt tragen würde. Bis sie ihn brauchte, hängte sie ihn samt Bügel in das Geäst eines Baums, der im Garten vor dem Haus stand. Es wehte ein leichter Wind, der den Mantel im Baum hin und her drehte. Das Bild entzückte mich augenblicklich. Ein Mantel ohne Füllung, dennoch beweglich, ein totes und dennoch lebhaftes Objekt, das meine Phantasien sofort anzog. Manchmal wurde der Wind etwas heftiger und drehte den Mantel einmal ganz um sich selbst herum. Man könnte sagen: Der tote Mantel ahmte momentweise das Verhalten der Menschen nach, ihren Verdacht gegen das Totsein im Leben, der sie selber so oft todähnlich macht. Man kann auch behaupten: Ein Mantel zeigte seine Trennung. Er war ohne Mensch zurückgeblieben, jetzt drehte er sich sinnlos um sich selbst und drückte das Bilderverbot des toten Lebens aus, das sonst kaum zu durchbrechen ist. Wenig später erinnerte ich mich an die Trennungsprogramme des menschlichen Lebens überhaupt, von denen ich zu Beginn gesprochen habe. Zum ersten Mal hatte ich die Empfindung, dass diese Trennungen nicht sich selber meinen; sie sind Stellvertreter-Erlebnisse, die uns vor einer viel dramatischeren Erfahrung bewahren müssen. Sie sind verhüllte Hinweise auf unsere Endlichkeit, die wir als solche nicht erleben können, auch nicht die Nähe zu ihnen. Übrig bleibt nur der Anhauch durch ein Bild und das Drama, das sich ereignet, wenn wir das Bild in unseren inneren Angstvorrat aufnehmen. Dieser melancholische Transfer beschreibt auch die

Differenz zwischen den beiden Melancholie-Typen, die ich hier einzufangen versucht habe.

Der Typ I ist eine bloße Wiedererinnerung. Das Wiederhören eines Satzes – »Ich schneide Kuchen nach Bedarf auf« – pustet einer untergegangenen Trauer vorübergehend neues Leben ein. Der Typ II ist ein sanftes Wiedereinschirren in unsere Grundmelancholie, die für kein Lebewesen etwas Neues ist, obwohl niemand den Text kennt, auf den sie sich bezieht. Die bloße Wiedererinnerung an die Grundtrauer ist deswegen so etwas wie das Treffen mit einem alten Bekannten. Das soll heißen: Indem wir dem Typ II der Melancholie begegnen, wird der Typ I in diesen eingeschmolzen. Als ein solcher, als ein von der Melancholie Verwandelter (vorher war ich nur von ihr belastet), kehrte ich in das Hotel zurück und nahm wieder teil an der Geburtstagsfeier.

Das soll heißen: Der Melancholiker ist eine multiple, grenzwertige Persönlichkeit. Diese wird von Melancholien sowohl bedrückt als auch gelockert. Die Melancholie spielt in die Lückenhaftigkeit des Ichs hinein und betont dessen transitorische, prozesshafte Anteile. Vielleicht ist eine friedliche Koexistenz mit einer Melancholie nur möglich, wenn diese sich durch ihre eigene Prozessualität, durch ihr permanentes Unterwegssein, zerstreuen kann. Wichtig ist dann nicht das Wiederauftauchen eines melancholischen Details (der aufgeschnittene Kuchen), sondern der Durchbruch zu einer anderen Ebene (der Mantel im Wind), der aus einer Trauer ihr eigenes Metaphysicum macht. Wenn ich mir sagen kann: Die Grundmelancholie aller Lebewesen macht mich genauso sterblich wie eine Stubenfliege – dann tendiert der melancholische Gehalt dieser Einsicht fast gegen null. Der gebildete Melancholiker, und das meint: der durch die Wiederkehr seiner Melancholien immer besser vorinformierte Mensch weiß ohnehin, dass Melancholien Dauermieter im

Ich sind. Es kann nur darum gehen, Ausgehformen für sie zu finden. Indem sie ausgeführt werden, verraten sie immer wieder von neuem, dass sie nicht hinreichend geklärt, sondern immer wieder durchlebt werden müssen. Die ausgeführte Melancholie ist eine stark verminderte Melancholie. Ihre Selbsterzählung hat einen großen Vorteil: Die Melancholie darf von ihrem Träger immer wieder neu umgedeutet werden. Der Melancholiker erlebt dabei nicht selten eine vorzeitige Selbstermüdung der Melancholie, die wiederum zu der Frage führt: Ist es möglich, dass sich mit der Zeit eine Art Überdruss an der Melancholie einstellt – der Überdruss als Kehrbild dessen, was vor sich selber flieht: der Ennui des immer wieder auftretenden Bekannten?

Ein Auftrittstreppchen fürs Ich

Die längste Zeit des Tages will ich mein Ich nicht spüren. Dann bin ich nur froh, dass ich mal kein besonderer Mensch sein muss. Dankbar stelle ich fest, mein Ich hat sich vorübergehend eingeordnet in meine und in die Gewohnheiten der Mitmenschen und schwimmt unbemerkt im »Welt-Alltag der Epoche« (Hermann Broch). Ernst wird es nur, wenn sich dieses Ich plötzlich wieder herausgefordert fühlt. Dazu genügt, wie jeder empfindsame Mensch weiß, schon eine Kleinigkeit – eine blöde Anmache durch einen Kellner, eine ordinäre Kinoreklame oder ein arroganter Politiker: und schon ist die Subjektstörung da. Noch Hegel hat geglaubt, dass die äußeren Verhältnisse unser »Beisichselbstsein« nicht beeinträchtigen. Das würde sich Hegel heute noch einmal überlegen müssen. Er würde zugestehen, dass unser Ich eine wacklige Erfindung (geworden) ist, dem man den Traum der Souveränität immer nur eingeredet hat.

Tatsächlich fehlt uns immer ein Stück zum Ich. Deswegen sind wir gerne unterwegs, um unsere Subjektlöcher zu stopfen. Der tätige Mensch sorgt dafür, dass das, was nicht »da« ist, aber gebraucht wird, durch ihn in die Welt kommt. Das heißt, er wird »aktiv«, er unternimmt »etwas«, um seinem Ich aufzuhelfen, und indem er das tut, landet er ganz schnell im »Erlebnis« – auf das auch kein Verlass ist. Ein Erlebnis kann gelingen, scheitert aber oft. Deshalb sollte das Erlebnis die Ausnahme bleiben und nicht die Regel werden; entlastet leben wir dann, wenn wir keine Extra-Erlebnisse brauchen.

Natürlich kriegen wir das nicht alle Tage hin. Erst vor kurzem war ich selbst erlebnisbedürftig. Ich entschied mich für einen Zirkus-Besuch. Es war ein grauer, diesig vernebelter Tag. Man musste nahe an das Zelt herangehen, um durch den Nebel hindurch die Lichterketten zu sehen und, zum Beispiel, das Trompeten eines Elefanten zu hören. Ich merkte, dass mich schon diese Einzelheiten in eine gute Stimmung versetzten. Der Haupteindruck war das abgründig mittelmäßige Zirkus-Orchester. Eine herzergreifende Blechmusik, untermischt mit einer wiehernden Ziehharmonika, zwei oder drei schauderhaften Geigen und einem rabiat tumben Schlagzeug. Es war diese vermummte Musik, die mühsam und verzerrt aus dem Zelt herausdrang und die Leute verzauberte. Erklang hier nicht ein Fetzen einer schon lange erwarteten schlechten Seligkeit? Ein Bettler blieb stehen und hob sein mürbes Haupt. Zwei etwa zwölfjährige Mädchen küssten sich geschwisterlich und lachten. Für Augenblicke glich die Welt einem endlich geöffneten Märchenbuch. Drei Zirkus-Angestellte führten einen Schimmel, ein Kamel und ein Lama auf den Platz vor dem Zirkus und riefen durcheinander: Hereinspaziert! Heute Familienvorstellung! Herabgesetzte Preise! Plötzlich blieb das Kamel stehen, spreizte die Hinterbeine und fing an zu pissen. Unter dem Tier entstand eine breite Lache, der Urin dampfte in die Höhe. Ich merkte, die bessere Vorstellung fand außerhalb des Zeltes statt. Auch der Kamelführer geriet in die Abstrahlung des Komischen. Ich hatte nicht gewusst, wie lange ein Kamel pinkeln kann. Die Blase des Kamels hatte etwa das Fassungsvermögen von zwei vollen Eimern. Einem Kleinkind rutschte der Schnuller aus dem Mund und fiel in den Dreck. Das Kind blickte hilfesuchend nach der Mutter, aber die kicherte über das Kamel. Wunderbar schamfrei blickte das Tier über die Leute hinweg und nahm den Ausdruck von Würde und Größe an. Auch für ein pissendes Kamel gilt: Hier stehe ich und kann nicht anders. Viele der Zuschauer, die zu Beginn nur gelacht hatten, wurden ernst, fast respektvoll. Es sind solche betörenden, weil mehrschichtigen Anblicke, die das Ich öffnen, erweichen, beglücken. Ich blieb viel länger als vorgesehen. Meine bedürftige Seele erkannte seine Chance und bereicherte sich schamlos.

Denn solche plötzlichen inneren Zustimmungen zu einem fremden Bilderfilm sind immer auch eine Indikation für gelungene Weltverschwisterungen. Momentweise erscheint dadurch die übliche Trennung zwischen Innen und Außen aufgehoben. Das Individuelle (das Subjektive: das Unverwechselbare) ist das *dann und wann* eintretende Zufällige, das einen leeren Platz in uns ausfüllt. Deswegen wird sich, wer mit sich zusammentreffen will, zu einem stets empfänglichen Erfahrungskünstler entwickeln. Man muss (sozusagen) seinem Ich stets eine Art Auftrittstreppchen hinschieben – und hoffen, dass es die Gelegenheit nutzt.

Das ist zwar hinreichend bekannt, wird aber von vielen Menschen nicht angenommen. Die Verweigerer suchen immer noch nach »wertvollen«, »exklusiven«, »besonderen« Erlebnissen – als wäre die menschliche Erfahrung eine materielle Kategorie. Das einzige, was uns nie verlässt, ist unser innerer Text; er fungiert als eine Art Beruhigung. Wir müssen – fassungslos, wie wir sind – darüber besänftigt werden, dass unser Bewusstsein einer Ästhetik des Tricks folgt, die wir erst nach langer Beobachtung durchschauen. Ästhetik des Tricks soll heißen: Wir leben *gleichzeitig* in einem Durcheinander größter Bedeutsamkeit und größter Belanglosigkeit. Eben noch fühlen wir uns erleuchtet, zwei Minuten später stürzen wir ab in irgendeine blöde Beliebigkeit. Wer es geschafft hat, seinem Ich das Auftrittstreppchen nicht zu verweigern, wird die »Schlüpfrigkeit der Seele« (Virginia Woolf) gelassen ausbeuten. Manche Ich-Ästheten sind nach langer Übung in der Lage, zwischen den beiden zentralen Gemütszuständen (Beseeligung und Trauer) hin und her zu pendeln. Sie machen das Beste daraus, dass der Mensch sowohl an Ich-Mangel als auch an Ich-Überfluss leiden – und genesen kann. Aus gegebenem Anlass – angeblich gibt es schon »Augenblicks«-Therapien! – muss gesagt werden, dass man sich nicht von anderen Menschen sagen lassen kann, wie, wo und wann man seine besten Augenblicke hat und wie man an sie herankommt. Das Risiko des Leerlaufs ist dabei vergleichsweise groß, kann aber nicht »erspart« werden. Die Situation vor dem Zirkus hätte (zum Beispiel) leicht scheitern können. Als ich die traurig behäbigen Tiere herumtraben sah, erfasste mich augenblicksweise eine konventionell mitfühlende Identifikation mit diesen armselig missbrauchten Tieren. Nur durch das unerwartete Pissen des Kamels drehte sich das Setting; das gemeinschaftliche Lachen vieler Menschen war ein Indiz, dass auch die anderen Zuschauer eine Entspannung »gebraucht« haben.

Eine wohlmeinende Ex-Kollegin überraschte mich an Weihnachten mit einem unpassenden Geschenk. Meine säuerliche Mimik verriet leider viel zu schnell, dass mich die Gabe nicht beglückte. Dummerweise kam es anschließend auch noch zu einer Debatte darüber, warum ich einen MP3-Player für keine Bereicherung der Menschheit halte. Die Kollegin wusste leider alles besser. Du als individualistischer Fußgänger solltest dich nicht länger der öden Umwelt ausliefern, sagte sie, sondern deine Lieblingsmusiken hören! Ich will, erwiderte ich, nicht auch noch auf der Straße Mozart & Co. hören, sondern ich will die Kakophonie des Wirklichen hören, sagte ich, die meiner zerzausten Seele auf wunderbare Weise antwortet und sie damit aufrichtet. Die Kollegin gab zu, mich nicht zu verstehen, und bat um Erklärungen. Ich muss, sagte ich, vom Genie Mozarts (zum Beispiel) nicht länger überzeugt werden, sondern ich will miterleben, wie mein zerfleddertes Ich in meinem eigenen Bewusstsein umhergleitet – und mir dabei möglicherweise das eine oder andere Licht aufgeht. Wenn ich mein Ich mit schöner Musik einsuhle, wird es sofort misstrauisch; mein Subjekt braucht die Unruhe, in der es lebt, als sein eigener O-Ton. Wir sind moderne, das heißt dauererregte Lebewesen, die sich nicht beschwindeln müssen. »Die Wahrheit ist dem Menschen zumutbar« (Ingeborg Bachmann). Dennoch meinen noch immer zahlreiche Menschen, sie seien künstlicher Harmonien bedürftig, um die Fremdheit ihres Ichs zu mildern. Zwischen der Goethe-Zeile »So lasst mich scheinen, bis ich werde« (aus »Wilhelm Meisters Lehrjahre«) und dem erquickenden Ausspruch »Eigentlich bin ich ganz anders, ich komme nur so selten dazu« (von Ödön von Horváth) besteht nur eine scheinbare Epochendifferenz. De facto beschreiben beide Zitate unser heutiges Grundproblem: Wir müssen mit einem Ich zurechtkommen, das uns dreist unsere Bruchbudenhaftigkeit zeigt – die wir dann auch noch als Vorteil erleben sollen.

III

Wir sind nicht verbindlich genug in der Welt

Giorgio Morandi und seine Stilleben

Die Sujets, mit denen sich der italienische Maler Giorgio Morandi beschäftigt hat, sind seit einigen hundert Jahren veraltet. Es waren holländische Meister, die im 17. Jahrhundert immer wieder Gläser, Krüge, Früchte, Schüsseln und Blumen gemalt und damit das »Stilleben« (niederländisch: »stilleven«) in der Kunstgeschichte etabliert haben. Morandis stilistisches Programm, die quasi gegenständliche Abbildung, ist noch erheblich älter als seine Sujets. Selbst das Changieren zwischen Körperform und Abstraktion, das Morandi für die Bilder seiner Spätphase gewählt hat, ist seit dem Impressionismus nicht mehr ganz frisch. Aber Morandi hatte keine Angst vor Wiederholungen und keine Scheu vor den Tabus der Kunstgeschichte. Er fürchtete sich nicht vor gängigen Meinungen, zum Beispiel vor dem Dogma, dass die Zeit des Realismus endgültig vorüber sei. In Wahrheit kann man nichts von dem, was unablässig und voreilig für erledigt erklärt wird, auch tatsächlich für erledigt halten: Das ist vielleicht das bleibende Verdienst der Postmoderne. In der Offenheit für das, was angeblich historisch abgetan ist und dennoch in uns weiterarbeitet, lag und liegt heute Morandis verblüffende Modernität.

Man muss sich das einmal vergegenwärtigen: Morandi ist 1964 gestorben; in seinem Todesjahr war er 74 Jahre alt. Jahrzehntelang hatte er miterleben müssen, wie aus allen Teilen der (westlichen) Welt immer neue Kunstmoden über ihn hinwegrollten: zum Beispiel die Fluxus-Welle, das Happening, das Informel, das Objet trouvé, das action painting, die minimal art, die Pop-Art, die Op-Art – und noch zwei Dutzend andere. Und immer wieder tauchten neue mediale Großsprecher auf, die sagten, was Kunst heute sei. Giorgio Morandi saß derweil in seinem winzigen Atelier in der Via Fondazza in Bologna und arbeitete an seinem total unzeitgemäßen Projekt, am Mysterium des Stillebens, das heißt am Ausdruck einer Kunst, die dem Mysterium des Lebens selbst gewachsen sein sollte. Es gelang ihm das einzigartige Kunststück, mit der örtlich gebundenen Identität eines Künstlers des 19. Jahrhunderts ein Werk des 20. (und 21.) Jahrhunderts hervorzubringen. Das ist unglaublich und löst heute Erstaunen, Bewunderung und Erregung aus.

Haben wir nicht immer wieder das Gefühl, dass wir die Dinge, die uns nahe sind, eines Tages nicht oft genug angesehen haben werden? Wir schauen immer wieder hin, und doch wächst die innere Gewissheit, dass wir die Anblicke nicht ausreichend genug in unserem Gemüt verankern können. Wir sind nicht verbindlich genug auf der Welt. Die mangelhaften optischen Fähigkeiten unseres Auges machen uns darauf aufmerksam, dass unser Dasein ein flüchtiges ist. Die Dinge haben die größere Ausdauer, sie werden älter als wir. Anders gesagt: Es vergeht nicht die Zeit der Dinge, es vergeht immer nur die Zeit des Betrachters der Dinge. Deswegen wissen wir auch nicht genau, ob Morandis Kunst der Darstellung von Wirklichkeit (Kannen, Flaschen, Gläser) gilt oder der Darstellung der Aneignung von Wirklichkeit (die Dinge überleben ihre Betrachter). Zurück bleibt eine ungeklärte Dynamik, eine Fremdheit zwischen den Objekten, der Zeit und uns, den Betrachtern. Künstler sein heißt, in unwegsamem Gelände unterwegs sein und dabei auf eine Zuspitzung zugehen. Die Zuspitzung bei Morandi ist das endgültige Nicht-aufgenommen-Werden in den Dingen bei gleichzeitig größter Nähe zu den Dingen. Dargestellt wird die Kluft durch einen symbolischen Austausch: Ein paar ausdrucksstarke Nebensachen (Kannen, Flaschen, Gläser) drükken die schweigende Hauptsache aus (das Draußenbleiben der Betrachter).

An der Unaufhebbarkeit der Differenz (der Nach-innen-Verlagerung von Außenbildern) hat sich Morandi beinahe ein Leben lang abgearbeitet. Aus jedem Stilleben wird eine Nachhilfe für die mangelnde Kraft unseres Sehens. Natürlich bleiben auch die Stilleben selbst unvollendet. Deswegen müssen sie immer neu gemalt werden: mit jeweils nur geringen (äußerlichen) Veränderungen. Aus der scheiternden Fixierung des endgültigen Stillebens gehen die Bewegungen der Individuation und der Beharrung hervor: Die Wiederholung macht aus der Person des Malers ein Ich, das auf seiner einmaligen und außerordentlichen Subjektivierung beharrt. Mir fällt ein, dass auch Edward Hopper, ein anderer Stilleben-Maler, um der Stille willen, die die (innere) Gestalt seines Lebens war, ein äußerlich regloses Leben geführt hat; auch die Authentizität seiner Bilder liegt im Stau der immer wieder gleichen Anblicke.

Denn jedes Stilleben erinnert uns daran, wie schwierig (und oft unmöglich) es ist, ein einzelner zu sein, ein einzelner im Leben und ein einzelner in der Kunst. Wenn es einem Künstler gelungen ist, ein Solitär zu werden, dann liegt der Grund dafür immer darin, dass er mit den Anblicken seiner Umgebung und den Anblicken seiner Innenwelt eine haltbare Koexistenz hat erfinden können. Es hat mich immer beeindruckt, dass Morandi seine Heimatstadt Bologna so gut wie nie verlassen hat – wenn wir einmal absehen von seinen gelegentlichen Sommeraufenthalten in Grizzana, einem Bergdorf des Apennin. Morandi ist dabei kein Provinzler geworden und erst recht kein Kunstprovinzler. Man muss bewundern, dass er aus dem Habitus der Zurückhaltung keine Ideologie gemacht hat. Er ist nicht bekannt geworden mit großmäuligen Erklärungen über die Aufgaben der Kunst und des Künstlers. Seine Äußerungen beziehen sich auf sein Werk. Seine Sätze sind betörend konventionell: »Das einzige Interesse, das die sichtbare Welt in mir erregt, betrifft den Raum, das Licht, die Farbe und die Formen.«

Genauso konventionell war Morandis Leben. Es ähnelt einer Abfolge von Konstanten, in deren Zentrum immer Bologna steht. Von 1907 bis 1913 (sechs Jahre lang) besuchte er die Akademie der Schönen Künste in Bologna. 1910, nach dem Tod des Vaters, bezog er mit der Mutter (und seinen drei Schwestern) eine kleine Wohnung in der Via Fondazza Nr. 36 in Bologna. Aus einem winzigen Zimmer dieser Wohnung machte er sein Atelier, in dem er bis zu seinem Tod (54 Jahre lang) gearbeitet hat. Von 1914 bis 1930 (16 Jahre lang) unterrichtet Morandi als Zeichenlehrer an Volksschulen in Bologna. Von 1930 bis 1956 (26 Jahre lang) war er Professor für Radiertechnik an der Akademie von Bologna. Im Abschiedsjahr von der Akademie (1956) unternahm er die erste und einzige Auslandsreise seines Lebens: nach Winterthur, wo die erste und einzige Auslandsausstellung zu seinen Lebzeiten stattfand.

Zeige deine Wunde

Francis Bacons Kampf ums Bild

Die »Studie zu einem Bildnis« von Francis Bacon ist 1953 entstanden und gehört in eine lange Reihe von Porträts, mit denen Bacon gewisse Verzerrungen seiner Menschenabbildung ausprobiert hat. Wobei das »Bildnis« eine vergleichsweise milde Vorform jener Deformierungen zeigt, mit denen Bacon in späteren Jahren zuerst berüchtigt und dann immer mehr berühmt wurde. Wir sehen einen Mann in mittleren Jahren; er trägt einen dunklen Anzug, ein weißes Hemd und Krawatte. Er sitzt auf einem Bett oder einem Sofa, das rechte Bein ist hochgezogen, seine rechte Hand ist unsichtbar; seine linke Hand ist zwar zu sehen, aber nur undeutlich als Hand identifizierbar. Im Rücken des Mannes sehen wir ein Eisengestänge, von dem wir nicht wissen, ob es zu einem Bett oder zu einem Sitzmöbel gehört oder ob es Teil eines Gitters ist. Ich nehme an, es handelt sich tatsächlich um ein Eisengitter; die Annahme hilft mir, einen Zipfel des Bacon'schen Denkens fassen zu können, seine Vorstellung nämlich, dass jeder von uns in seinem je eigenen Kosmos eingeschlossen ist. Noch weiter im Hintergrund des Mannes sehen wir die Begrenzung des Raums, die ebenfalls nicht eindeutig zu bestimmen ist; in der Bildmitte ähnelt sie einer Backsteinmauer, rechts und links davon erkennen wir nach unten beziehungsweise nach oben verlaufende dunkle Linien, die vielleicht Stoffbahnen sind, aber auch Bretter, Wellblech oder Kartonteile sein können. Diese Details sind für die Wirkung des Bildes insgesamt unverzichtbar, aber sie sind nicht wirklich zentral. Das einzig zählende, sozusagen durchschlagende Detail habe ich bis jetzt nicht genannt, obgleich von ihm die unheimliche Irritation des Bildes ausgeht. Ich meine das Gebiss des Mannes. Der Mund ist geöffnet, wir sehen zwei Zahnreihen, die obere nur zur Hälfte. Wir argwöhnen, dass *dieses* Gebiss nicht zu einem Menschen gehören kann, sondern – sagen wir – zu einem Tiger, zu einem Affen, vielleicht auch zu einem Ungeheuer, dessen Name uns nicht bekannt ist.

Das Gebiss ist der Dimension des menschlichen Gesichts nicht angemessen, es ist dafür zu groß und – vor allem – es ist zu aggressiv. Wir haben das Empfinden: Es ist ein Raubtiergebiss, und der Mann, der uns dieses Gebiss zeigt, ist von einer geradezu bestialischen Fröhlichkeit, die uns immer schon erschreckt hat, wenn wir sie an Menschen haben bemerken müssen. Für diese Zumutungen des Menschlichen hatte Bacon ein empfängliches Gespür. Man kann sagen: Seine Malerei bezieht ihren Reiz (und ihr Grauen) aus dem Zusammenstoß von Nähe und Ekel. Oder, genauer: aus der unheimlichen Verwandlung von Nähe *in* Ekel, von Abstoßung durch Vertrautheit. Der Mann auf dem Bild ist ein schätzenswerter, wahrscheinlich liebenswerter Mensch, aber wenn er lacht oder vergnügt ist, gefriert sein Gesicht zu einer Maske des Schreckens. Ein Lieblingsausspruch von Bacon lautet: »Die Wirklichkeit hinterlässt ihr Gespenst.« Genau darum handelt es sich: Die Wirklichkeit hinterlässt ihr Gespenst – und Bacon hat das Gespenst gemalt, obgleich es unsichtbar ist wie alle Gespenster, weil Gespenster nur in unserer Empfindung existieren. Das Flüchtige des gespenstischen Eindrucks in unserem Bewusstsein erreicht Bacon mit seiner Wischtechnik, die er im Laufe der Jahre immer mehr vervollkommnet hat. Mit Hilfe der verwischenden Malerei erscheinen die Gesichter für Augenblicke verrutscht, aufgelöst, zerfließend, formlos, verletzt, von fremder Gewalt verstümmelt. Weil Bacon das fliehend Unbestimmte dennoch gegenständlich hat darstellen können, und zwar präzis, kann man ihn auch einen realistischen Maler nennen, wogegen er sich allerdings immer wieder gewehrt hat. Bacon hat Erscheinungsmomente dessen fixiert, was seinen Ursprung in der psychischen Realität des Menschen hat. Man kann auch sagen: Bacon hat Abbildungen von bilderlosen Einbildungen gemalt.

Gewiss sind nicht Bacons Technik und nicht seine Intention »realistisch«, sondern nur sein Drang, den im menschlichen Bewusstsein real existierenden Bildern eine Gestalt zu geben. Er bildet psychische Abläufe ab, für die wir keine Worte haben und auch keine haben können, weil die Menschen selbst die Opfer dieser Verwandlungen sind und weil sie selbst ihre Opferung – in der Regel – nicht ausdrücken können. Das menschliche Gesicht ist der unerbittliche Statthalter einer peinigenden Selbstnähe. Unser Gesicht ist von Anfang an endgültig; es exponiert uns gegen unseren Willen. Das Gesicht ist die schmerzhaft endgültige Antwort auf unseren nie erfüllten Wunsch, ein anderer zu werden. Das Begehren nach einer Auswechslung unseres Ichs wird immer wieder von unserem Gesicht ausgebremst, verhöhnt, zunichtegemacht. Der Widerspruch des Subjekts haust in den Details des Körpers, er entweicht in die Einzelheiten des Gesichts, vulgo: in die Gestalt der Nase, des Munds, der Ohren, des Gebisses. Die Organe überleben den Wunsch nach ihrer Auswechslung nicht ohne psychische Beschädigung dessen, der sie wünscht. Diese Beschädigungen zeigt Bacon. Momentweise glauben wir, seine Bilder betrachtend, wir könnten eine verborgene Dynamik endlich anschauen – und dann auch unsere Melancholie darüber besser begreifen, dass wir uns nicht selbst schaffen können.

Die häufige Wiederkehr des verunstalteten Gesichts als Motiv wirft die Frage auf, ob es zwischen dem deformierten Gesicht und Bacons Leben eine Verbindung gibt. Bacon war ein Künstler, der seine Katastrophen kannte und deren laufende Wiederkehr als künstlerischen Impuls auszunützen wusste. Bacon gehört zu den nicht wenigen Exzess-Künstlern der Moderne, die ihre eigene Zerstörtheit als Inspiration ernst genommen haben. Sein persönliches Drama begann, als Bacons Vater, ein autoritärer Pferdezüchter, der ihn von Stallburschen auspeitschen ließ, seinen schon frühzeitig homosexuellen Sohn in der Unterwäsche seiner Mutter erwischte. Der Vater reagierte drastisch: Er verwies den Sohn des Hauses. Der erst sechzehnjährige Francis reagierte auf diesen barbarischen Akt mit erstaunlicher Souveränität. Er nahm den Hinauswurf, deutlicher formuliert: die Verstoßung durch den Vater, als belebenden Schicksalsschlag an und leitete aus dem Bruch mit der Familie die Künstlerphilosophie eines selbstbestimmten Lebens ab. Es begann eine hoffnungslos scheinende Odyssee als Vagant, Handlanger, Trinker. Er ließ sich von wohlhabenden Freiern aushalten – oft auch missbrauchen. Während vieler Jahre stand nicht die Kunst, sondern die Sexualität im Zentrum seines Lebens. Genauer: nicht so sehr die Sexualität, sondern die körperliche Verausgabung als Grenzmoment.

In gewisser Weise ist es bei dieser Reihenfolge immer geblieben, freilich bei allmählich ansteigender Relevanz des künstlerischen Ertrags. Am erstaunlichsten ist vielleicht, dass Bacons Künstlerexistenz über lange Zeit dem Leben eines Dilettanten und Freizeitmalers nicht unähnlich war und dass er dennoch – ohne je ein Kunststudium absolviert oder abgebrochen zu haben – mehr und mehr zu einer eigenen Ausdruckswelt fand. In seinen reiferen Jahren ist Bacon zu einem extremen Masochisten geworden. Seine Liebespartner schlugen ihn zusammen, zerrissen seine Kleider und schlitzten seine Bilder auf. Nach Auspeitschungen durch homosexuelle Partner musste er häufig ärztliche Hilfe in Anspruch nehmen. Es liegt auf der Hand, dass sich zwischen dem Verlangen nach Schmerz und dem Verlangen nach Schmerzausdruck eine Korrelation herausbildete. Denn in diesem Schmerz steckt auch die Herausforderung, das Leben selbst – seiner inneren Unverständlichkeit wegen – bannen und bestrafen zu wollen. Ich sage das mit aller gebotenen Vorsicht; die Verbindungslinien zwischen physischem Leid und künstlerischer Produktivität sind – bei allen Künstlern – im Kern unaufklärbar. Von sadistischen Ausschreitungen seiner Liebhaber verletzt, von Alkohol paralysiert, von Erstickungsanfällen heimgesucht (Bacon war Asthmatiker): so wankte dieser doch zart gebaute Mann lange nach Mitternacht in sein Atelier – und begann sofort zu arbeiten, und zwar stundenlang und äußerst ergiebig. Am nächsten und übernächsten Tag dasselbe von vorn. Dass Bacon bei diesem Lebenswandel tatsächlich 83 Jahre alt wurde, hat nicht nur ihn verwundert.

Dabei müssen wir zwei Fakten festhalten. Bacon wollte weder »schreckliche« Bilder malen, noch wollte er illustrative, abbildende Malerei hervorbringen. »Ich möchte überhaupt keine Ungeheuer schaffen«, sagte er, »obwohl jedermann anscheinend glaubt, dass die Bilder zum Schluss dann doch so aussehen.« Ganz im Gegenteil war seine Intention darauf gerichtet, das Porträt des Menschen mit bisher unbekannten Mitteln neu zu erfinden. Man kann sagen: Er suchte das vertraut Erscheinende eines Gesichts im Nicht-Bekannten seines Ausdrucks. Wir fügen hinzu: Er malte die Assoziation des Betrachters gleich mit. Das raubtierhafte Gebiss eines Mannes ist ein Teil der Bildwelt des Betrachters, die allerdings vom Subjekt des Bildes freigesetzt wird. Diese Aporien des Sehens sind von Bacon stets zurückgewiesen oder geleugnet worden. Er war überzeugt davon, dass er es immer nur mit technisch-ästhetischen Problemen des Malens selbst zu tun hatte. »Der verzweifelte Eindruck, den die Bilder machen«, so bekannte er einmal, »(…) ist zurückzuführen auf die technische Schwierigkeit, im gegenwärtigen Entwicklungsstadium der Malerei äußere Erscheinungen festzuhalten. Wenn meine Menschen aussehen, als befänden sie sich in einer fürchterlichen Krise, dann nur deshalb, weil ich sie nicht aus dem technischen Dilemma herausbringen konnte. Meiner Ansicht nach gibt es heute kein Zwischending zwischen einem dokumentarischen Gemälde und einem erstklassigen Werk, in dem das dokumentarische Element transzendiert erscheint.«

Wer will, kann in diesen Sätzen die Umrisse eines Konflikts erkennen. Einerseits wollte Bacon die körperhafte Wucht und Unmittelbarkeit eines menschlichen Gesichts *neu* zeigen, andererseits durfte diese Aufgabe nicht auf bloß nachschaffende Weise (die Bacon »dokumentarisch« nennt) erreicht werden. Wie viele andere Maler tat Bacon so, als hätte er es stets nur mit formalen, ästhetischen oder handwerklichen Problemen zu tun; als hätte er nicht gewusst, dass es für seine Themen – das hässliche Gesicht, der monströse Körper, die Versehrtheit des Menschen – die Referenz des Leibes gibt und dass die Kunst von dieser Ableitung der Referenz niemals loskommt. Man kann auch sagen: Bacon spielte mit seinen (nicht nur körperlichen) Verletzungen, und indem er dieses Spiel vor unseren Augen spielte, konfrontiert er die Betrachter mit ihren je eigenen Verletzungen. Auf diese Weise entsteht der (durchaus konventionelle) Zusammenhang des einzelnen mit dem Allgemeinen, des privaten Schmerzes mit dem massenhaft verbreiteten Leid.

Es gibt eine unspektakuläre Installation von Joseph Beuys mit dem Titel: »Zeige deine Wunde«. Dieser Titel könnte als Überschrift über Bacons Gesamtwerk stehen. Natürlich haben Beuys und Bacon außer dem Gestus der Enthüllung nichts gemeinsam. Die Installation von Beuys zeigt zwei nebeneinander geschobene Krankenhausbetten. Sie sind unbelegt, aber ihr Anblick genügt, sich das menschliche Körpergrauen auszumalen. Bacon hingegen überlässt nichts unserer Vorstellung; er malt alle Verheerungen, auch solche, die es nicht gibt. Die bei Beuys ausgeblendete Körperverletzung tritt bei Bacon ohne jede Vermittlung sofort ins Bild. Bacon hatte keine Furcht, seine Malerei dem Grauen auszuliefern. Er sagte einmal: »Ich hoffe, dass meine Bilder wie ein Spiegelbild der Realität oder eine Nachempfindung der Realität aussehen. Aber eigentlich bedeutet doch beinahe jede Realität Schmerz. Wenn ich sage, dass Realität Schmerz ist, dann heißt das, dass ich wirklich versuche, die Realität aufzuschnappen, beim Malen, beim Anfertigen eines Bildes.«

Der Titel »Zeige deine Wunde« erinnert daran, dass alle Kunst – trotz ihres Versagens als Medium der Wiedererkennung – gleichzeitig transzendent realistisch ist, weil sie, als Menschenwerk, gar nicht anders kann. Das soll heißen: Kunstwerke machen uns bewusst, dass hinter unserem mimetischen Von-etwas-Sprechen immer nur ein ungenaues Wissen steckt. Das Schwerverständliche des Menschen *ist* das Schwerverständliche der Kunst. Zwei Provinzen des Mangels, die Menschen und ihre Kunst, verschmelzen ineinander zu einer Reflexionsmaschine: Wellenartig sondert sich die Ungelöstheit des Menschen von diesen ab und taucht in der Kunst als gemaltes Zeichen wieder auf. Jedes brauchbare Bild schlägt uns momentweise alles Vorverstandene aus der Hand, es leert in Sekundenschnelle unseren Kopf, es macht uns – wieder – ahnungslos. Kein Bild von Bacon muss sofort verstanden werden, es muss nicht einmal überhaupt verstanden werden. Die akzeptierte Ahnungslosigkeit hat Bacon sowohl zu einem visionären Einfaltspinsel als auch zu einem Berserker der Progression gemacht. Bacon fand sein Leben – das sind seine eigenen Worte – »lächerlich und grässlich«. Zu seinem Biografen Michael Peppiatt sagte er: »Ich bin möglicherweise die schlichteste Person, die Sie kennen.« Diese »schlichte Person« war mit dem täglichen Risiko des Scheiterns auf quälende Weise vertraut. Zu David Sylvester sagte er einmal: »Sie wissen einfach nicht, wie die Hoffnungslosigkeit beim Arbeiten einen dazu bringt, einfach Farbe zu nehmen, einfach fast alles zu tun, um aus dieser Formel, eine Art von illustrativem Bild zu machen, herauszukommen; ich meine, ich wische einfach mit einem Lappen über das ganze Bild oder nehme einen Pinsel oder reibe es mit etwas ab oder schleudere Terpentin und Farbe und alles andere gegen das Ding in dem Versuch, die willentliche Artikulation des Bildes zu unterbinden.«

Schon an dieser Beschreibung lässt sich erkennen, dass Bacon nicht dazu neigte, seine Arbeit zu überhöhen oder auch nur zu stilisieren. Er hatte keine Botschaft und wollte nicht als »bedeutend« gelten. Zu John Russell sagte er: »Ich bin kein Prediger. Ich habe nichts zu sagen zur ›Situation des Menschen‹.« Auch nicht in der nachträglichen Fixierung fertiger Bilder neigte er zu Beweihräucherung. Niederschmetternd bescheiden ist ein Statement aus dem Jahr 1955, das er für den Katalog einer Ausstellung in New York schrieb: »Meine Bilder sollen aussehen, als sei ein menschliches Wesen durch sie hindurchgezogen und hätte eine Spur von menschlicher Anwesenheit und die Erinnerung an vergangene Ereignisse zurückgelassen, so wie eine Schnecke ihren Schleim hinter sich lässt (…)«

Auch in diesem Text spüren wir Bacons Lust an der rhetorischen Verzerrung. Das New Yorker Statement ist entwaffnend ehrlich, gleichzeitig pompös nichtssagend. Man muss hinnehmen, dass Bacon selbst erklärungslos war. Insofern sind sein Leben und sein Werk ein Zwillingsrätsel, zwei unabhängig voneinander existierende Fragen, die sich mehr und mehr in Mysterien verwandelt haben. Es bleibt die Verwunderung darüber, warum ein Künstler, der sich durch und durch nichtig fühlte, ein derartig gequältes Nichts sein musste. Allerdings ging aus dieser Qual das Staunen über die Schöpfung hervor. Der phantastische Ertrag von Bacons Anstrengung ist, dass durch die Qual hindurch die Lust des Menschen durchscheint, ein Teil der göttlichen Verschwendung zu werden.

Herumstehen, Herumsitzen, Herumliegen

Die Idyllen des Georges Seurat

Auf vielen seiner Bilder zeigt uns Georges Seurat unverbunden beieinandersitzende, -liegende oder -stehende Menschengruppen, die gemeinsam in eine Richtung schauen. Als Bildbetrachter wissen wir nicht, ob die Leute einander kennen und ob sie bestimmte Interessen miteinander teilen oder nicht. Die Bildbetrachter sehen auch nicht, was die abgebildeten Figuren sehen. Das Interesse auslösende Ereignis befindet sich außerhalb der Bilder. Wir wissen nicht einmal, ob es ein solches Ereignis überhaupt gibt. Es kann auch Zufall sein, dass dic Menschen gemeinsam irgendwohin blicken, vielleicht aus Langeweile, vielleicht aus müßiggängerischen Erwägungen, vielleicht, weil sie nur ruhebedürftig sind oder weil es endlich Sonntag ist und die Menschen zugeben dürfen, dass sie nicht wissen, wie man am besten seine Zeit totschlägt und dass gerade darin die Poesie verschwendeter Zeit (unerkennbar für alle) verborgen ist.

Weil alle diese Fragen sich zwar stellen, aber nicht beantwortet werden können, geht von Seurats Bildern eine sanfte Unruhe aus. Man kann auch sagen: Seurats Bilder erwecken eine Art Misstrauen; man glaubt den Leuten die ostentativ ausgestellte Ruhe nicht. Es ist, als hätte jemand, der ein Foto machen will, zu den Menschen gesagt: Jetzt setzt euch mal entspannt ins Gras und denkt an nichts. Genau das kann kein Mensch: sich entspannt ins Gras setzen und an nichts denken. Ganz im Gegenteil. Gerade dann, wenn wir uns ausruhen wollen, denken wir besonders heftig an die uns bewegenden privaten oder halb privaten Angelegenheiten.

Apropos Gras. Seurat zeigt uns die Menschen nicht in Städten, nicht an ihrem Arbeitsplatz und nicht in ihrer häuslichen Umgebung. Wir finden sie fast immer in parkähnlichen Anlagen, oft auch in stadtnahen Wäldern, die man heute »Naherholungsgebiete« (oder ähnlich) nennt. Manchmal ist ein kleiner See dabei oder ein Provinzhafen.

Die Menschen kommen hierher, um die »gewöhnliche« Welt, in der sie sonst leben, wenigstens für einen halben Tag nicht sehen zu müssen. Insofern ist die Idylle in der Halbnatur ein deutlicher Hinweis auf das Nichtgemalte: die beginnende Industrialisierung, die schon früh erkannte Ödnis der Städte, die Enge der Nachbarschaft, das Eingezwängtsein in den Wohnungen, das ungünstige Sozialklima zu dicht beieinanderlebender Menschen. Das sind Motive, die dem Bildbetrachter zwanglos-zwanghaft einfallen müssen, gerade weil sie nicht abgebildet sind. Wir sind jetzt überraschend schnell in das mögliche innere Zentrum der Bilder vorgestoßen: Das Nichtabgebildete war das vorerst nicht adäquat Darstellbare. Dazu bedurfte es der fortgeschrittenen Moderne, in der wir uns (auf diesen Bildern) noch nicht befinden.

Die Leute auf den Bildern sind mit nichts beschäftigt, sie reden nicht miteinander, sie zeigen sich nichts, sie spielen keine Spiele, sie sinnieren vor sich hin. Eine Freizeitindustrie und also ein Freizeitproblem existieren offenkundig noch nicht. Es gibt noch nicht einmal das Wort Freizeit; die Menschen ruhen sich aus – das reicht. Die Gründe, warum sie das tun, will man noch nicht so genau wissen. Ein Umherschauen, das ergebnislos bleiben darf, ist innerlich. Seurat führt uns, indem er reglose Betrachter zeigt, das verdichtete Sehen selber vor. Während sich die Menschen die Dinge anschauen, werden sie selber dinghaft und lassen sich wie Gegenstände betrachten. Ein interesseloses Wohlgefallen am bloßen In-der-Zeit-Sein können wir heute kaum noch nachvollziehen.

Insofern neigen wir Heutigen dazu, ihnen geläufige Inhalte (beziehungsweise: deren frisches Eintreten in Zeit und Geschichte) zu unterlegen.

Es bietet sich zum Beispiel an, von der eben aufsteigenden Fremdheit zwischen den Menschen zu sprechen. Tatsächlich eignen sich Seurats Bilder für diese These ganz ausgezeichnet. Man könnte behaupten: Mit Seurat dringt die Fremdheit in den Impressionismus ein – die Distanz, die Differenz, das Erschrecken. Ich könnte weiter behaupten: Die damals neu aufsteigende Fremdheit zieht eine künstliche Selbstversunkenheit der Subjekte nach sich. Darin wendet sich das Subjekt von der Außenerscheinung der Dinge ab – und sich selber zu. Mehr noch: Der einzelne wendet sich von der Zeit und der Geschichte überhaupt ab und beschließt, ein einzelner erst zu werden. An der Irritation der Individuen auf Seurats Bildern ist zu sehen, wie problematisch diese erzwungene Veränderung empfunden wird.

Sogar die Paare sind zwar dicht beieinander, sie sind aber ebenso sichtbar getrennt durch ihre autonomen Blickprogramme. Wieder wissen wir nicht: Ist das leidenschaftliche Sehen eine Folge des plötzlichen Alleinseins zu zweit, oder entsteht das Alleinsein durch das vom Leben nicht mehr unterbrochene Sehen? Was allein gut erkennbar wird, ist die zunehmende Landschaftsversunkenheit der Menschen. Die Leute verähnlichen sich beim Sehen mit der sie umgebenden Natur – und machen es uns damit endgültig unmöglich, zutreffende Aussagen über die Metaphysik ihrer Beweggründe zu machen. Seurats Bilder vermitteln nicht den Eindruck, dass uns die Welt vertraut ist. In dieser Verschiebung (hin zu einem Ausdruck, der dann Neo-Impressionismus genannt werden wird) liegt Seurats Hauptakzent gegen den ihm vorausgehenden Konventions-Impressionismus. Wer sich in Seurats Bilder vertieft, wird die künstlerischen Hauptdarsteller des Impressionismus, das heißt die Bilder etwa von Monet, Sisley oder Pissarro, plötzlich als zu plüschig empfinden.

Hat man nicht immer gewusst, dass die Schönheit eines Bildes von Monet (zum Beispiel) – trotz der Auflösung der Kontur – durch Irritationsabwesenheit erkauft ist? Haben wir nicht immer still, aber nachdrücklich geargwöhnt, dass die geschlossene Harmonie bei Degas ein gemalter Schwindel ist? Den wir uns gern verkaufen lassen, weil er, wie viele andere Schwindeleien auch, eben auch *schön* ist? Seurat, der Impressionist, nimmt innerhalb des Impressionismus gegen den Impressionismus Stellung. Und das nur mit einer einzigen reflexiven Verschiebung: Er zeigt uns nicht das schön gedachte (vorgestellte) Bild, er zeigt uns den Anblick derer, die beim Schönheit-Betrachten irritiert sind von etwas anderem, was nicht im Bild ist, aber den Habitus der Menschen bestimmt.

Denn die Dinge reglos und lange anschauen heißt, sich ihnen nicht ausliefern wollen, ihre Nähe aber ertragen können. Bis heute ist unklar, ob es eine Ökonomie des Sehens gibt oder nicht, das heißt eine Klärung der Frage, ob wir zuviel oder zuwenig sehen (müssen). Meine Vermutung ist: Wir sehen immer zuviel. Wir können das Sehen nicht anhalten, nicht ausschalten, nicht zerstreuen, nicht beschwichtigen. Die Figuren bei Seurat wirken, als ob sie sich immer gerade vom Zuviel-Sehen erholen, aber selbst beim Ausruhen sehen sie schon wieder: zuviel. Denn die versuchte Trennung von den Dingen (beim Zuviel-Sehen) gelingt nicht. Während des Trennungsversuchs wird die Kraft zur Trennung geringer. Und schon bald stellt sich heraus, dass der Wunsch nach Trennung von den Gegenständen eine Illusion ist. Noch bevor Säuglinge richtig sehen können, verschmelzen sie taktil mit der Dingwelt. Säuglinge fassen alles an, was sich in ihrer

Nähe befindet, sie stecken sich die Gegenstände sogar in den Mund, wahllos, ohne sie ein einziges Mal anzuschauen. In diesem Zugreifen-Müssen zeigt sich unser späteres Geschick. Distanz ist ein Traum. Diesen Traum zeigt uns – ganz ohne nachträgliche Vergeltung – Seurat.

Deswegen komme ich nicht los von der Phantasie, dass Seurats Themenbilder (also: die Anblicke von Parks, Flussufern, Stränden, Meeresklippen, Brücken, Hafenanlagen, Zirkuskunststücken, Kanälen) uns genau das zeigen, was Seurats Betrachter auf seinen anderen, gegenstandsfreien Bildern sehen. Die Leute haben sich vorher in der Nähe der gegenständlichen Welt aufgehalten und haben sich dann zu einem *ferneren* Anschauen zurückgezogen. Insofern sind die Bilder der ruhigen Betrachter und der von ihnen zuvor (oder gleichzeitig) betrachteten Weltausschnitte nicht nur aufeinander bezogen, sondern sie gehören funktional zusammen, sie sind die rechte und die linke Hälfte eines einzigen großen zusammenhängenden Bildes. Tatsächlich sind die Themen-Bilder genauso starr und reglos wie die Menschen-Abbilder. Dazu passt, dass auf den Themen-Bildern keine Menschen (oder nur sehr wenige) zu sehen sind und dass diese wenigen genauso statisch erscheinen wie die Objekte ringsum. Dieser Eindruck geht zurück auf die von Seurat entwickelte Punkte-Technik. Es könnte sein, dass erst diese Punkte-Technik aus Seurat einen Neo-Impressionisten gemacht hat – und zwar insofern, weil nur durch die Punkte-Technik eine organische Abwendung vom konventionellen Impressionismus der (sagen wir mal so:) Technik der schaukelnden Striche möglich war. Denn die schaukelnden Striche von Monet, Renoir, van Gogh und anderen haben den Eindruck der Weltbeweglichkeit hervorgerufen, den Seurat so nicht übernehmen wollte.

Denn: »Das Leben lebt nicht« (Anton Kuh) – das merken wir oft gerade dann, wenn es entfesselt zu leben scheint. Wie (zum Beispiel) auf Seurats Zirkus- und Rummelplatzbildern. Auch diese Bilder sind thematisch aufgeteilt. Sie zeigen uns einerseits die bei Seurat notorisch erstarrten Betrachter, die auf diesen Bildern die Zuschauer sind. Reizvoll ist, dass im Zirkus und auf dem Rummelplatz das ruhige Betrachten gleichzeitig die einzig geforderte Funktion der Besucher ist. Nur ein stillgestellter Blick kann einem beweglichen Objekt angemessen folgen. Aber auch die Bewegtheit der Artisten und Tiere ist ein Schein, denn sie wirkt starr, gleichsam gefroren, ähnlich wie der Statuencharakter der Zuschauer. Dass wir auch die Beweglichkeit der Zirkuspferde und Reiter als starr empfinden, geht auf besondere Weise auf die Punkte-Technik zurück; nur mit dieser war es Seurat möglich, den abgezirkelten Ritus einer wiederkehrenden Dressur zu zeigen.

Besonders nahe fühle ich mich dem Bild »Parade vor dem Zirkus« aus dem Jahr 1888. Es zeigt eine Situation, die ich aus meiner Nachkriegsjugend gut kenne. Als ich sechzehn, siebzehn, achtzehn Jahre alt war, stand ich oft als Zuschauer vor solchen zirkusähnlichen Schaubuden. Rechts war (wie bei Seurat) eine Art Conférencier postiert, der die zufällig herumstehenden Rummelplatz-Besucher mit kurzen Darbietungen der Künstler zum Eintritt in das ärmliche Zelt animierte. Schon das Frühabendlicht war sehr schön. Ein paar Lampen beleuchteten die dunstige, neblige Bühne. Wie auf dem Bild von Seurat traten häufig drei oder vier Musiker auf, manchmal auch kaum bekleidete Stripteasetänzerinnen oder zwei Komiker, die mit knappen Slapstick-Nummern auf ihre Programme im Zelt aufmerksam machten. Die Stimmung des Bildes gibt präzise die Atmosphäre auf den Rummelplätzen wieder: erstarrte Künstler in erschrockener Zeit.

Ich kann heute nicht mehr sagen, ob ich tatsächlich den Darbietungen auf der leicht erhöhten Bretterbühne gefolgt bin. Dazu waren die Show-Nummern zu belanglos, man kann auch sagen: sie waren ergreifend schlecht. Jedermann konnte sehen, dass die Künstler ihr Metier nicht beherrschten; es waren ratlose Nachkriegsexistenzen, die sich mal eben als Jux-Nummer versuchten. Ich bilde mir heute ein, dass ich diese Darbietungen wegen ihrer eingestandenen Nichtigkeit geschätzt habe. Sie waren für mich frühe Abbilder einer kommenden Egalität, deren Vorboten sich überall zeigten. Die Witze der Spaßmacher waren erschütternd abgestanden, die Musik der Musiker war von abgrundtiefer Unmusikalität, die Entkleidungen der Stripteasefrauen waren von erhabener Lächerlichkeit, über die trotzdem niemand lachte, weil die Zuschauer gleichzeitig von der durchdringenden Anstrengung der Künstler beeindruckt waren. Es zeigte sich, mit anderen Worten, die wenige Jahre später einsetzende Massenunterhaltung des Fernsehens.

Genau diesen Ernst erkenne ich auf dem Bild von Seurat wieder. Obwohl das Geschehen lustig gemeint ist, ist niemand lustig zumute. Obwohl die Nummern irgendwelche Alltagsgespenster vertreiben sollen, kehren diese Gespenster durch ihre versuchte Vertreibung erst richtig zurück. Die Leute sehen sich von Trostlosigkeit erfasst. Sonderbar ist, dass genau in dieser Trostlosigkeit die Entspannung verborgen ist. Man kann sich nicht genügend darüber wundern, dass von so viel ernst gemeinter Anstrengung so viel Frieden ausgeht, und es ist großartig, dass Seurat diese Widersprüchlichkeit in *einem* Bild hat konzentrieren können. Und wie es immer ist, löst ein tiefgreifendes Bild im Betrachter ebenso tiefe Assoziationen und Erinnerungen aus. Mir fällt ein, dass mein Vater, als ich die Pubertät endlich überwunden hatte, mit mir besonders unzufrieden war. Ich sehe meinen Vater auf den Bildern von Seurat und ich höre seinen Hauptvorwurf: Steh nicht immer so herum! Ich stand tatsächlich herum wie eine Seurat-Figur, von denen ich damals leider nichts wusste. Sie hätten mir helfen können, die merkwürdigen Beschimpfungen des Vaters besser auszuhalten. Gut, ich sehe heute ein: Herumstehen in der Wohnung sieht nicht toll aus und beunruhigt die anderen Familienmitglieder. Zum eleganten Herumstehen braucht man die Einzelheiten einer halb städtischen Umgebung oder die der Natur. Und selbst dort braucht der Mensch noch verhüllende, tarnende Verhaltensweisen wie das Zuschauen bei einer Rummelplatz-Darbietung oder die Ablenkung durch ein vorübergleitendes Ruderboot oder durch ein Pferd mit Reiter. Wenn all das fehlt, ist der Mensch (sogar in der Wohnung) ein Eckensteher und Herumlungerer.

Dabei ist Herumstehen nichts weiter als ein Übergang von einer Situation in die nächste. Nur in der Natur sieht Herumstehen und Herumsitzen und Herumliegen »natürlich« aus – das hat Seurat wunderbar genau erkannt. In den von ihm gemalten sitzenden Knaben (mit und ohne Strohhut, mit und ohne Badehose) sehen wir tief aufgewühlte Jugendliche, die ihre stumme Unruhe als Schüchternheit tarnen müssen und nicht einmal von dieser Maskerade etwas ahnen. Man kann auch sagen: Seurat ahmt malend die Ahnungslosigkeit seiner Protagonisten nach; darin steckt der Charme der Bilder. Sehen die drei nackten jungen Frauen auf dem Gemälde »Die Modelle« (1888) nicht aus, als hätten sie noch nie etwas von Erotik gehört? Erkennen wir auf dem Gesicht des »Bauernjungen in Blau« (1881/1882) nicht das tiefe Unbehagen eines bildungslosen Dorfknechts? Können wir, wenn wir das »Porträt einer Frau im verlorenen Profil« (1878/1879) anschauen, nicht sofort die Isolation einer chancenlosen Landfrau nachfühlen? Und spüren wir in der –

sagen wir mal so – starken Körperlichkeit vieler Frauen und Männer nicht einen satirischen Überschuss des Malers, der unter der Hand auf Details hinweist, die er nicht eigens thematisieren, aber dennoch ausdrücken wollte?

Denn natürlich gehen Seurats Bilder nicht darin auf, indem man ihren »Inhalt« nacherzählt. Es gibt auf jedem Bild von Seurat eine interpretationsunabhängige Magie, in der wir getrost die Hauptsache der Bilder vermuten dürfen. Magie heißt immer auch: Es wird etwas von uns ausgedrückt, was wir nicht hinreichend kontrollieren können. Diese Undeutlichkeit lockt andere an, die ihrerseits nicht sagen können, was sie lockt. Diese Bewegtheit der Motive müssen wir uns reziprok eindringlich vorstellen. Auf diese Weise leben wir immerzu in einem Kosmos der Undurchsichtigkeit, man kann auch (pathetisch) sagen: in einem Raum unbeherrschter Natur.

Auf dem einen oder anderen Bild hat uns Seurat erlaubt, die Magie als Bildmoment zu erkennen. Zu diesen Bildern zähle ich (zum Beispiel) die Kreidezeichnung »Im Concert Européen« (1887/1888) oder das Porträt »Die Frau mit der Puderquaste« (1888/1890), in der wir Seurats Freundin Madeleine Knobloch erkennen dürfen. Auf dem Konzertbild ist nicht die Sängerin auf der Bühne das Hauptthema, sondern die merkwürdigen Frisuren der Frauen im Vordergrund. Ist es erlaubt, in den hoch aufgerichteten Haartürmen der Frauen eine versteckte und dann doch eingestandene Belustigung des Malers zu sehen? Und ist es erlaubt, im Porträt der Freundin die sanfte Komik des – sagen wir – hochgerüsteten Körpercharmes der Damenwelt zu erblicken? Natürlich kann ich die hier angesprochenen Bildmomente nur in Frageform vorbringen; es ist möglich, dass Seurat gleichzeitig ein ernster Mensch war und dass er die belustigende Distanz, die ich ihm hier unterstelle, zurückgewiesen hätte. Aber daran glaube ich nicht; die auf den Bildern mitgemalte Magie ist ein Freiraum, den Seurat gezielt absichtlich genutzt hat.

Eine erstaunliche Wende nahm Seurats Malerei am Ende seines Lebens. Gewiss ahnte er nicht, dass er im Jahr 1891 an einer Angina sterben würde, erst 32 Jahre alt. Zu diesem Zeitpunkt hatte er sich einer wenig überraschenden Naturmalerei geöffnet. Er hatte es sich zur Gewohnheit gemacht, in den Sommermonaten in die Normandie und an die Kanalküste zu fahren. Von dort stammen auch seine »späten« Bilder. Es sind konventionelle »Seestücke« und Hafenbilder, Naturansichten von Felsenküsten und Stränden. Das heißt, ganz konventionell sind sie nicht. Es fehlt eine entscheidende Konvention, nämlich mit abgebildete Menschen. Die Naturgemälde sind keine Urlaubsbilder, keine Sommerfrischen, keine »Hotelkunst« (Adorno). Wir sehen statische Ausblicke aufs Meer, erstarrte Naheinstellungen auf verlassene Damm-Anlagen und reglose Hafengewässer. Wieder merken wir: Ein gutes Bild ist immer eine Unterbrechung des Lebens. Wenn nicht alles täuscht, erscheint die Punkte-Technik am nicht geahnten Ende seines Lebens deutlich zurückgenommen. Es hat den Anschein, als hätte Seurat, wenn er hätte weitermalen können, die Punkte-Manier vielleicht aufgegeben, um – wohin zu gelangen?

Es ist entsetzlich, dass ein solches Großtalent von einer Angina zum Aufgeben gezwungen wurde. Wenn wir uns auf die weit geöffneten Horizonte der späten Naturbilder einlassen, darf uns auch der Einfall kommen, dass der Detailmaler Seurat die Nah-Perspektive vielleicht aufgegeben hätte. Er wollte jetzt das große Panorama, den geöffneten Weitwinkel. Alles war von ihm schon tausendmal angeschaut worden, die unerhörte Ferne jedoch noch nicht. Irgendwann stellt sich jedem Künstler das Problem, dass er nicht mehr weiß, wo er hinschauen soll. Plötzlich hatte Seurat das Erlebnis, dass die

Endlosigkeit der Natur das Detail überflüssig machte. Es ist tief bedauerlich, dass wir nicht wissen, wie Seurat mit diesem Schwund fertig wurde.

Die Reise, der Tagtraum, das Versteck

Dankrede für den Rinke-Preis

Ein Preis ist wichtig, weil er eine Botschaft von draußen ist. Der Preis ist eine Beruhigung darüber, dass der Autor, obwohl isoliert, inmitten der anderen lebt. Indem der Autor den Preis annimmt, gibt er zu, dass er den Zuspruch von außen braucht. Der Preis ist wichtig, weil er den Autor für ein paar Stunden von unangenehmen inneren Anfechtungen befreit.

Es bekommt uns nur selten, wenn wir unsere Leidenschaften – zum Beispiel: das Schreiben – bis zu ihrem Ende auskosten müssen. Ich habe noch von keinem Schriftsteller den Seufzer gehört: Meine letzten zwei oder drei Bücher waren leider nicht mehr auf der Höhe meiner Fähigkeiten, ich glaube, es ist besser, wenn ich das Schreiben an den Nagel hänge. Ein richtiger Schriftsteller hört nicht auf, er fängt immer wieder von vorne an. Und das nicht deswegen, weil viele Schriftsteller keine Rente bekommen, sondern weil sie von der Unvollendbarkeit ihres Werks überzeugt sind. Egal, ob sie Erfolg haben oder nicht, ob sie zur Kenntnis genommen werden oder nicht, egal auch, was in der Welt draußen vor sich geht. Ich zähle die Katastrophen nicht auf, die uns zur Zeit beunruhigen könnten, ich nenne die Gefahren nicht, die uns derzeit bedrohen. Jeder weiß, wogegen wir uns wehren müssten, wenn wir könnten. Der Katastrophendruck von außen macht auch den Text des Schriftstellers von Woche zu Woche marginaler und entbehrlicher. Der Autor ist, wie jeder andere Künstler auch, von der Theodizee der Kunst angekränkelt. Der Text, den er hervorbringt, spielt in unserem

Wirklichkeitsgefühl keine Rolle mehr. In der allerneuesten Moderne hat die Literatur jede Repräsentanz verloren; sie ist entweder ein ästhetisches Spielzeug oder ein extremistischer Akt geworden, den authentisch vielleicht nur der erfahren kann, der auch in seiner privaten Lebensführung das Moment der Erosion spürt. Im Gedröhn der Selbstbehauptung und des kommerziellen Kontakts lebt der einzelne Autor mit seinen widerspenstigen Impulsen in einer selbstverhängten Verbannung, die nie jemand ausgesprochen hat, aber da ist. Soweit ich sehe, teilen nur die Kunst und die Literatur das Geschick des an den Rand gedrängten Subjekts. Die Mitteilungen, die aus der seltsamen Verbannung des Künstlers kommen, werden im geschäftigen Zentrum kaum noch verstanden. Dabei könnte das vergebliche Sprechen ein progressiver Trost sein: Wer nicht verstanden wird, spricht aus der Mitte dessen, was noch zu sagen sein wird.

Der Roman, den ich schreibe, ist nicht kompensatorisch; er löst nicht in Kunst auf, woran im Leben gelitten wird. Deswegen ist der Roman, den ich schreibe, so isoliert wie der, der ihn liest. Schriftsteller werden oft gefragt: Warum schreiben Sie? Sonderbarerweise fragt man kaum Leser: Warum lesen Sie? Der Leser, würde man ihn fragen, wäre genauso ratlos wie der Schriftsteller. Dabei gehört es zum Wunderbarsten der Literatur, dass man sie ganz verschieden begründen kann. Die Aussicht, über den Umweg eines fremden Textes mit sich selbst zu kommunizieren, ist wahrscheinlich die stärkste Verlockung, die von Literatur ausgeht. Auch der Leser liest, um sich im Tarnanzug eines Textes seinem Allereigensten zu nähern. Mehr als je zuvor haben Leser und Schriftsteller teil am Eskapismus der einzelnen. Wir beide, mein Leser und ich, werden nicht müde, einen Unterschlupf für uns selbst zu finden. Denn wir beide, mein Leser und ich, merken deutlicher als andere, dass es in der modernen Welt beinahe von Woche zu Woche schwieriger wird, eine halbe Stunde lang unbeobachtet und also unzensiert leben zu dürfen. Fast alle meine Protagonisten weichen aus, sei es in die Reise, sei es in ein Versteck, sei es in den Tagtraum oder nur in eine aufschließende Beobachtung. Es gibt eine intime Nähe zwischen dem oft verworren scheinenden Leben der einzelnen und den Ausdrucksbewegungen moderner Literatur, die über formale Analogien weit hinausgeht. Viele Leser wissen von dieser Nähe; sie benutzen den Text als Übungsstätte für ihre Individuierung, für deren Ausdruck in den herrschenden Wirklichkeiten oft kein Platz ist. Moderne Literatur ist der immer wieder neue Versuch, Erfahrungsautonomie zu gewinnen in Umgebungen, die weder Erfahrungen noch Autonomie brauchen können.

Das Beharren auf dieser Autonomie ist auch deswegen schwierig, weil uns einige (nicht alle) zeitgenössische Philosophen immer wieder einflüstern, dass Begriffe wie Subjektivität, Individualität und Erfahrung nichts als Mythen sind, die wir getrost in den Papierkorb werfen können. Das anhaltende Gerede vom Tod des Subjekts fällt leicht, weil das Ich der diskreteste und am schwersten zugängliche Bereich der Literatur überhaupt ist. Tatsächlich ist das moderne Ich verschwiegen, duldsam und gutwillig auch dann, wenn andere sein Hinscheiden verkünden oder sich (wenigstens) ein flotteres Ich wünschen. Wenn ich einen neuen Roman anfange, vergleiche ich meine Unsicherheit oft mit der Angst eines Passagiers, der soeben ein Flugzeug betritt. Natürlich rede ich mir ein, dass bisher alles gutgegangen ist und dass es auch diesmal gutgehen wird. Bekanntlich hört niemand zu und schaut niemand hin, wenn die Stewardess den Umgang mit der Schwimmweste erklärt. Immerhin werden die Passagiere in dieser *einen* Minute mit ihrem möglichen Absturz vertraut gemacht, von dem sie wissen, dass er, wenn er eintritt, für die meisten mit dem Tod endet. Simuliert die Stewardess unser Unglück oder simuliert sie unsere Rettung? Auch der Autor sitzt in einer Art Flugzeug und fürchtet, oft lebenslang, den Absturz und, nach dem Absturz, die eigentliche Katastrophe: die Scham. Bei einer früheren Preisverleihung hörte ich einmal, wie eine Dame zu einer anderen Dame sagte: Der sieht überhaupt nicht aus wie ein Schriftsteller. Irritierend war, dass ich die Meinung der Dame teilte. Noch kurz vor der Übergabe des Preises eilte ich in die Toilette und sah lange in den Spiegel. Ich hatte auch heute nicht den Fieberblick eines Strindberg, ich hatte nicht die Fledermaus-Ohren von Kafka, ich hatte nicht einmal den gewöhnlichen Safari-Look eines Ernest Hemingway.

Dabei braucht die Scham des Schriftstellers solche Einzelheiten nicht. Sie ist ein Brudergefühl des Scheiterns, sie ist immer auf dem Sprung, sie warnt ununterbrochen vor dem Leben, sie empfiehlt, das Leben überhaupt seinzulassen, und wer es trotz ihrer Warnungen dennoch riskiert, wird hinterher von ihr zur Rechenschaft gezogen. Die Scham bestraft den Lebenden, weil er lebt, und sie bestraft den Toten, weil er gelebt hat. Einerseits verlangt sie, endlich ausgesprochen zu werden, andererseits erstickt sie jede Störung ihres Schweigens. Die Paradoxie geht auf ihre unerforschliche Genese zurück; je innerlicher sie ist, desto phantomartiger benimmt sie sich. Jeder Autor ist für sie prädestiniert, weil er die besonderen Fähigkeiten, die andere ihm unentwegt zusprechen, nicht hat. Er muss so tun als ob: und ist deswegen für die Scham ein besonders leichter Fall. Schreiben ist eine Tätigkeit, die durch raschen Fähigkeitsschwund der Verfasser und durch noch raschere Stimmungswechsel oft kippt und dadurch (sagen wir:) merkwürdig wird. Es ist völlig normal, dass ein Autor nach zwei mittelmäßigen Büchern plötzlich ein ganz außerordentlich gelungenes Werk schreibt und danach wieder drei mittelmäßige. Was der Autor am Mittwoch noch konnte, kann er am Donnerstag nicht mehr. Der Autor hat von seiner Berufsarbeit kein spezifisches positives Wissen; er kriegt allenfalls eine flüchtige formale Fertigkeit zustande, die er schnell ausnutzen muss, ehe sie wieder verdampft. Das Ich der meisten Schriftsteller kämpft mit einer zentralen Erfahrung, nämlich mit dem Zusammenstoß von allgemeiner und individueller Wahrheit. Das ist die eigentliche biografische Sensation seiner Lebensarbeit. Es bleibt, oft lebenslang, unklar, welche dieser Wahrheiten die Oberhand gewinnt und welche Opfer die gewinnende Wahrheit einfordert. Egal, wie der Kampf ausgeht, es beginnt mit ihm die Entfernung eines Ichs ins subjektive Nirgendwo. Subjektivität in diesem Sinne ist nichts anderes als die endlich einsetzende Intimität einer Person mit sich selbst. Vielen Lesern ist dieser Konflikt von ihren eigenen inneren Auseinandersetzungen bekannt. Sie erkennen an diesem Punkt das Angebot der Literatur. Es ist ein Angebot des Beistands. Das zeitgenössische Gedicht, das zeitgenössische Theaterstück, der zeitgenössische Roman ist ein Kompagnon des immer gerade wegkippenden und sich dann doch wieder aufrichtenden Ichs.

Der Ernstfall Langeweile

Neulich, während eines Aufenthaltes in Amsterdam, bin ich aus Langeweile durch eine Bordellstraße gelaufen. Schon nach kurzer Zeit war ich erstaunt. Früher, und damit meine ich: noch vor etwa fünfzehn Jahren, saßen die Prostituierten direkt hinter den Scheiben ihrer Fenster und sahen den vorüberstreifenden Männern direkt in die Gesichter, und zwar aus nächster Nähe. Dabei präsentierten sie ihre Körper so vorteilhaft, wie sie nur konnten. Jetzt aber saßen die Frauen in der Tiefe ihrer Räume und interessierten sich kaum für die Männer, die draußen vorbeitrödelten. Denn jede Prostituierte (jede!) hatte einen Fernsehapparat in ihrem Zimmer. Die Männer mussten so nah wie möglich an die Scheiben herantreten, damit sie die Frauen als Ganzkörpererscheinungen überhaupt wahrnehmen konnten. Plötzlich war unklar geworden, wer oder was das Schauobjekt war. Die Verlockung eines möglichen Fehltritts war erloschen oder hatte sich verschoben. Ein paar Männer sahen ein paar Frauen beim Fernsehen zu: das war alles.

Am verblüffendsten war vielleicht, dass weder den Prostituierten noch den Männern die Verschiebung aufzufallen schien. Man hätte vielleicht lachen können: aus Verblüffung. Aber niemand lachte. Die Prostituierten hatten ernste Gesichter, die Männer ebenfalls. Nicht nur die bürgerliche Ehe und die Prostitution gehören seit langer Zeit zusammen, sondern auch das Fernsehen und die eingeschlafene Sexualität. Wenigstens meine eigene Langeweile hatte sich durch die Entdeckung der Fernsehapparate, wo ich sie niemals vermutet hätte, in ein lebhaftes Erstaunen verwandelt. Das Beste an der Langeweile ist vielleicht, dass wir plötzlich in etwas vertieft sind, worin wir uns niemals hatten vertiefen wollen. Der Anblick der öffentlich verödeten Sexualität ließ mich tief hinabtauchen in die Archäologie meiner eigenen Liebeserfahrung, in der die Langeweile (natürlich) ebenfalls eine wichtige Rolle gespielt hatte. Als junger Mann hatte ich mich nicht getraut, die Langeweile eine Langeweile zu nennen. Ich war nicht einmal in der Lage, sie als solche zu erkennen. Das Mädchen hieß Karin und war Stenokontoristin (diesen Beruf gab es damals). Karin litt nicht wenig unter der Langeweile ihres Bürolebens. Ich hatte damals die Vorstellung (wo kam die nur her?), ich müsste meine gelangweilte Freundin irgendwie »unterhalten«. Ich entschloss mich, Karin täglich in ihrem Büro anzurufen und ihr am Telefon aufregende Dinge zu erzählen. Ich legte mir für jedes Telefonat mit Karin einen Spickzettel mit kleinen Geschichten und kuriosen Ereignissen zurecht. Meine Rechnung ging auf. Karin empfand mich lebendiger als alle ihre Bürokollegen zusammen.

Ich verstand nicht sofort, dass ich in einer (selbstgebauten) Falle saß. Denn natürlich musste ich Karin nun auch auf den Heimwegen, sonntagnachmittags im Café und abends beim Spazierengehen »unterhalten«. Ich schreckte nicht davor zurück, mir für diese Gelegenheiten ebenfalls kleine Spickzettel zu schreiben, die mich jederzeit mit Gesprächsstoff versorgten. Ich musste nur aufpassen, dass mich meine Freundin nicht dabei erwischte, wenn ich auf die in meinem Handinneren verborgenen Zettel herabschaute. Die Liebesgeschichte fand ihr Ende, weil mir die Herstellung von Spickzetteln zu langweilig und das Spicken selbst zu anstrengend wurde. Zum ersten Mal hatte ich den Wunsch, es müsste den Menschen möglich sein, die Momente der Langeweile in ihrem Leben zu klären und die Gründe der Langeweile ausfindig zu machen.

Denn es ist zwecklos, Langeweile zu leugnen oder gar aufheben zu wollen. Langeweile ist im Kern nicht »behandelbar«, man kann sie nur umkreisen und dabei erstaunliche Entdeckungen machen beziehungsweise zu Beschäftigungen vorstoßen, die uns ohne Langeweile nicht zugänglich gewesen wären. In jeder Langeweile wiederholt sich etwas, was für eine Wiederholung nicht vorgesehen war. In jeder Langeweile steckt die Entdeckung, dass wir auf Gebieten individuell werden, auf denen wir nicht hatten individuell werden wollen. In diesen toten Intervallen werden wir von unserer Lebenstüchtigkeit getrennt, wir geraten in die Zonen der Verwerfung und des Nihilismus. Unerwünschte, weil unerfreuliche Aspekte unseres Ichs treten hervor und erinnern uns daran, dass wir mit diesem unseren Ich schon viel zuviel Zeit vertrödelt und Sinn verschwendet haben. Aber die Verschwendung ist nur die eine Seite; die andere Seite ist, dass plötzlich, in der Langeweile, sich das Ich auch wieder Zeit zurückerobert. Deswegen möchte ich behaupten: Langeweile ist ungeplant zur Verfügung stehende Zeit. Die Langeweile ist ihr eigenes Narkotikum; sie taucht auf, sie schmerzt uns mit unerwünschtem Stillstand, aber nach einiger Zeit vertreibt sie sich selber. Jeder Schmerz zieht nach einiger Zeit weiter; in diesem Weiterziehen machen wir die Entdeckung, dass wir tröstbar sind – durch Stillstand.

Eine solche Kette von Verwandlungen in stillstehender Zeit habe ich erlebt, als ich mit dem Zug von Amsterdam wieder nach Hause fuhr. Ich ging in den Speisewagen, in dem eine muntere Reisegesellschaft tagte. Man erzählte sich Witze und machte sich über Kollegen lustig, die jetzt in anderen Firmen arbeiteten oder schon tot waren. Die Stimmung war ganz ausgezeichnet! Aber plötzlich schlugen während der Fahrt einige Gegenstände von unten gegen den Boden des Speisewagens. Eine Panik ging durch den Zug, der Lokführer bremste und brachte den Zug nach kurzer Zeit vollständig zum Stehen. Die Unterhaltung der Reisegesellschaft verebbte. Es wurde still. Man schaute sich ratlos in die Gesichter. War ein Unglück eingetreten oder würde gleich eines geschehen? Ich sah hinaus auf die grau gewordenen Schneereste auf den Feldern.

Dann meldete sich eine männliche Stimme im Lautsprecher: Meine Damen und Herren, sobald wir wissen, warum wir außerplanmäßig halten, sagen wir Ihnen sofort Bescheid. Ende der Durchsage. Es war offenbar nichts Schlimmes geschehen. Dann wieder Stille. Mich traf die Langeweile weniger hart als die Reisegesellschaft. Ich bin seit langer Zeit gewohnt, das Faszinosum der Langeweile in ihr Gegenteil umzudrehen. Die Reisegesellschaft war in dieser Hinsicht nicht privilegiert. Die Leute gehörten dem Typus Mensch an, der auf eine Gruppe angewiesen ist, um die Zeit nicht zu spüren. Solchen Menschen genügt ein Halt auf der Strecke: und der Ernstfall der Langeweile ist da. Sie erhoben sich von ihren Plätzen und gingen im Speisewagen auf und ab. Ein Mann rüttelte an den Plastikverschalungen der Theke; als sie quietschten, sah er darin ein Zeichen für den Niedergang der Bahn. Unheimlich ist das Vordringen der Langeweile in die Körper. Die Männer kratzten sich, rieben sich die Augen und putzten ihre Brillen. Die Frauen schauten auf ihre Fingernägel, sie überprüften den Sitz ihrer Blusen und Jacken und schminkten sich neu. Sie hatten sich so sehr auf die gemütliche Rückfahrt gefreut – und jetzt das! Ich hätte die Leute auf das Pferd aufmerksam machen können, das draußen im Frühnebel auftauchte, genau neben den Weidenbüschen. Das Pferd war blau, der Nebel weiß, die Weiden rotbraun, der Horizont gelblich. Es war wie ein (lebendes) Bild von August

Macke. Aber das war kein Tipp für Menschen, die gerade hinnehmen mussten, dass selbst ihr Ausflug nach Amsterdam so langweilig endete wie ihr Leben zu Hause. In jeder Langeweile steckt ein Abschied, und sei es nur der Abschied von einer gemütlichen Stimmung. Statt Abschied kann man auch Austausch sagen: In der Langeweile tauscht sich ein aktueller Schmerz gegen einen zeitlosen aus. Für die Leute der Reisegesellschaft hieß das: Der momentane Schmerz über den Verlust der guten Laune tauscht sich ein gegen den Schmerz einer Ahnung; die Langeweile ist die sanfteste Art, sich den eigenen Abgang vorzustellen. Bevor wir selbst verschwinden, flieht unsere Empfindung für das, was wir zurücklassen werden. Nach etwa fünf Minuten Stille meldete sich wieder der Mann im Lautsprecher. Er sagte: Meine Damen und Herren, wir haben ein Reh überfahren, wir setzen unsere Fahrt fort.

Was für eine Durchsage! Ein totes Reh springt unserer Ahnung bei und ist für uns gestorben. Das Pferd im Nebel hob den Kopf und schaute dem wieder anfahrenden Zug nach. Ich stellte mir vor, wie das geht: Ein tonnenschwerer Zug donnert über ein Reh. Das letzte, was von dem Tier übrigblieb, war eine Durchsage. Einer der Reisenden holte sein Handy aus der Anzugtasche, tippte eine Nummer und sagte wenig später, dass die Tage in Amsterdam ganz toll gewesen waren und dass der Zug Verspätung haben wird. Das Reh erwähnte er mit keinem Wort. Seine Angst ebenfalls nicht. Vielleicht hat er sie nicht einmal bemerkt: Das würde zu den Mysterien der Langeweile sehr gut passen.

Der Kampf gegen die eigene Biografie

Als Kind hatte ich mir einen Rummelplatz als etwas ganz Wunderbares vorgestellt. Ein zweistöckiges Karussell würde ich dort sehen, mit schaukelnden Pferden und großäugigen Drachen, von Hunderten Glühbirnen erleuchtet und von schöner Musik in Schwung gehalten. In einem Sensationszirkus würde ich endlich die Dame ohne Unterleib antreffen, außerdem einen finsteren Messerwerfer und Fattucino, den Jongleur mit den zwanzig weißen Bällchen. Ferner eine Pony-Reitbahn, in der jedes Kind für ein paar Groschen umhertraben durfte. Und natürlich ein fabelhaftes Kasperletheater mit richtigen Puppen und bunten Kostümen. Und außerdem eine Schiffschaukel, auf der ich auf und nieder schaukeln könnte ... immer wieder von neuem. Als ich dann zum ersten Mal auf einem richtigen Rummelplatz umherging, sah ich ein paar einsame Losbuden mit ihren traurigen Hauptgewinnen (Plastikbären und Tüllpuppen), etliche Biertheken, wo melancholische Trinker standen und auf den Boden starrten und nichts mehr sagten; ferner eine gnadenlose Boxer-Bude, wo sich betrunkene Arbeitslose für ein bisschen Geld eine blutige Nase schlagen ließen. Und natürlich einen billigen Jakob, der nicht mehr ganz frische Bananen verkaufte.

Ich war enttäuscht und desillusioniert. Als ich nach Hause zurückkehrte und meine Mutter mich fragte, wie es denn war auf dem Rummelplatz, habe ich flott von dem nicht vorhandenen Kasperletheater erzählt, von dem sich nicht drehenden Karussell und von den nicht umhertrabenden Ponys, von denen ich auch noch behauptete, dass sie mich angeschaut hätten wie verliebte kleine Mädchen. Nach den strengen Maßstäben von Augustinus und Kant war ich, trotz meines kindlichen Alters, ein Lügner. Für sie gab es keine Ausnahme von der Pflicht zur Wahrheit – gleichgültig, welchen Schaden eine Wahrheit anrichten mag. Nach dem nicht ganz so rigiden Urteil des Literaturwissenschaftlers Peter von Matt war ich nur ein Intrigant. Denn die »Intrige«, so schreibt von Matt in seinem gleichnamigen Buch, ist »zielgerichtete Verstellung vor anderen Menschen«. Ich selbst würde mir *heute* sogar die Zielgerichtetheit meines kindlichen Lügens absprechen. Ich hatte, soweit ich mich erinnere, nur ein vages Unbehagen vor der komplexen Darstellung der Rummelplatz-Wahrheit. Ich hätte umfangreich erklären müssen (was ich als Kind nicht gekonnt hätte), warum ich ein so phantastisches Bild von Rummelplätzen verinnerlicht hatte, und ich hätte erklären müssen (was ich ebenfalls nicht zustande gebracht hätte), warum ich die Erwartung meiner Mutter nicht habe enttäuschen wollen. Der Soziologe Niklas Luhmann hätte mein Ausweichmanöver eine »Reduktion von Komplexität« genannt. Darum handelte es sich tatsächlich. Ich hatte geflunkert, weil mir die Darstellung der Wahrheit zu kompliziert, zu langweilig, zu unergiebig oder gar nicht verfügbar war.

Dieser »Methode« des erfinderischen Ausweichens vor irgendeiner lausigen Wahrheit bin ich bis heute treu geblieben, obwohl es ein Unterschied ist, ob man als Erwachsener oder als Kind »lügt«. Es gibt, zum Glück, auch für Erwachsene mildernde Umstände. Ich lüge manchmal nur deswegen, weil ich nicht sprechen will. Vor kurzem wurde ich zur Hochzeit eines mir seit langen Jahren unsympathischen Bekannten eingeladen. Der Mann ist vierundsechzig Jahre alt, heiratet zum dritten Mal und wird anlässlich dieses Ereignisses all seine unerfreulichen Eigenschaften wieder ganz und gar ausspielen; vor allem sein Geltungsbedürfnis, seine Rede-Sucht, seine Besserwisserei, sein Glänzen-Wollen, kurz: seine ganze Egomanie. Ich sagte ihm, ich könne nicht kommen, weil ich an diesem Tag eine unaufschiebbare Besprechung in München hätte, was er mir wahrscheinlich nicht glaubte. Ich überredete meine Freundin, mich zu vertreten, was sie gern tun würde, weil sie Vergnügen daran hat, egomanische Menschen heimlich zu beobachten.

Denn oft lügen wir nicht, weil wir etwas vertuschen wollen, sondern wir lügen, weil wir nicht sagen können oder wollen, wie merkwürdig und sonderbar die Wirklichkeit für uns ist. Weite Teile der Realität sind enttäuschend und unserer permanenten Aufschönung bedürftig. Es gibt kaum einen Lebensbereich, in dem wir nicht die Erfahrung machen müssten, dass wir Opfer unserer selbst erfundenen Glückspropaganda werden. Die große Liebe, der vergangene Urlaub, die erstklassige Wohnung, das tolle Auto, der treue Gatte, der neue Job – kaum etwas hält, was es verspricht. Aber die große Mehrheit der Menschen klagt nicht über die Mängel der Schöpfung. Die große Mehrheit macht etwas anderes: sie drückt ein Auge zu und setzt die Propaganda der übertriebenen Erwartung fort, deren Opfer sie selbst so oft ist. Das heißt: Die große Mehrheit lügt. Und bringt ihren Kindern und Kindeskindern gleichzeitig das Lügenverbot bei.

Aus diesem Grundwiderspruch besteht das, was wir die Lebenslüge nennen, die Fadenscheinigkeit der Doppelmoral. Das Problem ist, dass es in unseren Gesellschaften kein freimütiges Bekenntnis zur Notwendigkeit des Lügens gibt. Wir sollten unseren Kindern natürlich nicht das Lügen beibringen; aber wir sollten sie darauf vorbereiten, dass sie ohne Lügen nicht durchs Leben kommen werden. Das wissen sie zwar schon, aber sie würden sich durch ein Eingeständnis ihrer Erzieher eine Menge Seelenpein ersparen. Denn im Lügen und Lügen-Müssen liegt für das Kind der erste Zusammenstoß mit der Welt der Erwachsenen. Der Zwang zum Lügen bei gleichzeitigem Lügenverbot ruft tiefes Misstrauen hervor und, bei vielen Kindern, einen unaufhebbaren Affekt gegen die Moral derer, die ihnen dieses Taktieren durch Erziehung aufnötigen. Nicht das Lügen-Müssen ist schwerwiegend, sondern das allmähliche Sich-Einleben in eine Struktur, in der dauerhafte Zweideutigkeit einen höheren Daseinswert beanspruchen darf als irgendeine Wahrheit über dieses Dasein selber. Herman Melville hat unsere missliche Lage in diesen Seufzer verpackt: »Denn in dieser Welt der Lügen ist die Wahrheit gezwungen, wie eine verschreckte weiße Hündin durch die Wälder zu fliehen (...)«

Ich erinnere mich gut, als mich meine Mutter zum ersten Mal zum Lügen zwang. Ich war acht oder neun Jahre alt, und meine Mutter hatte sich gegen den Willen ihres Mannes entschlossen, heimlich ein wenig Geld hinzuzuverdienen. Mein Vater sollte (durfte) nicht merken, dass das von ihm verdiente Geld zum Leben nicht ausreichte, und er sollte außerdem nicht erfahren, dass seine Frau heimlich mitarbeitete, obwohl der Ertrag ihrer Arbeit der ganzen Familie (und also auch ihm) zugutekam. In den fünfziger Jahren war eine arbeitende Ehefrau noch ein »Verstoß« gegen die Ehre des Ehemannes, der sich als sogenannter »Alleinernährer« fühlen wollte. Ich sollte darauf vorbereitet sein, mit Lügen zu antworten, falls mein Vater mich einmal fragen würde, was die Mutter tagsüber so treibt. Natürlich habe ich dieser Anforderung nicht standhalten können; es waren zu viele Lügen auf einmal. Und meine Mutter machte keine Anstrengungen, mir den Sinn der Lügen klarzumachen. Mein Ausweg war: Ich floh in das Verstummen und in die gespielte Ahnungslosigkeit. Wenn mein Vater fragte, tat ich so, als würde ich seine Fragen nicht verstehen. Ich wollte meine Mutter nicht verraten, obwohl ich auch nicht lügen wollte. Genau dieser doppelte Boden ist das Gift, mit der die bürgerliche Welt seit ihrer Erfindung kämpft.

Nach meinen Beobachtungen nimmt die Lust am Schwindeln mit dem Lebensalter noch zu. Das Lügen, in der Kindheit eher ein Ausdruck von Lebensnot, wird in späteren Jahren eine virtuos gehandhabte Technik. Der Grund für die Beliebtheit des Lügens ist jetzt: der erfahrene Schwindler lügt sich phasenweise in eine andere Welt. Es ist eine Art Hochstapelei des Redens, die im Kern niemanden betrügt und auch keinen Schaden anrichtet. Nur der Lügner blüht momentweise auf, weil er sein Leben redend zurechtrückt. Es hat einen tiefen Grund, warum das Lügen von Psychoanalytikern neutralisierend »phantasieren« genannt wird. In dem Wort phantasieren steckt die Anerkennung der Sehnsucht, dass viele Menschen konventionelle Lebenslauf-Schemata hinter sich zurücklassen wollen, wenigstens phasenweise; es ist bedrückend, dass wir eine einzige, unverrückbare Biografie hervorbringen, der wir dann auch noch einen Sinn unterlegen müssen. Gegen die Übermacht des Biografischen hilft oft nur das Anfabulieren gegen das Schicksal. Wie wir uns das Lügen als Notausgang vorstellen können, hat uns der verständige Aufklärer Michel de Montaigne (in seinem Essay »Von den Lügnern«) so erklärt: »Es ist eine schwierige Kunst, eine Rede aufzuhalten oder zu unterbrechen, wenn man einmal unterwegs ist (...) Unter den Einsichtigen sogar sehe ich solche, die ihren Schwall aufhalten möchten und nicht können (...) Und wenn man der Zunge einmal diese falsche Gewöhnung gegeben hat, ist es zum Erstaunen, wie aussichtslos es ist, sie wieder davon abbringen zu wollen. So kommt es denn, dass wir im Übrigen rechtschaffene Menschen diesem Laster unterworfen und hörig sehen.«

Das Lügen und Lügen-Müssen ist so sehr in das Reden dieser Menschen eingesunken, dass die Lüge als Lüge auch für sie selbst nicht mehr kenntlich ist. Der innere Kampf gegen die Gewalt der Biografie (und, mehr noch, gegen das Scheitern eines bestimmten Biografie-Entwurfs) wird dann zum Hauptschauplatz des Redens überhaupt. Um das Scheitern einer Biografie anzunehmen, müssten diese Menschen trauern können, und trauern wollen sie nicht können. Das Trauern gilt in unseren Breitengraden als Niederlage, und als Verlierer will niemand dastehen. In dieser Lage ist Lügen allemal billiger als trauern. Ich gedenke an dieser Stelle der vielen Menschen, die unbedingt Künstler haben werden wollen und es immer noch werden möchten, obwohl die gefürchtete Realität (und das fortgeschrittene Lebensalter) diese Möglichkeit nicht mehr zulässt. Diese Menschen leben völlig »normal« als Angestellte, Mütter, Lehrer, Ehefrauen, Ärzte, Juristen, Beamte. Sobald sie aber zu reden anfangen, tritt eine seltsame Verzerrung ans Tageslicht, eine schmerzliche innere Verbiegung, die man natürlich als unauthentisch, neurotisch oder als krank bezeichnen kann – wenn man denn ein sicheres moralisches Fundament für derartige Urteile hat. Es klingt immer gut, sich für das Ende des Lügens auszusprechen. Es kostet nichts und ist hoffnungslos realitätsfern. Der Mensch ist auf diesem Gebiet zu sehr mit seinen Fehlern verschwistert. In Wahrheit behandeln sich die Dauerlügner, indem sie lügen, mit der einzigen Selbsttherapie, die für ihr Leiden angemessen ist. Der sich frei entfaltende Lügenzwang ist natürlich nicht hilfreich im Sinne einer Aufhebung des Zwangs. Es hilft nur als Leidensminderung derjenigen, die sich nur im lügenden Reden eine Satisfaktion verschaffen können. Max Frisch, der ein paar wichtige Texte über das Umlügen von Lebensläufen geschrieben hat, bemerkt in den Anmerkungen zu seinem Theaterstück »Biografie«: »Es wird gespielt, was ja nur im Spiel überhaupt möglich ist: wie es anders hätte verlaufen können in einem Leben.«

Das ist der Punkt. Insofern sollte man, denke ich, Alltagslügner als Spieler begreifen, die die kritische Einstellung zu sich selbst verloren haben. Nur im Lügen übersteigen sie ihren Schmerz und das »bösartige Ressentiment gegen die Wirklichkeit« (Natalia Ginzburg). Die Dauerlügner tun so, als hätten sich ihre Wünsche heimlich erfüllt. Nur in dieser Umlügung des Lebens ist noch eine Art von Glück zu haben. Auch Baron Münchhausen, einen fürchterlichen Aufschneider und Lügner, müssen wir uns als glücklichen Menschen vorstellen.

Nachweise

Der verlorene Schuh erschien unter der Überschrift »Verstoßen« zuerst in der Zeitschrift Folio der Neuen Zürcher Zeitung; Nr. 11/2007.

Von der Bruchbudenhaftigkeit des Schönen. Erstdruck in: Akzente, Zeitschrift für Literatur, München; Nr. 3/2005.

Der Ungehorsam gegen die Tatsachen. Zuerst in: Akzente, Zeitschrift für Literatur, München; Nr. 1/2008.

Die Bamberger Vorlesungen *Melancholische Renitenz* (I) wurden am 18. Juni 2009, *Beiseite stehen und Luft holen* (II) am 2. Juli 2009, *Ironie als Notausgang* (III) am 9. Juli 2009 und *Der Roman als Delirium* (IV) am 16. Juli 2009 an der Universität Bamberg gehalten. Erstveröffentlichung.

Das Bild des Autors ist der Roman des Lesers. Erstdruck im Verlag Kleinheinrich, Münster; 1994.

Ein Spezialist der sicheren Empfindung ist das Vorwort zur dreibändigen Peter-Altenberg-Ausgabe, erschienen 2009 im Wallstein Verlag, Göttingen.

Die Flucht in die Ohnmacht wurde als Dankrede für die Verleihung des Kleist-Preises im Dezember 2007 in Berlin gehalten; Erstdruck in Akzente, Zeitschrift für Literatur, München; Nr. 4/2008.

Das Überleben im Werk war ein Vortrag am 1. Juli 1998 im Literaturhaus Frankfurt/Main; Erstdruck unter dem Titel *Karnickel und Fliederbüsche, violett* bei Lipsius & Tischer, Kiel; 2001.

Der Verdacht gegen das Totsein im Leben war ein Vortrag bei der Frühjahrstagung der Deutschen Psychoanalytischen Vereinigung am 24. Mai 2006 in Mainz.

Ein Auftrittstreppchen fürs Ich war ein Beitrag für das Heft SPIEGEL WISSEN Nr. 1/2009.

Wir sind nicht verbindlich genug in der Welt. Giorgio Morandi und seine Stillleben. Erstdruck in DU, Zeitschrift für Kultur, Zürich; Nr. 3/2004.

Zeige deine Wunde. Vortrag im Literaturhaus Hamburg am 16. Juli 2009; Erstdruck in: Ut pictura poesis, Hamburger Kunsthalle, 2009. Erweiterte Fassung.

Herumstehen, Herumsitzen, Herumliegen. Beitrag im Katalog der Ausstellung *Georges Seurat – Figur im Raum* im Kunsthaus Zürich; Oktober 2009.

Die Reise, der Tagtraum, das Versteck. Dankrede für den Rinke-Preis. Erstveröffentlichung in der Süddeutschen Zeitung vom 6. Mai 2010.

Der Ernstfall Langeweile. Erstdruck in DU, Zeitschrift für Kultur, Zürich; Nr. 4/2004.

Der Kampf gegen die eigene Biografie erschien in der Zeitschrift Folio der Neuen Zürcher Zeitung; Nr. 8/2006.

Inhalt

Andrea Bajani im dtv

»Bajanis Art zu schreiben hat etwas Belebendes und Ermutigendes, sie ist auch eine Art von Widerstand.«
Antonio Tabucchi

Mit herzlichen Grüßen
Roman

ISBN 978-3-423-**14117**-4
ISBN 978-3-423-**24793**-1
(dtv premium)

Man nennt ihn den Killer. Seine Waffen sind Briefe – Kündigungsschreiben. Honigsüß und rhetorisch brillant vermitteln sie dem Adressaten, dass seine Entlassung nur zu seinem Besten geschehe. Der Killer ist der neue Stern am Firmenhimmel –, bis er eines Tages unerwartet zum Ersatzvater der Kinder eines Kündigungsopfers wird …

Lorenzos Reise
Roman

ISBN 978-3-423-**14186**-4
ISBN 978-3-423-**24866**-2
(dtv premium)

Lorenzo ist nach Bukarest gereist, um an der Beerdigung seiner Mutter teilzunehmen. Auf der Suche nach dem schnellen Geld hatte sie ihren kleinen Sohn in Rom zurückgelassen, um in Rumänien mit ihrem Liebhaber eine Firma aufzubauen. Als Lorenzo von ihrem beruflichen und privaten Scheitern erfährt, beginnt er dem Rätsel des Lebens seiner Mutter nachzuspüren.

Liebe und andere Versprechen
Roman

ISBN 978-3-423-14295-3
ISBN 978-3-423-24918-8
(dtv premium)

Pietros Liebesbeziehung zu Sara zerbricht. Zur selben Zeit stirbt sein Großvater, den die Familie viele Jahre lang totgeschwiegen hatte. Pietro spürt, dass es an der Zeit ist, einen Blick zurück zu tun …

Erkennst du mich

ISBN 978-3-423-**14308**-0

»Menschen verschwinden nie ganz aus Orten, die sie mal bewohnt und geliebt haben. Die Gegenstände, die Luft, alles Mögliche trägt ihre Spuren.« Andrea Bajanis Hommage an Antonio Tabucchi.

Alle Titel übersetzt von Pieke Biermann.